赵树理家乡文学丛书

深呼吸

潘保安　著

山西出版传媒集团　北岳文艺出版社

图书在版编目(CIP)数据

深呼吸 / 潘保安著. —太原:北岳文艺出版社,2021.12
(赵树理家乡文学丛书 / 崔奇主编)
ISBN 978-7-5378-6505-0

Ⅰ.①深… Ⅱ.①潘… Ⅲ.①传记小说—中国—当代 Ⅳ.①I247.5

中国版本图书馆 CIP 数据核字(2021)第 263198 号

深呼吸
潘保安 著

//

出品人
郭文礼

策 划
郭文礼 马 峻

责任编辑
张 丽

书籍设计
张永文

印装监制
郭 勇

出版发行:山西出版传媒集团·北岳文艺出版社
地址:山西省太原市并州南路 57 号
邮编:030012
电话:0351-5628696(发行部)　0351-5628688(总编室)
传真:0351-5628680
印刷装订:山西立方印业有限公司
开本:710 mm×1000mm　1/16
字数:390 千字　印张:22.75
版次:2022 年 7 月第 1 版
印次:2022 年 7 月山西第 1 次印刷
书号:ISBN 978-7-5378-6505-0
定价:80.00 元

本书版权为本社独家所有,未经本社同意不得转载、摘编或复制

"赵树理家乡文学丛书"编辑委员会

主　任

任彩虹　闫晋中

副主任

王晋亭

编　委

王江龙　尚亚鹏　贾丑林

崔　奇　吴　鹏　时晓莹

主　编

崔　奇

总　序

　　2021年是中国共产党成立100周年，也是人民作家赵树理诞辰115周年。值此重要时间节点，中共沁水县委、沁水县人民政府特推出"赵树理家乡文学丛书"，旨在传承赵树理文化、弘扬赵树理精神，展示文艺创作新成效、呈现文化强县新气象，以新时代"山药蛋派"新作向赵树理先生致敬、向党的百年华诞献礼。

　　沁水以其深厚的文化底蕴、淳朴的民风民情、多彩的民俗传统，孕育了开创"山药蛋派"先河的一代文学巨匠——赵树理，赵树理倾其一生都在用心用情书写农民、至真至诚歌颂农民，"铁笔圣手"的名号享誉全国，"山药蛋派"的影响更是历久弥新。

　　深受赵树理及"山药蛋派"熏陶的沁水人，立足乡村乡情、乡风乡貌，笔耕不辍、钟情翰墨，涌现出了田澍中、潘保安、葛水平等一批有影响力的作家。此次出版的"赵树理家乡文学丛书"正是沁水优秀文艺人才的作品集，更是近年来沁水文学创作的集大成者，全书共7册，其中长篇小说4册、中短篇小说集2册、诗赋集1册。翻读此书，沁水"清凌凌的水，蓝莹莹的天"的秀美环境跃然纸上，沁水厚重悠久、绵延不断的文化底蕴淋漓展现，沁水人民昂扬向上、踔厉奋发的正面形象栩栩如生，这是一套了解沁水、宣传沁水，读之受益、回味无穷的精品佳作。

　　相信丛书的出版，必将极大地激发广大文艺人才的创作热情，更好地推动沁水文艺事业的蓬勃发展,假以时日,沁水必将涌现出更多的优秀文艺人才和文学作品。

是为序!

2021 年 11 月

目 录

第一章 …………………………………………… 001
第二章 …………………………………………… 023
第三章 …………………………………………… 044
第四章 …………………………………………… 064
第五章 …………………………………………… 080
第六章 …………………………………………… 090
第七章 …………………………………………… 099
第八章 …………………………………………… 108
第九章 …………………………………………… 114
第十章 …………………………………………… 133
第十一章 ………………………………………… 140
第十二章 ………………………………………… 148
第十三章 ………………………………………… 162
第十四章 ………………………………………… 170
第十五章 ………………………………………… 183
第十六章 ………………………………………… 189
第十七章 ………………………………………… 201

第十八章 …………………………………… 211
第十九章 …………………………………… 226
第二十章 …………………………………… 234
第二十一章 ………………………………… 244
第二十二章 ………………………………… 246
第二十三章 ………………………………… 264
第二十四章 ………………………………… 275
第二十五章 ………………………………… 280
第二十六章 ………………………………… 288
第二十七章 ………………………………… 304
第二十八章 ………………………………… 314
第二十九章 ………………………………… 327
第三十章 …………………………………… 342
第三十一章 ………………………………… 347

第一章

一

如果不是正逢八月雨季，沁河一般是温柔的、宁静的，它总是那么安详而恬淡，缓缓地流淌着。在中国的江河中，沁河并不出众，它纯朴有如村妇，头顶一方红蓝格子相间的粗布帕子，从容地穿越北面群山中的峡谷，来到王壁村南边时，地势变得平坦起来，河水也就不再湍急，在郑庄村西拐了个大弯，就迅猛地折向东面，进入端氏镇南的河套地区，这里基本已是一马平川，河水也就更加从容不迫。然而，一进入雨季，沁河就完全变了模样，不再是柔顺的村妇，变成放荡不羁的莽汉，在有时一连半月不停的哗啦啦的雨声中，这河就躁动起来，不安地嘶吼着，浑浊地喘息着，更随着河面不停地抬高变阔，瞬间就变成一条狰狞的巨蟒，拼命地扭动着身体，甩动着尾巴，狂怒地掀起大浪，凶狠地撞向两岸。

终于，洪峰来了！

那迅猛扑来的洪峰巨头如一面褐黄色墙壁，或高八尺，或阔几丈，面无表情地直立着，呼呼地推过来，只是一晃，那洪头就一掠而过，突然间天地无色，山摇地动，整个世界被一种疯狂的力量控制。河床里的石头被水搅动着、抛掷着、碰撞着，发出惊天动地的骇人声响，顿时将山野拖入地狱般的黑暗世界。这时，雨或者会下得更大，或者过了一两个时辰，就有一缕阳光从云堆中斜射下来，登时把山川村庄镀上一层金色，变得晃眼亮堂。这时再看那河，仍还暴躁不安，仍在肆意宣泄，阔大的河面翻涌着稠黄的浪，也翻动着数不清的树木、庄稼、瓜菜、箱柜、衣裳、死去的猪羊牛马，甚至，整垛的麦秸也被河水推着，晃晃悠悠地朝下游荡去。接着，过不了多久，总会从河边的村庄，传来凄厉的哭喊……

就这样，民国十一年（1922）入伏后连续三场洪水，吞没了尉迟村村边的几十亩土地，也在村东离魁星楼一丈七八远的地方向南切出一条长长的深沟。

正是二伏天气。鸡鸣狗吠，驴嘶马叫，蝉鸣如歌如诉。毒毒的日头晒着群山环抱中的尉迟村。

沁河如带，从村边潺潺流过。一片青砖灰瓦的农舍。魁星楼矗立在村东北一角，飞檐下的铁铃被风拂着，发出叮叮鸣响，悠远而深长。而那村正北的尉迟庙，古柏森森，有香烟袅袅飘起，传出低回的诵经声。

二

村街并不宽敞。

进北街不远往西一条短胡同，一排东西向坐落着两个大院，这是赵家祖上一对曾经显赫的兄弟的产业，都是一进两院的楼房。院门高大，旁有下马石、拴马桩，套院门廊有经阁，栏杆窗棂镂刻精致，门闩又粗又大。而那西院的气象明显已经败落，大门上的油漆脱落已久，露出斑驳的木碴。只是那屋脊上蹲踞的两尊兽头，还透着些已经逝去的殷实。

堂屋里，香烟缭绕，神龛下面桌前的赵和清、王金莲夫妇顶礼膜拜，合掌诵经。那年，三妹小翠才三岁，伏在父母身后，嘴里学着父母的样子喃喃地念经。

靠窗的土炕上，重病缠身的赵中正拥被而坐，一边咳喘，一边用颤抖的手翻着经书，一边指导孙儿背诵经文。

正给爷爷喂药的二妹小玉有点不屑："爷爷你也是闲得没事干，叫我哥背它有什么用？"

赵中正："瞎说！"

乳名得意的赵树理这年已十七岁，身材瘦削，个头却已不小。这时他坐在炕边，一边双手熟练地编着簸箕，一边跟着祖父朗诵。

赵和清长妻一岁，这年已是三十七八。说起他的名字，沁河一道河以下村庄的人知道得不多，但要提起他的外号"二孔明"，那可就是响当当了。人们都晓得尉迟和清算卦很灵，遇到婚丧嫁娶，驴跑了，牛丢了，隔三岔五就有人寻上他家门来，或请他去，请他帮忙对对八字，择个好日，寻个失处。每逢这样的日子，赵和清就背了八卦布袋，兴冲冲地前去"出差"，热情又精心地忙碌半天，至少能换得五六个白馍、三四两烧酒。如此几十年下来，他攒了不少积蓄，却也把脑袋里灌满了迷信。其实，这个外号只能概括他小小的一个方面。生活在山野乡间的赵和清一身本事，他勤快能受，实诚厚道，浑身都是窍眼。这个粗通文化的人，做庄稼是一把好手，养蜂是一个专家，木工、铁器、编簸箕、扎扫帚，农村里杂七杂八的活计从来难不住他，他会唱戏、懂音乐，另外还自学成才给人瞧病，针灸拔罐，采药炮制，尤其一肚子书上没有却很管用的小偏方，村里人有个头疼脑热、小伤小病基本不用出村，找他就行了。因此，人们就又送他一个外号：万宝全。这个称呼似乎更能展现他的为人。

这时，他们夫妇做完了每早必做的功课，在铜盆里洗完手，方才拈一炷香敬在炉上。

赵家一天的生活由此拉开了序幕。

作为接班不久的一家之主，这时赵和清该安排全家人的活计了，却不知为何，他今天提不起精神，歪在椅子上，目光忧郁甚至有些腻歪地盯住父亲和儿子。

风烛残年的赵中正一生经历比较奇怪。还在年轻时，他就抛妻别子远赴归德府（今河南省商丘市）做买卖去了，在不甚繁华的一条街上开了一片小铺，经营些针头线脑日用杂货。在那个民生凋敝且兵荒马乱的动荡年月，生意很不好做，每隔三四年，赵老板才能攒下一点银子，揣了回家探一次亲。可这每次的探亲，都是充满了大悲大喜，原因是在他走时留在家中的妻子，被家里人给虐待折磨死了。于是，他带回的钱，主要用于两项开支：出殡亡妻，迎娶新妇。如此循环往复，让赵中正伤透了脑筋，不停地娶老婆似乎成了他的一项职业。三十岁那年，中原发生大灾，老百姓全去逃荒了，谁还再来光顾他的铺子打油买醋。于是，他干脆盘掉铺子，卷铺盖回到尉迟。回家后的赵先生大门不出，二门不迈，把自己一年四季关在西院里，开始了另一项主要工作：教育、培养孙子。赵中正早年有些文化底子，这时他就把《百家姓》《三字经》《千字文》搬出来，亲任导师，严格教授。他发现孙子得意很聪明，是个可造之才，他决定在孙儿身上翻盘，将自己失败的人生颠覆，避免让得意重蹈自己的覆辙，要让孙子出人头地，最好是踏入仕途，做不了大官做小官，从此一辈子再不用为钱发愁，弄得好了还可以光宗耀祖，威风乡里。所以，八岁之前的成长岁月，得意就被祖父圈养在西院里，禁止他迈出门槛一步，不让他去和村里的"野孩子"们玩。结果，把个小得意弄得头大身子细身材豆芽似的，常常独自发呆。这使赵和清很恼火。

赵中正一辈子没摸过锄头把子，而赵和清自小就在庄稼地里摸爬滚打，因而赵和清考虑问题自然更接近实际。对于父亲赵中正的想法，赵和清从来都持批判态度。"万般皆下品，唯有读书高"，这一点他是赞同的，因为书读得好，就可以做大事，当大官，挣大钱。所以，得意九岁时，赵和清毅然举债，把孩子送进榼山高小，等他高小毕业，又费力地把他弄去板掌村学校教书。这几步"棋"走得不错！可让他没想到的是，这孩子只干了不够三个月，就让学校给撵回来了。唉，一个月八块大洋的薪水，就这么硬生生丢了。好在赵和清生性乐观，生了一阵气也就放一边了。反正得意年纪不小了，正好顶上个劳力。问题是父亲很顽固，依旧死抱着"读书做官"的念头不放，继续往这孩子脑袋里灌输些没用的东西。赵和清很孝顺，尽管有这些意见也只埋在肚里，但他盯着老父亲的头，不停地反思：这老汉的脑袋里怎么塞的尽是些锯末圪渣？

果然，赵中正听着孙儿背诵完最后一个字，就笑着拍拍得意的头："能行！这小东西脑子活泛哩！只可惜生在咱们这种穷人家……"

赵和清："脑子好不能顶饭吃。小屁孩子是不会做人！"

赵中正："我看还得让他再念念书。"

赵和清："什么？锅都快揭不开了，还上什么学？前年借的十六块大洋，过几天就到期，真把我愁死啦！八当十的利，比驴打滚还枴司。到时候还不上这钱，咱押的那二亩地，可全成人家的啦。"

"虱子多了不咬人，过一天算一天吧。"赵中正也长叹一声，"和清，我这身子恐怕不济啦，你得做些准备，把我的板、老衣早些预备下。"

王金莲："大（沁水方言，指父亲），看你说的什么话，只管请郎中给你治哩嘛。"

赵中正："再治也没用，白费钱。"

赵和清："不怕，大不了再押上几亩地，再借上些，说成甚也得把你的病治好……"

院里忽然响起一阵驴叫。

王金莲："该去驮炭了。"

"噢，对。"赵和清急忙掏出三枚铜钱掷在桌上，紧张地盯着它们滚动的轨迹，片刻，铜钱落稳，他额上的皱纹顿时皱紧，摸过桌角的卦书，翻看一阵，又掐指仰脸闭眼默算，忽然睁开眼，口气十分沮丧道："不行呀！丑土不动，巽上无风。今天不宜出门。"

得意和妹妹们偷偷笑起来。

赵中正："不宜出门可就不敢出。"

王金莲："那就去地吧。"

赵中正："是啊，玉荍该锄两遍了。"

赵和清："让我再看看。"

于是，三枚铜钱又掷在桌上。

三

村西半山坡上，有一块叫"后盔"的地，共计十六亩，是赵家的祖产。差不多一人高的玉米绿油油地生长着。赵和清和儿子一边锄着玉米，一边唱戏。他们一人一句，声音一粗一细，一个唱时另一个嘴里哼着伴奏的小调，倒也着实有趣。

这是流行在山西省东南部的地方戏"上党梆子"，唱腔激昂粗犷。上党自古兵家必争之地，战乱频繁，连年不辍。因而使得这个地方剧种文雅不足，杀气却浓。

七月小暑连大暑，

二锄除草勤培土。
　　开沟点种山药蛋，
　　一窝就是一顿饭。

　　汗珠从赵和清的光脊梁上滚落。
　　得意也光着上身，腰上和臂膀处被玉米叶子划出许多白道。
　　"看你锄的什么地！"赵和清过来劈手夺过儿子手里的锄："这中伏二锄，全说给根上拥土。土不厚，根扎不壮，结的棒子不如小孩鸡鸡，还吃屁啦！呐，你看清了——左一下、右一下，从前往后刨一下。成啦！"
　　得意接过锄，做得像模像样。
　　赵和清不无欣赏地点头："能行能行！看起来是个伺候庄稼的材料。"
　　得意笑着抹了一把汗。
　　赵和清："小东西脑子是不错，学什么一学就会，可就是不会做人。"
　　得意把锄砍进土里。
　　赵和清："我把你辛辛苦苦供得上完高小，又磕头捣蒜求爷爷告奶奶地把你弄去教书。那可是一个月八块大洋呀！谁想到你才干上没几天，就叫人家打发回来了。嗤！做人不懂得巴结，活该自己倒霉。得意你记住：见着有权有势的，得赶紧就去奉承，即使心里不痛快，也要把笑脸热乎乎地贴上去……"
　　得意很不想听这些话，嘴里便哼出一串锣鼓点。
　　赵和清："你……错啦错啦，你哼得不对，应该是这么的，呛才呛才呛，呛才才呛呛才——啊！苦哇……，记住了吗？"
　　得意咧嘴一笑。
　　赵和清："刚才我说的话，记住了吗？"
　　得意："什么话？"
　　赵和清："就是做人要学……"
　　得意："我不学。"
　　赵和清："大说的可全是正经话！"
　　得意："学不会。"

"什么?"赵和清气恼透顶,"你说我就白说啦?你这小屁孩子。"
得意忽然开唱:

　　清早起出门来屁股朝后。

赵和清还在气恼着,眼瞪得老圆,却忽然接唱:

　　挑着粪闻着臭脸朝前走。

得意咧嘴一笑:自古道吃小米不如吃肉。
赵和清也笑了:双脚走总不如骑个牲口。

四

村西口蠕出一个人,小心奕奕地绕着村边小路,朝山坡上爬来。
他叫胡土根。
这是个年龄不到三十的男人,身材矮小,脑袋却很大,长方脸膛红润润的,细长眼睛沾着些黄巴巴的眼屎,偶有鼻涕挂下来,就抬手一抹,又一捏一拽顺手甩到路边的庄稼上。

五

几棵大柿子树下。
得意捧着瓦罐一阵猛喝,清亮的水珠滴在他的胸上、肚上。
赵和清坐在树下,双手翻飞,十指灵动,用剥掉皮的细软荆条编着一只蝈蝈笼。这笼子基本成形:有门有窗,小巧精致,简直就是一件工艺品。
他手里一边编着笼子,一边教训着儿子。
得意盯着父亲那双神奇的手。
赵和清:"不是我爱说你,实在是你太不争气!怎么能把书白念了呢?放着轻轻省省的教书先生不当,偏偏跑回来欺负土坷垃,还把你高兴的。"

得意:"种地也挺好……"

赵和清:"糊涂,种地能有什么出息。自古以来,老百姓就是老百姓,永远吃亏受罪。"

得意:"大,你就是种地的呀。"

赵和清:"正因为我是种地的,才看不起种地的。哼,这辈子我是倒尽血霉啦!想不种地也不行了。可你,说成个啥也不敢留在村里,你得给咱出去扑闹扑闹,挣一个好些的出路。人活一世,当不上一个官,掌不住一点权,简直不算是一个人。"

得意:"我哪儿也不想去。"

赵和清:"扯淡,你不去?你不去叫我养活你一辈子呀,没门!你也老大不小了,都十七啦!咱家的底细你不是不清楚,你爷爷连着病了三年,光药就吃了一百多大洋①。你妹妹们还小,一家老小六七张嘴,都朝我要吃的,真把我愁得直想上吊……"

这时,胡土根走过来,嘴里却不说话。

赵和清:"我是把宝押在你身上啦,好好歹歹,你得出去寻一条出路,最好是谋个一官半职,也让咱沾沾光。"

说着说着,赵和清一扭头忽然看见地上胡土根的影子,他被吓了一跳,"哦呀,土根。怎么像个鬼,走路不带声音。甚事?"

胡土根:"我媳妇,要出门,拔牙,请你,选个,好日。"

赵和清:"今天不宜出门。"

胡土根:"明天?"

赵和清:"明天初七。七不出门八不回家。"

胡土根:"……后天?"

赵和清:"得算算,得算算。"

---

① 民国成立后,1914年推出《国币条例》,确立银本位货币制度,定国币为银币"壹圆",含银九成,铜一成,俗称大洋、现洋,又因上有袁世凯头像,俗称"袁大头"。据资料,1930年山西农民年均收入三十元,相当于富农的三分之一、地主的四分之一。农民年均消费食品十五元、衣着两元。可见当时一枚大洋在贫苦农民生活中的分量。

赵和清三下两下编完笼子，顺手把笼子递给儿子，随即把面前的一小片地扒拉平整，从腰里摸出三枚铜钱，放在胡土根手掌里，又朝他掌心吹了一口气，说："跌吧，心诚则灵。"

得意玩着蝈蝈笼，爱不释手。

铜钱在地上滚跳……

赵和清："你媳妇属甚？"

胡土根："龙。"

赵和清："生辰八字。"

胡土根："二月初九，丑时生。"

"行了，"赵和清收起铜钱，从搭在树杈上的衣裳里掏出卦书，翻开细看："后天是初九，兑卦。你媳妇生在初九，九遇九，躲着走。跟你媳妇犯冲着哩。"

胡土根："那就大大后天？"

赵和清："能行。不过出门要在午时一刻，早不吉利迟也不好。"

胡土根："……这几天，要，把她疼坏，了。"

赵和清："得意，牙痛该吃什么药？"

得意："牙疼不算病，疼起来要人命。这种病有两种原因：一种是虫蛀，一种是火牙。如果是虫蛀，就该拔了；如果是火牙，该用黄芩。"

赵和清："不错，不枉我教你一场，快去寻些黄芩、葛根来。"

得意便去附近草丛里寻药。

胡土根："得意，快成个医生啦。"

赵和清："不说一个吧，起码也算少半个啦！一般小病现在难不住他。"

得意拔来一把药草，拍掉根上的土递给土根："拿回去捣碎，敷在太阳穴上，止疼。"

胡土根："这是，啥？"

赵和清："黄芩，书上说它清火去湿大败毒。灵着哩！不过怀上孩的女人可不敢胡乱使唤……"

六

天蒙蒙亮。

挂在西楼楼梯下的蝈蝈笼里，蝈蝈叫得正欢。

得意揉着眼出来，捏根草挑逗笼里的虫，那虫就愈发叫得清脆。

大门外，赵和清不耐烦地叫喊："得意，还磨蹭啥？"

门外，小黑驴已装好了驮筐。

得意肩上搭着褡裢出来，赵和清很不满意地看着他："办个事从没一个利索劲！"说着掏出一把钱："呐，这是本儿。到了窑上，要学会杀价，不能那么大方。"

王金莲抱着干粮出来，嘱咐儿子道："路上小心些。"

"嘚，嘚"，得意拍了一下驴屁股，赶驴走去。驴脖下的铁铃响起来，似吟似唱。

赵和清忽然想起什么又冲他喊道："卖的时候要抬抬价，便宜了咱不卖。"

七

深秋薄雾，山野沉寂。

一片铁铃声里，山间路上闪出一支驴队。

除了河顺，这是一群半大孩子，得意稍大，其余的狗剩、水旺、铁锁、黑旦、路生、小锁年纪都在十四五岁，大家赶着驴骡，有说有笑，热热闹闹去驮炭。

河顺爱说快板。

这是个二十六七岁的汉子，身材精瘦，光头赤脸，神情俏皮，却又十分随和。

> 杨如珍，疙鸡蛋，
> 一年四季打算盘，
> 开赌场，卖金丹，
> 拐妇女，到河南，

押地收租放贷款，
驴打滚儿赚黑钱……
自从他把村长①当，
样样坏事都干完。

"好！"孩子们一阵大笑大叫："再来一段，再来一段。河顺，河顺……"

河顺："水旺你没大没小！算起来我是你叔咧，怎么就敢唤我河顺？"

水旺："是铁锁先唤的。"

铁锁："不是我，是狗剩。"

狗剩："你唤我大二爷爷，是不是？"

河顺："是。"

狗剩："那我大你一辈，是不是？"

河顺："是。"

狗剩："你说咱俩谁唤谁叔？"

河顺："……该我唤你。"

孩子们起哄："快唤快唤。"

河顺："狗剩，叔！"

狗剩："这还差不多！"

白驴："河顺，我也唤你叔——叔，快再编一段快板。"

"得意，"河顺挤挤眼："我给你大编一段吧。"

"好！"孩子们大叫。

河顺想了想：忽然把嘴一抹，露出两排黄牙：

赵和清，二孔明，
背着八卦串村村。

---

①1917年阎锡山自任山西省省长，实行"村本政治"，强力推行村治：村长一人，村副一人；二十五家为一闾，闾长一人。村长权力极大，这一职务往往被地主窃取，成为盘剥欺压百姓的恶霸。

人们唤他万宝全，
　　尉迟村里大能人。
　　会算卦，会养蜂，
　　会看病，会扎针，
　　会唱戏，会弹琴，
　　会编簸箕会木工。
　　十六亩地种得好，
　　就有一样坏毛病：
　　自家日月过得穷，
　　偏看不起受苦人。

得意听了扑哧一声也笑了。

八

赵和清背着褡裢，褡裢上画着八卦图，他摇着串铃，兴冲冲地朝村外走去。

九

"闪开，闪开！"一辆马车迎面飞驰而来。

赵和清一下子跳到路边。

这是二十世纪二三十年代中国北方农村常见的那种马车：轮子很大，裹着铁页。一骡驾辕，二马拉套。赶车的是个黑脸老头，他使劲地甩鞭抽向套马，那车就像飞起来一样快。车厢内，几个村警一人一只手按着一个人——那人被五花大绑，嘴里塞着一个玉米棒子。

"哦哟，是各轮。"赵和清满脸惊骇，望着大马车朝尉迟庙驶去。

十

戏台一根石柱上，绑着鲜血淋漓的各轮。

鞭子不停地落下，抽在各轮的头上、脸上，顿时血水迸溅。

戏台下石桌旁，村长杨如珍坐在石凳上，他一边喝茶，一边眯着眼欣赏眼前的鞭笞。每当他喝完一杯茶，站在他旁边一位蓄着八字胡子的中年人就赶紧朝茶盅里续水，又讨好地朝他笑——这是村副张富贵。此人大腮帮，塌鼻梁，眼睫毛很长，他每说一句话，眼皮就眨一下。

杨如珍问道："富贵，你跟他说，欠的账什么时候还？"

张富贵跳上戏台，伸手捏住各轮的下巴问道："小东西，你大借了咱杨村长银洋十八块，你大死了买棺材，你又借了十五块，加起来是三十三块。快六年啦，你一文没还，本上加利，拢共一百零六块四毛三分九毫。顶了你家押的一亩八分地三十四块，三间烂房二十一块，一共是五十五块，还整欠村长四十六块四毛三分九毫。说吧，这些钱怎么办？"

各轮猛然张口，一股血水唾在张富贵脸上。

张富贵抽了各轮一巴掌："反了你！"

庙门口，赵和清小心翼翼地探头朝里看……

杨如珍骂道："行，算你小子有种。"

张富贵又一巴掌抽在各轮脸上："打！往死里打！"

打手们把鞭子蘸水，朝着各轮劈头盖脸地抽下。

赵和清吓得闭上眼。

杨如珍又吼道："草灰羔子！把尉迟村的名声丢尽了。你今天偷，明天偷，满世界伸你的三只手。不给你一点厉害，你小子认不得马王爷几只眼！"

各轮终于撑不住毒打昏过去。

打手面面相觑。

杨如珍："驴日的装咧，拿水泼醒。"

一桶凉水泼在各轮头上。

杨如珍："问他，还偷不偷？"

张富贵："小草灰，村长问你……"

各轮猛地睁开眼睛大叫："杨如珍，疙鸡蛋，我日死你妈！"

"啪"杨如珍摔了茶盅："老子活埋了你！"

赵和清手一哆嗦，串铃掉在地上，发出"哗啦"的一声响，他慌忙拾起,用衣角捂住,一溜烟钻进附近玉米地里。

十一

赵中正头上、肚子上插着银针。小翠摇着破扇子为爷爷扇凉。桌旁,郎中开完处方:"就照这再抓三副药,吃上再看。"

王金莲接过处方。

郎中低声说:"和清家的,老汉这病可是越来越重啦。"

王金莲听了顿时有点紧张。

郎中:"吃夏不吃秋,阎王爷爷拽着走。怕是挺不过今年了。"

赵中正脸上的肌肉一阵抽搐。

王金莲的眉头拧成个疙瘩:"我家掌柜的说,赶快些给孩子娶房媳妇,冲冲喜,老人的病或许能轻些。"

郎中:"冲喜?试试吧。"

十二

暑热难当。

牛角岭是个小村庄,属阳城县,卧在一片山脊上。

这是一处窑洞院子。

小院子的一块阴凉地上,赵和清和马老汉对坐在石桌旁,二人说得正起劲。马老汉左眼有点斜,他光着一只脚。赵和清赤着背,褡裢串铃搁在一旁的板凳上。

马老汉:"小孔明你算是个能人哩。"

赵和清:"当不起,当不起。"

马老汉:"咱这一带你名声不小哩!"

赵和清:"有啥名声,咱一个穷种地的。"

马老汉:"你还穷?那么大个院子。又有地又有驴,还有个好孩儿。"

赵和清:"孩儿倒是个好孩儿……"

马老汉:"听说得意高小毕业了,还去教了一阵书。人能念几天书就是不一样,你孩儿多大了?"

赵和清:"属马,十七。"

窑门上的竹帘掀起,两个长相一模一样的姑娘端着西瓜、黄瓜走出来,赵和清一看登时眼睛就直了。

这是一对双胞胎,马素英、马竹英姐妹。两姐妹长的高身长腰,俊俏伶俐。

赵和清:"乖乖,老马你真有本事!两个好闺女是怎么生出来的?"

马老汉:"瞎生的吧。"

赵和清:"都有婆家了吧?"

马老汉:"还没。咱家穷,没人来提亲。"

赵和清:"……老马,我有句话,不知能说不能?"

马老汉:"有什么不能说,你说,你说。"

赵和清:"你这俩闺女,就不能均给咱家一个?"

马老汉听了这话高兴地问:"你是说……"

赵和清:"是,咱俩结个亲家怎样?"

马老汉:"打狼哩吧,你能看上咱这号穷家小户?"

赵和清:"看你说的什么话!"

马老汉:"那我可就高攀了。"

赵和清:"这事儿就定了?"

马老汉:"定就定!大的是素英,小的是竹英……"

赵和清:"回头我请媒人来下聘。"

马老汉满脸喜色:"行。"

赵和清:"不过我给你透个底,咱家可是出不起太多彩礼。"

马老汉当即变了脸色沉吟。

赵和清:"这几年我大生病,光吃药就把一家吃塌啦。"

马老汉:"呵呵,谁不晓得你家祖上也是官人,哭穷吧?"

赵和清从褡裢中取出卦书:"不哭穷,是真的……嗯,命相不错!素英更好。再过七天是十六。十六我打发人来提亲。咋样?"

马老汉听了这话心里不太痛快了:"急成这干什么?人生大事,慢点吧,慢点吧。"

赵和清："不瞒你说……"

马老汉："再说吧，再说吧。"

赵和清："你……"

马老汉就有点不自然："不急，不急。"

赵和清沮丧地拾起褡裢甩到肩上："行吧。"

十三

一弯淡月，几点星辰。

村南路上，得意、河顺一伙人赶驴回来。炭卖了，筐空了，人也乏了，连说笑的劲儿也都没有了。

突然，传来急促的嘶喊声。

河滩小树林中，人影绰绰。

河顺："出事啦！"

孩子们登时来了精神，吆住驴骡朝小树林奔去。

十四

半死的各轮被人扔进大坑。

意识到生命之危，各轮奋不顾身地挣扎着，嘶喊着抱住张富贵的腿。

杨如珍："按住，按住他！"

赶来的河顺和一群孩子被吓坏了，得意更是惊恐错愕，不由得闭上了眼睛。

河顺一把没抓住，狗剩大叫着扑向那伙人。

各轮终于又被扔进土坑。

杨如珍呵道："埋！"

土石纷纷落下，很快埋到各轮的胸口。

狗剩扑向坑边，哭喊着用双手扒土："不要，不要，各轮哥！"

张富贵一脚将狗剩踢飞。

铁锹拍在各轮头上，顿时血淋淋的脑袋开了花。

得意吓得捂眼颤抖，忽然撒腿朝村子跑去……

十五

院门撞开。

脸色变形的得意扑进来,一把抱住母亲。

王金莲惊异地问道:"怎么了孩?怎么了孩?"

得意:"各、各轮,活埋了……"

"啊?"赵中正忽然坐起。

赵和清也吓得目瞪口呆,忽然想起什么来大叫:"咱的驴呢?"

十六

河顺圪蹴在一只碌碡上吹响唢呐。清冷的月光下,他如一尊雕像般。

唢呐,这种在当地叫作"海笛"的民族乐器,被河顺吹奏得如泣如诉,在这月明星稀的仲秋之夜,似凄切悲号般久久徘徊……

十七

得意脸色苍白,逗着笼里的"叫哥哥",偶尔微笑一下。

狗剩、水旺、铁锁几个后生挎着柳条筐进来,问道:"得意,去不去割草?"

正在喂驴的赵和清扭过头说道:"怎么不去,不割草驴吃什么?"

得意拾起地上的柳条筐。

孩子们一拥而出。

十八

村街上,一些女人孩子纷纷朝胡土根的院子跑去。

水旺:"又有好戏看了。"

铁锁:"快走快走!"

胡土根家境是十分殷实的。

香烟缭绕着从门窗漫出。

屋子里,土根嫂正跳大神——这是旧社会北方农村的一种迷信活动,各地形式并不相同。生活在艰苦条件下的老百姓在精神得不到求助的情况下,常用这种办法排解心中的苦楚和身体的病痛。

当时的土根嫂二十五六岁,她俊俏妩媚,是尉迟村出名的美人。这天她牙疼难耐,一只手捂着腮帮,头顶一块红帕,围着香案跳跳蹦蹦,不时立身哆嗦,发出怪异的咒语。

胡土根捧着一碗清水,每当老婆转到他跟前,他就撩水朝她头上一洒,嘴里念叨:"急急如律令。"

院子里的人越来越多,村民们都来看热闹。人群中不时响起笑声。

得意挤在人堆里,好奇地瞧着土根嫂略带神神秘秘地跳蹦舞蹈。

突然,一声奇怪的尖叫过后,土根嫂停止了跳大神,她抹去额上的细汗,朝大家灿烂一笑。

胡土根关切地问她:"还疼不,疼?"

土根嫂捂住嘴骂道:"废话,那能不疼?"

胡土根结结巴巴道:"要不,咱,今天就去,拔牙?"

土根嫂厉声呵道:"放屁!今天敢去?小孔明算的是明天宜出行。"

胡土根唯唯诺诺地嘀咕道:"拔个牙,这么,麻烦……"

土根嫂只管接着骂道:"放你驴屁!"

十九

正是午饭时。

南墙根下,人们或蹲或坐,每人捧着一只"串门"大碗,一边听河顺说着俏皮话,一边吃饭——这是北方农村一种常见的景象:饭可能不会太好,但大伙挤在一起吃,听听笑话,交流信息,有助于增强食欲。

得意也端着一只海碗靠在河顺旁边吃饭。

太阳隐入云层。

浓浓的黑云被风推动,朝村庄上空涌来。

河顺:"来雨啦!"

这时,街上穿着一身新衣的胡土根牵一头骡子从院子里出来,把一条小花被搭在骡身上。

河顺:"快看,仙姑下凡啦!"

果然,土根嫂打扮花哨,一扭一摆地走出来,只见她抬脚踩住土根的双手,款款坐到了骡子的身上,横身坐稳:"还等什么?死材!"

胡土根慌忙转身锁了院门,赶骡过来。

河顺把嘴一抹,敲着碗,现编了一段快板:

胡土根,糊涂涂,
娶个媳妇赛仙姑,
赛仙姑,害牙疼,
不去拔牙去跳神,
跳了神,不管用,
骑上骡子出了门,
其实这牙早该拔,
只怨咱们小孔明。

人们听了哄笑起来,闹得胡土根脸上很不自然,土根嫂却觉着很得意,跟着大家一起笑。

河顺:"快看,她那脸真像驴粪蛋蛋下了霜。"

人们就又笑。

土根嫂:"河顺你烂屁眼嘴,又说我什么呢?"

河顺:"不敢不敢,去拔牙?"

土根嫂不搭理他,用脚踢一下骡子的肚,想叫骡子快走,不料骡子受到刺激,后腿一蹬反倒停住撒起尿来。尿水哗啦啦溅了胡土根一裤腿,逼得他一跳一跳。土根嫂就骂:"死材,新新的鞋让你遭践了。"

人们见了这一幕更是笑得前仰后合。

得意也憨厚地笑着。

胡土根牵骡走去,土根嫂忽然扭回头骂:"笑你们妈的逼!"

人们就又笑得轰响。

河顺忽然叫喊:"起晌有雨。"

土根嫂又骂:"有你妈的逼。"

二十

隐隐传来雷声。

杨如珍带着张富贵等一伙人走过来,看见河顺,骂道:"河顺,把你的屁眼夹紧点!再他妈胡编,小心你一身驴皮!"

河顺听了这话气得狠狠用筷子敲了一下碗。

围观的人们纷纷走散。

杨如珍:"得意,你大在不在?"

得意拿眼看着他,半晌却不说话。

杨如珍:"这小王八蛋怎么啦?"

张富贵:"八成是个二半吊。"

说罢这伙人朝赵家院子拥去。

二十一

赵和清一脸堆笑,谦卑地掀起门帘把杨如珍让进堂屋,又忙着取来烟袋递过去:"村长你闲啦。"

杨如珍:"少装蒜,今天我们是来收账的。"

赵和清:"可不是可不是……"

张富贵翻开账本,取出几张借据拍在桌上:"呐,这可是你孩子写的文书!前年大前年大大前年,你大治病,拢共借咱村长大洋七十块,到今天本利加一起,该是一百零三块九。"

炕上,赵中正猛烈咳嗽起来,嗓子里喘得像是拉风箱。

赵和清弯着腰满脸堆笑道:"村长恩典!村长恩典! 这钱……"

杨如珍:"你不还?"

赵和清:"不是不还,过几天吧,过几天。"

杨如珍哼一声:"少鸡巴来这一套!你没钱,没钱有驴。去,把驴牵走。"

张富贵应声跳起来就要去牵驴。

赵和清慌忙拦住："村长村长，把驴牵走，咱家可是没一条活路啦。"

杨如珍："那你说，咋办？"

赵和清："这，这……"

赵中正嗓子里一阵呼噜声后，脸蹩得通红又变黑，忽然身子一挺昏了过去。

小翠哭叫起来："爷爷！"

赵和清急忙跑过去，用手掐住赵中正的人中，手足无措地喊着："大，大，大你醒醒。"

半天，赵中正回过神来，抬手指住杨如珍，想说什么却又说不出，两眼憋出泪花。

王金莲忙给老人家捶背揉胸。

杨如珍见状很扫兴，手一摆说："赵和清，我再宽你几天，秋后收上粮不还，咱们可就再没好话说了。"

赵和清忙答道："能行能行能行。"

院子里，得意将一把青草喂进黑驴嘴里，见杨如珍气咻咻地出来，一声不吭，只是冷冷地看着他。

杨如珍瞥了一眼得意说道："你这孩儿是个傻子吧。"

赵和清："是，是，得意，见了村长怎么不说话，不懂礼貌。"

二十二

大雨如瓢泼，把胡土根两口子浇了个透湿。

土根嫂又骂起来。

胡土根急忙扶她下骡，抱着她朝附近的一棵老树下奔去。

二十三

大雨如注，倾泻不止。

一群人挤在河顺的窑洞里，摆弄着乐器。得意歪在土炕上，正看着一本《秦雪梅吊孝》。

这窑洞可谓家徒四壁，一贫如洗。黑锅黑灶，老大的水缸旁有一只小板凳。河顺正一边烧开水,一边说些俏皮话:"我是一人吃饱全家不饥,锁住门不怕饿死小板凳。"

这时狗剩提议:"反正下雨去不了地,咱们热闹热闹吧!"

铁锁反对道:"热闹个屁,各轮被活埋了,谁来掌鼓板?"

水旺说:"得意,得意行。"

河顺:"得意你成天看书有什么用?快来给咱操鼓。"

得意:"我不行……"

河顺:"没试你怎么知道不行?来,坐这。"

说着河顺过来把得意扨在凳上,操起鼓箭往他手里一塞。得意接过鼓箭在鼓板沿上轻轻一击,顿时八音齐奏,一台流行在晋东南农村自乐班的"八音会"就咚咚锵锵地演奏起来。顿时喧闹的乐声穿破雨幕腾起在烟雨朦胧的村庄上空,传向辽远苍茫的山野。

第二章

一

庄稼成熟了。

日子惨淡无趣,艰难生存几乎窒息了人们对于生活的美好向往。然而,秋收到来了,丰收在望的谷物冲淡了人们心中的愁苦,给风雨飘摇中的农村平添些许欢乐,到处是忙碌的身影。

赵和清的玉米也成熟了。那是一片变成褐黄色的玉米林,每株玉米秆上面结着两三个粗实的棒子,看着就让人高兴。赵和清因此就又有了一个好心情,他一面掰玉米棒子,一面哼哼戏文。

他身后的得意汗流浃背,正在挥镰收割。

他们的身后,是王金莲和小玉、小翠姐妹,她们将掰下来的玉米棒子装满一筐,就抬到地头倾倒在玉米堆上。

小翠粉白的小脸上挂着细汗,偶尔发现一穗红须玉米,就高兴地举着跑去让哥哥看。这时的得意就会把妹妹抱起来,疼爱地伸手拿掉她头发上的草叶。

二

谷子也长得出奇的好。

碌碡碾着摊开的谷穗,发出"吱吱"的欢响。

得意正吆喝着驴,不时扬起手中长鞭,黑驴就快跑一阵。

场边，赵和清一边抢着木杈翻挑着，一边不满地申斥儿子："你就是舍不得打驴，这要碾到什么时候？"

得意听了父亲的责怪却只是憨憨地笑笑。

王金莲提着饭罐笑吟吟地走进谷场，小翠骑在姐姐肩上，左臂挂着一只小小的柳条篮，高兴地叫嚷着："哥，肚饥了吧。"

得意："啥饭？"

小翠："好吃哩，新磨的玉茭面煎饼。"

小玉替下哥哥赶驴碾场。

得意饿极了，伸手抓起煎饼一阵猛吃，汗从头上冒出。小翠忙给哥哥擦汗。

赵和清："这孩子吃相不好，怕是饿死鬼转生，一辈子穷命。"

王金莲："放你狗臭屁。"

赵和清一声长叹。

太阳快要落山的时候，谷子碾完，开始扬场。

这时候，秋风由河谷吹来，变得格外有劲。得意抢着木锹，将谷粒抛向空中，糠草随风飞去，饱满的谷粒若金黄色的伞，"刷"地散落在谷堆上……

赵和清拄着扫帚，不无自得地为儿子喝彩："能行，是个把式！"

三

暮色四合，得意挑着一担南瓜走进院子。

赵和清："挑完了吗？"

得意："没完，还有三五担。"

赵和清："那你快去，再赶趁一趟。"

王金莲："当牲口使呀，看把孩儿累成什么啦。"

得意："妈，我不累。"

王金莲："不去，快吃饭。明天再去担，还怕它跑了？南瓜又没长腿。"

赵和清责怪着老婆："你把他惯的。"

水旺、狗剩、铁锁三个孩子嚷着跑进院来:"得意,看戏去。"

得意听了这个眼睛一亮,顿时来了精神:"走。"

赵和清:"这么晚了看什么戏?"

王金莲:"还没吃饭哩。"

赵和清:"什么地方唱戏?"

水旺:"牛角岭。"

得意进屋抓了一摞煎饼出来,分给水旺、狗剩、铁锁他们一人一张,待他正要出门,却被父亲喊住:"得意你过来。"

赵和清对着儿子的耳朵悄声说:"我在牛角岭给你对了一门亲,对方姓马,闺女叫素英,长得真叫好看。你去了……"

得意听了这消息不自然地摇摇头。

赵和清不耐烦了:"小屁孩子不懂事,去吧去吧去吧。"

堂屋里的赵中正咳喘着叮嘱道:"带上衣裳,'秋老虎'厉害。"

小翠跑出来:"哥,哥,我也去。"

赵和清:"胡闹!小丫头片子看什么戏。"

小翠一听父亲的话立刻坐在地上哭,两条小腿一阵乱蹬。

王金莲哄也不行。

"算了算了,不要哭了。"得意抱起妹妹一把扔上肩膀。

小翠顿时破涕为笑,小手搂住哥哥的头,开心得两条腿不停地踢腾。

四

戏已开场。

台上激越的上党梆子唱腔夹着锣钹弦乐腾起,使这秋收后的夜晚显得热闹而温馨。台下不时响起人们的叫好声,小伙子们拼命地打着口哨,农村唱戏从来是闹哄哄的。

人群里,得意看得十分入迷。

偏就小翠不老实,她的小手举着一盘葵花吃着,小嘴却不停地叽叽喳喳着。这时她发现了马素英、马竹英姐妹,就把眼睁得好大,使劲扳过哥哥的脸说:"哥,快看快看!那两个闺女长的一模一样……"

得意顺着妹妹的指引就看见了马家姐妹。

小翠:"哥,你说她俩好看不好看?"

得意却斥责她道:"不能少说两句?"

"哼!"小翠气得圪嘟起嘴。

得意:"再乱嚷下次不带你。"

小翠忽然拿着葵花盘敲在哥哥的头上:"我不唤你哥了,不唤你哥,唤你得意,得意。"又大叫着:"赵得意,赵树礼——"

小翠这样顽皮,把跟前的人们逗笑了。

马竹英捅捅姐姐,朝得意这边指指,附在素英耳朵上说着什么。马素英听后有点窘,便伸手胳肢妹妹,姐妹俩吃吃地笑起来。

得意扭头看过去,黑暗里马素英也朝他看过来。

小翠猛地扳过哥哥的头:"不许看!"

五

黎明,晨雾弥漫。赵家的院子里堆满粮食。

窗台上摆满南瓜,门栱上吊着红辣椒,编成辫子的玉米棒子挂在栏杆上,靠墙根堆着芝麻秆儿,地上摊着山药蛋,笸箩里晾着高粱,簸箕里盛着黑豆,几十捆谷草码在驴圈门口。

这便是赵家人一年的血汗。

总算逮住了一个不错的年成!所以,尽管债台高筑,疲惫不堪的赵和清在酣睡中嘴角上浮着一丝甜滋滋的微笑。

殊不知,在旧社会的广大农村,秋粮收获的同时,穷苦百姓的厄运也就接踵而来了。

忽然,赵家院门猛地被敲响。

黑驴受到惊吓,发出嘶叫。

"开门开门!开门!"

赵和清突然被吓醒,他拍了拍身旁熟睡的老婆,蹬上裤子披上衣趿拉着破鞋跑出来。

"谁呀?"赵和清有点迟疑地问。

"税产局的,开门吧。"

赵和清不情愿地拔开门闩,张富贵领着一伙人闯进来。黑压压地站了一地,他们提着大秤,拿着算盘,扛着麻袋,凶巴巴地东瞧西看。

张富贵:"这家姓赵,户主赵和清。"

粮差:"赵和清?"

赵和清:"是。"

粮差:"你家七口人?"

赵和清:"是。"

粮差:"家有十六亩地?"

赵和清:"原来十六亩,现在不够了。"

粮差:"为啥?"

赵和清:"押出四亩了,没钱还账,这地快成人家的啦。"

粮差掏出传票:"咱们可是不管你那么多,奉公办差,任何人不讲情面。呐,票上写的清楚:尉迟村赵和清,人七口,地亩十六,粮税十三,地税八块,役差折钱六块六,槽口税四二,教育摊派按人头,七块,保民治安费两块八,防灾防虫三块五,拢共四十八元六角。"

赵和清听后吓了一跳:"多得没样了吧!"

粮差:"怎么,皇粮国税你也敢抗?"

赵和清:"不敢不敢!只是咱家一文钱也没有……"

粮差:"没钱?没钱有粮嘛!"

赵和清:"老总老总……"

另一粮差:"跟他说那么多干啥?装粮!"

一伙人扑向粮堆,装粮、过秤、计算……赵和清心里焦急却又无奈地跳来跳去,西屋门口,得意冷冷地看着这一切,屋内的窗户纸孔透出赵中正惊惧不安的眼神。

小翠抱着母亲的大腿,害怕地把脸埋在母亲的腿后面。

厨房里,小玉愤怒地摔出一只铜盆,"咣当"一声落在粮堆旁,把粮差们吓了一跳:"干啥?发火也不顶事。走!"一伙人扛着粮食叫嚷着出了门。

赵和清呆愣愣地看着他辛苦劳作得来的粮食，而今只剩下不大的两堆。屋内传出赵中正猛烈的咳喘声。

赵和清突然朝着儿子跺脚喊道："你还愣着干什么？快去关门！"

六

村警被两名荷枪实弹的兵押着，敲着锣边走边喊："各家各户听好了！立马到庙上开会。"

七

赵和清的一家人手忙脚乱地藏粮。

赵和清接过老婆递过的粮袋塞进炕洞。

小玉、小翠拆掉枕头，往枕头套里装谷子。

驴圈里，得意把一袋粮食藏在谷草捆下……

八

村口布了岗，被当兵的把住了。

尉迟庙戒备森严。

庙院里挤满了乡亲们。

得意也在人堆里。

戏台上，杨如珍坐在一张方桌旁，吸着烟巴结地看着正在训话的军官。

这军官一脸络腮胡子，操一口五台腔，凶巴巴地朝台下群众吼着："咱们是阎司令长官的部队，在下十三旅二十二标标统阎大顺。今天咱们去河东剿匪，路过这里，人困了，马乏了，粮没了。怎么办？只好朝父老乡亲们借一点。"

人们乱哄哄地议论起来。

当兵的哗一声挺起刺刀。

阎大顺掏出手枪拍在桌上："妈大腿！阎长官说：兵民是一家，团结保家乡。咱们都是山西人，老西儿，都爱喝醋。咱们打土匪，保境安民，还不是为了你们老百姓？借你们几颗粮食就心疼啦，你们没良心，没尿良心嘛！明说了吧，今天借也得借，不借也得借！每户二十斤粮，一百斤谷草。敢少一两，老子把你们的尿毛毛一根一根拔得干干净净！"

九

尉迟村登时开了锅。

当兵的满村子抢粮。

鸡飞猫窜狗跳墙，哭声喊声砸门声夹着零星的枪声，整个村子乱成一锅粥。

五六个兵砸开赵家院门。

"老总老总，老总开恩！"赵和清惊慌失措地伸开手欲拦，被一个兵举枪砸倒。

挂在栏杆上的玉米被摘下来，黑豆倒进了口袋，辣椒他们也不放过。匪兵窜进屋里，顿时乒乓乱砸。

两个兵闯进驴圈抢草，得意奋不顾身地扑上去和他们扭斗，被一个兵用脚踢飞在院子里。

一捆捆谷草被扔出圈外。

一个兵叫起来："嗨，有粮。"

得意扑上去夺，势如拼命。他的行为把一个兵惹火了，突然朝天开了一枪。

"得意，"一家人吓了一跳。

赵中正忽然出现在门口，嘴边流着血，手抖着指住当兵的："畜生！"说罢，突然仰头倒下。

"爷爷！"得意大叫一声，扑上去抱住赵中正。

十

赵中正眼看不行了。

他慈爱地摸着得意的头，用颤抖的手摸出一本小书递给孙儿，半天，困难地挤出最后一句话："好，好，念书。"说完就咽了气。

那本小书掉在赵中正的肚子上,那是一本《四书白话新解》。

一家人顿时哭成一团。

得意的悲痛不能自已,猛地抱住爷爷的身子哭喊着……

十一

赵家的院门口糊上了白纸。

人们进进出出地帮忙料理丧事。

灵棚搭起来。

堂屋门板卸掉一扇。

赵中正被停尸门板上。

一片哭声、悲怆塞满院子。

亲属们换了孝衣,满院子尽是白色,雪一样。

得意、小玉、小翠跪在灵前,哭着烧纸。

赵和清过来拽起儿子:"快跟大走。"

父子俩匆匆出门。

十二

这是一座高门高墙的大宅院。院门口蹲着两座石狮,张着大口。

赵氏父子走来,小心地拍响门环。

顿时,院子里的恶狗就凶巴巴地狂吠起来。

十三

堂屋里的一桌子人正在打麻将,粮差、两个副官模样的兵和张富贵正玩得兴起,他们吆三喝四地乱嚷。

一盘土炕上,杨如珍和阎大顺脸对脸地躺着抽大烟。

赵和清谦卑地站在炕边,等着村长问话。

杨如珍过足了烟瘾,这才慢条斯理地问道:"你大老了?"

赵和清:"是。"

杨如珍:"人活那么大也没甚意思。"

赵和清："是，是。"

杨如珍："说吧，什么事。"

赵和清："村长恩典，今年粮食倒是打得不少，可是……借您老人家的钱怕是还不上啦！"

杨如珍："这可不行，咱们有话在先。"

赵和清："村长不要生气。钱还不上，咱押的那四亩地，也就不敢要了。今儿起，您老人家收下吧。"

杨如珍"哼"了一声道："这可是你说的。"

"是，是，不过……"赵和清局促地掏出一张土地执照："这二亩地还得押给你。"

杨如珍："还要借？"

赵和清："是，家里没一文钱。请村长没多有少，再借给一些。好歹置口棺材，把我大埋了。"

杨如珍："得多少？"

赵和清："二十，二十块大洋。"

杨如珍："你这二亩地可不值二十块！"①

赵和清欲哭："那，那……"

阎大顺不耐烦了："老杨你难为他干毬甚，你不看他家刚死了人？"

杨如珍："行吧，看在阎标统的面子上，借给你。不过，我的规矩你是知道的。"

赵和清："知道知道，八分利，借二十块，你付给我十六块就够了。"

阎大顺："妈大腿，老杨，你可吃得够狠哇！"

杨如珍干笑两声："就这还挡不住大家都来朝我借。我又不是开钱庄的，哪有那么多钱，草灰羔子！我是看在乡里乡亲都挺可怜的份上。富贵，把手续给他办了吧。"说罢，杨如珍把执照纳进怀里。

条几上，笔墨摆开。得意迟疑地执笔，写下一张借据，赵和清摁上指

---

①据有关资料，20世纪20年代山西人均土地六亩，土地平均价格为麦田一亩三十至八十大元（大洋），稻田一亩五十至一百七十元。沁水地处山区，土地多为山坡薄田，价格应低于全省均价，在二十至三十元之间。

印。张富贵拿起文书吹了吹,捧过去请杨如珍过目。

杨如珍:"就这吧。"赵和清如释重负。

粮差不耐烦地朝赵家父子一摆手:"快滚快滚,讨吃鬼,净耽误老子的好事。老张,该鸡巴你出牌啦。"

十四

河顺一干人抬着棺材朝半山上的坟地走去,后面跟着哀号着的赵门一家人和亲戚。得意手执丧杖,满脸悲戚,眼里却已无泪。

十五

雪花如絮,纷纷扬扬。顿时白了山野,白了村庄,白了树木……

十六

楼梯下吊着的蝈蝈笼蒙上厚厚一层雪。

赵和清抡着木锹铲雪。

狗剩、水旺、铁锁几个进来:"得意,咱去打家伙?"

赵和清:"这个时候了,还有心情吹打?"

水旺:"得意,去不去?"

赵和清过来撵他们:"出去,快出去,得意顾不上,还得念书哩。"

孩子们快快走出。

背后,赵和清嚷:"你们几个以后少来!"说着"哐当"关了院门。

十七

一灯如豆。

桌角上摆着一盆清水。

得意洗净了手,默坐灯下,才虔诚地翻开爷爷留下的那本《四书白话新解》。书的扉页上是一个孩子的像,叫江希张,号称江神童。这本书在当时流行极广,由阎锡山亲自作序,对少年赵树理影响很大,他曾自述"一连几年,洗手开看"。

十八

一抹冬日从窗纸上透进。

堂屋里，赵中正病死的那盘土炕上，得意捂着肚子在炕上翻滚着，疼得满头冒汗。小翠偎在哥哥身前，不时拧一块湿毛巾为哥哥擦脸，小脸上满是焦急，一迭声地问："哥你哪里疼，哥你哪里疼？"

得意哼哼着："肚，肚，疼死我啦。"

一家人都慌了手脚。

王金莲烧起高香，跪在神龛下磕头，流着泪不停地念经。

小玉端来姜汤。

赵和清一脸愁苦，搂头蹲在一旁地上，嘴里念念有词："祸不单行，真是祸不单行。"又从身上摸出铜钱，"哗啦"一声掷下。

王金莲的脸上挂着泪："三天了，这孩子要是有个三长两短……"

赵和清脸色一紧："悄悄地，不看我正干什么？神不高兴了！"

王金莲忙把卦书递给他。

赵和清急切地翻看，掐指算了一阵，忽然长出一口气："没甚大事！这孩子命里该有这一难。你去寻些大蒜和艾蒿来。"忙又给儿子搭脉。赵和清："死马当活马医吧！"说着掀去棉被，解开儿子的衣裳，翻过身子，将艾蒿点燃，朝着得意肚脐眼里插着的蒜熏去……

得意痛苦地呻吟着，一声比一声大。

赵和清的脸色一阵比一阵舒展："顶事，这办法顶事！你看他的脸。"

得意脸色转红，额上透出一层大汗，忽然"哎呀"一声大叫坐起来："妈，肚饥啦！"

赵和清："好啦好啦！"

王金莲："知道饿啦，知道饿啦！"

小翠："姐，快去拿饭。"

赵和清："身上轻省了吧？"

得意："轻了。"

赵和清："这是寒症。没事是没事了，只怕往后留下根子，一年四季怕冷。"

王金莲："那可怎么办？"

十九

桃红柳绿，草长莺飞。

赵和清吆驴犁地。

地块中间，得意抢着铁锹撒粪——这时他的身体已经完全好了，虽单薄却也生气勃勃。

赵和清唱着戏，但少气无力，听着叫人不舒服，唱了几句就停了："得意，你爷爷临老给你说的啥？"

得意："叫我好好念书。"

赵和清："你爷爷活了六十四，操心你就快二十年。可不敢忘了老人家的话。"

得意："记着哩！"

赵和清："前些天，河顺告我说，长治有个师范……"

得意："不去，咱家没钱。"

赵和清忽然发火："谁叫你说钱啦，谁叫你说钱啦？"

得意："大……"

赵和清长叹一声："唉，是大没本事。把日子过成这么穷，也真是对不住你们。"

得意："大，你不用愁，我也这么大了，好好作务庄稼，不怕他日月好不过来！"

赵和清："扯淡，谁叫你作务庄稼啦？啊，你想一辈子种地呀，啊？"

得意看他又发火，就不吭气了。

赵和清："我这是咋啦，咋啦？这一阵肚里怎么尽是火？"

得意忽然放开嗓子唱起戏来：

本督行兵如神扫，
山摇地动汉水潮。

何时得了荆州地，

杀死刘备把恨消……

赵和清脸上的皱纹一层层舒展："得意，大今年给你娶媳妇，明年送你去念书。"

得意："你说啥？"

赵和清挤出一丝笑，抽了黑驴一鞭："驾！"

二十

媒婆领着个麻脸男人走进院子。

赵和清站在门口迎接："来啦。"

媒婆："来啦。"

赵和清："快进屋，快进屋。"

小翠盯着那男人看，忽然跑出门去。

二十一

"姐，姐。"小翠一边甩着小辫跑上山来，一边喊着，把正播种谷子的哥哥姐姐吓了一跳。小玉忙把妹妹搂住："出啥事啦？"

小翠："姐，你男人来啦，长得恶心死人。"

小玉脸色一沉。

二十二

媒婆："主家，你闺女呢？"

赵和清："去地啦，过一阵儿叫她。"

媒婆："主家，你叫我办的事给你办好啦，人呢，也给你领来了。"

赵和清就朝坐在板凳上的那男人点点头。

那男人叫丑能，果然丑得一塌糊涂，只会在一旁憨厚地笑。

媒婆："人嘛，丑是丑了点，可家里有钱呀。"

赵和清："有钱好，有钱好。"

媒婆："说起来人活一辈子是过日子，其实还不是和钱过，有钱穿绸披缎，没钱讨吃要饭……"

赵和清："可不是，可不是。"

媒婆："嫁这么个有钱户，管保咱闺女不会受穷又受罪……"

赵和清："是，那是。"

媒婆："敢情，这么好的人家，在咱这一道河吧，打着灯笼又能寻见几个？"

王金莲愁容满面地端来水。

媒婆："菩萨有眼呀！叫你家摊上这么大福气。"

赵和清："承谢，承谢！"忽然压低声音冲着媒婆说："咱说的彩金可是一百大洋……"

媒婆就笑起来："放心！一文都不会少。来，把包袱解开，叫主家看看。"

那男人慌手慌脚地打开包袱，红红绿绿的彩礼就亮出来。

赵和清满意极了，笑得合不拢嘴。

小玉一阵风似的冲进来，瞪住那男人看半天，然后忽然大叫一声"出去！"双手抓起包袱扔到院里。

媒婆登时吓了一跳。

丑能讪讪地站起。

"反了你！"赵和清抽了小玉一巴掌，又冲媒婆和那男人笑道："没啥没啥，小丫头不懂规矩……"

小玉又哭又叫，疯了一样朝媒婆脸上挠去，在她脸上挠出几条血道子，又端起热水朝那男人兜头泼去，王金莲忙把闺女死死抱住。

小玉凄厉喊着："妈，我不嫁……"

媒婆气愤得要走，赵和清伸手欲拦却被挡开，嘴里不安地说着："你看这你看这……"

院子里，那男人俯身拾起彩礼。

媒婆脸吊得很长。

院门口，赵和清拽住媒婆说道："咱说好的事没变，回头给你捎话。"

说完反身关住门，抓起一条扁担扑进屋里，一迭连声冲着小玉吼道："惯坏你了，惯坏你了！"顿时屋里传出小玉的惨叫。王金莲急得乱嚷，赵和清气得狂吼。

屋里一阵乒乒乓乓声，惊得院里鸡飞猫跳，黑驴挨刀似的嘶吼起来。

小玉头上淌着血跑出院子。

赵和清追出来，一扁担把小玉打倒，又追了几步上前正要再打，忽然看见闺女哀如羔羊的眼神。他手中扁担一松，突然躺倒在地，满院子打滚，嘴里发出野兽似的哀号："活不如死呀，活不如死呀！"

小玉又气又恼又悲又酸，猛地扑过来抱住父亲，绝望凄厉地哭喊："大，大，我听你的，我听你的呀。"王金莲跑出来见状靠在墙上，欲哭无泪，嗓子里"咕噜"作响，仰起苍白的脸，茫然地望着天空。

得意拉着小翠跑进院子，被眼前的景象惊呆了。

二十三

赵和清背着八卦袋子再次坐在马家的窑洞里时，距上次媒婆来家已过了四五个月。这时，麦子已经收割，谷子、玉米才刚放开长势。山野碧绿，到处一片生意盎然。

桌子上摆着几摞银圆。马老汉、赵和清坐在桌旁抽旱烟。

赵和清神情大非从前。毕竟刚刚经历了摧心折骨的两场痛创，他明显地苍老了许多，脸上出现更多皱纹，闷着头，吧嗒吧嗒一个劲地抽烟。

马老汉："添上些，再添上些……"

赵和清："添不起啦，真添不起啦。"

马老汉："我说小孔明，咱家一个活泼泼好闺女送给你家做媳妇，不能只值七十块钱吧。"

赵和清顿时声音低了些许道："我要真能拿出来，多给你一些又不是给了外人，是不是？实实是，家底底就这一点了。"

马老汉："添上些，添上些。"

赵和清听了这话急得快要哭出来了。

正在套窑门上偷看的素英、竹英姐妹，听到父亲一再逼迫对方加钱，就不高兴了。

马素英："哼，咱大真是财迷！"

马竹英："没材料！"

说着姐妹俩各端一碗水出来，马竹英轻轻地放一碗在赵和清面前："叔，喝水。"马素英手就很重，"咄"一下把碗放下，开水溅在马老汉手上，烫得他直咧嘴。

"不能轻点！"马老汉正要训斥，却见素英两眼瞪得大大的，瞪着他半天眼珠子不动："噫，小东西，你怎么啦？发癔症呀。"马素英突然抓起一枚银圆塞进他嘴里，"咯咯"笑着跑了。

马老汉一愣，掏出银圆呆愣片刻，忽然就笑起来："明白啦，我明白啦！哈哈，真是女大不中留，留下就是仇。"

赵和清："你说甚？"

"这闺女嫌我朝你添钱咧！"老马晃着银圆："亲家，钱的事不提啦。"

赵和清："你，你唤我亲家？"

马老汉："不唤你亲家唤甚？"

赵和清顿时脸如花开："谢天谢地！我昨天算的一卦果真灵验。"

马老汉："其实去年秋天我村唱戏，咱闺女就和你孩对过脸啦。看戏回来跟她妈说你孩一表人才，不错……"

赵和清："是不错！那小东西眼里有活，学什么一看就会，干什么一做就对。只可惜身体单薄些。"

两人越说越热乎。

马老汉的老婆端来饭，笑着说道："没啥好招待，二合面饸饹你将就点多吃些。"

"不外气，不外气，"赵和清接住碗笑道，"亲家，我想腊月天就给孩儿们把事办了。你看咋样？"

马老汉："我看能行。"

二十四

赵和清回家去。他扛着一颗硕大的西瓜,步子迈得很大,仰着挂满喜悦的皱脸,张着缺了两颗门牙的大嘴开心地吼着干梆戏……

二十五

转眼就进入腊月。

地上铺着一层薄雪。

鞭炮炸响,鼓乐齐鸣。

赵家院门贴上红对子,大红灯笼高高挂。

迎亲的队伍进得胡同口来。

花轿晃晃悠悠。

"八音会"的伙计们卖力地吹奏。

得意骑着高头大马,头戴礼帽,披红戴花。

村人拥在街上,他们的棉衣虽破旧,却人人都笑眉笑眼,祝福邻家的孩子娶亲,人们笑得纯朴,乐得忠厚。

小翠在人堆里钻来钻去。

花轿终于停在门口。

担任司仪的河顺就放开大嗓门唱起来:

> 牛郎织女喜相逢,
> 金童玉女结新亲。
> 男耕女织天河配,
> 从此人间享太平。
> ——新人下轿!

一帮后生又笑又叫又嚷。

得意背起新娘被人簇拥着进院,把新娘放到一张红漆太师椅上。

河顺又唱:

一根檀香木，
雕刻金马鞍，
新人入洞房，
四季保平安。
——新郎新娘起立参拜！

伴娘就把新娘扶起来。
河顺高声喊道：

一拜天地，
二拜高堂，
夫妻对拜，
送入洞房——

新房在西屋楼上。
得意背着新娘吃力地登上楼梯。
后生们跟着拥上。
一院子人哄笑着。
"八音会"支开场子。
院子一角，支着一盘老虎灶，丑能满头大汗地捞饸饹。他干得极其认真，总是装得满满一碗，再盖一勺子菜，方才笑着递给人家。偶尔发现有面条掉在锅边或灶台上，就捡起来吹去灰土，丢进嘴里津津有味地吃掉。
小玉看见了，过来扯他一把，呵道："不嫌丢人！"
丑能："丢啥人嘛，这么好的面不吃糟蹋了"。
小玉就瞪着他："还犟！"
丑能一看小玉生气了，连忙说道："不吃啦，不吃啦。"
小玉"咯咯"就笑了。
一碗碗饸饹在人们手中传递，于是大家就在院子里或蹲或站，响起一片呼噜噜的吃面声。

赵和清满面春风,见人就拱手称谢。

河顺递过唢呐:"小孔明,今天你大喜,吹一段吧。"

赵和清接住:"哈,有些日子没摸这家伙啦。"说着就含在嘴里,双腮一吸又一鼓,登时唢呐声就响起来。

那是一段人间至美的乐曲。

那是悲苦人生的一种奇特安慰。

赵和清眼睛里蓄满泪花。

二十六

鹅毛大雪纷飞,天还黑着。公鸡惊骇地尖叫。狗儿不安地狂吠。

赵和清蹑手蹑脚地爬上西楼,轻轻叩响贴着大红喜字的窗户:"得意,得意你快起。"

得意:"大,咋啦?"

赵和清:"不要说话,快起来,穿厚些。"

得意裹着棉衣出来:"大,这么早……"

赵和清:"悄悄地跟大走。"

院门洞里,王金莲轻轻拉开大门,赵和清腋下夹了一捆谷草,拖着得意贼一样窜出门去。

二十七

赵家父子深一脚浅一脚地踩着厚雪爬上山头,远远看见一座庙。

得意:"大过年的,干啥去?"

赵和清:"明天年三十。"

薄薄的亮色中,大山里晃动着人影。

赵和清:"都是躲债的。明天是一年中的最后一天,债主们准会上门勒索,穷家还不上钱,抬缸、扒房、掘地三尺,逼着上吊也是有的。只要躲过了今夜,明天就是明年啦,还怕他什么——这叫'挤三十'。"

父子俩钻进庙门,却把里面的人吓得跳起来,他俩仔细一看,是河顺。

二十八

雪越下越大。

得意身上盖着谷草,靠着河顺蜷缩着睡去。

北风呼啸如狼嚎。

二十九

秋蝉又鸣叫起来的时候。

一家人走出院子来,为得意送行。

1925年夏末,在父亲的一再坚持下,得意以第四名的优异成绩考上长治省立第四师范,编入十九班,学名赵树礼。

这时得意已有了一个儿子叫太湖,圆头大脑,惹人喜爱。

得意扛着孩子出来。

马素英已是地道少妇,生活虽苦,却风姿绰约,不掩其美。

小翠也长高了。

白发爬上了王金莲的鬓角。

变化最大的是赵和清。这年他四十出头,看上去却比六十岁的老头还老。腰佝偻下来,嘴巴扁回去,满脸的皱纹如核桃皮,神情委顿,老态龙钟,变得唠唠叨叨。

得意把孩子交给妻子,在她耳朵边说了句什么。马素英两腮飞红,羞涩地揍了得意一拳,却又深情脉脉地看着丈夫:"常写信回来啊。"

得意点点头,接过父亲担着的行李——那是一根树枝挑着两包铺盖衣裳,放在肩上拔腿就走。

马素英猛地搂住孩子亲,泪水簌簌流下。

赵和清呵斥道:"婆婆妈妈做甚,又不是上法场。"

三十

得意个子大走得快。赵和清几乎是一溜小跑地跟着。

他本意是送送儿子,却从出门就没停过嘴,时而训诫,时而劝说,时而开导,时而嘱咐,时而又不停地责备……

赵和清:"到了长治,你可得用些心念书,不要叫人家小看了。俗话说,不吃苦中苦,难为人上人……

"念书人腿长,说上就上去了。好歹你念出书来,混个像样的差事,最好能弄个一官半职。唉,我也是蚂蚁戴谷壳——硬充大头哩。依咱家情形,怎能供起你再去上学,可是你爷爷临咽气说……

"做人本分些,不要惹事。退一步海阔天空。活人不能逞强。万事忍为上……

"人活一辈,吃苦受罪。人是苦虫,不打不行。吃亏人常在常常在。有钱难买不愿意。浪子回头金不换。"

爷俩终于来到了村口。

得意:"大,你回吧。"

赵和清嘟囔:"我也没打算送到你长治……"

得意笑起来。

赵和清撩起衣裳摸索半天,才取出一个小布包:"这是十二块现洋,借的,把咱黑驴押上啦。"

得意:"黑驴也押啦。"

赵和清:"不押有甚法,你当钱是好借的。"

得意默然接过钱。走出老远,他回头望望,仍见父亲蹲在路边吸烟,身体佝偻着像一只黑蚂蚁。

第三章

一

出村往北至端氏镇再折向东，经老马岭穿过高平县境，便是去长治唯一的路了。得意迈开大步走着，不久进了端氏镇。

这端氏自古就是沁水县东部的一个重镇。

镇上街道还算宽畅，两旁林林总总挤着些商店、当铺、饭馆、货摊和镶牙馆子。时值麦收才罢，秋忙尚未开始，小镇的街上人来人往，倒也热闹非常。剃头伙计挑着担子游走着兜揽生意，不时将手中的音叉拨响，那种奇怪的声音就弥漫了街市。

忽然一阵喧哗。

煎饼铺门上油乎乎的破帘一闪，一个小叫花子被掼出来，"啪哒"一声趴在街上。铺子主人提着水瓢窜出，抡起瓢就打。

立时围上来一群人。

"叫你偷，叫你偷！"饼铺主人冲着小叫花子又踢又打，还伸手去抢那小孩手中的半个煎饼。那孩子十三四岁的模样，头脸肮脏。见饼铺主人夺饼，突然张口咬住他一只手指不放，疼得饼铺主人嗷嗷直叫，猛踢一脚，小叫花子登时飞起，仰面朝天跌去。跟着饼铺主人的一只大脚就踏住小叫花子瘦小的胸脯。

人群中有人起哄："好！"

得意拨开人群挤进来，一掌推开饼铺主人："不要打！"

饼铺主人："少管闲事，这小娃赖透了，一眼看不住就胡捞摸。"

得意:"他偷是因为穷,你就不能有点恻隐之心?"

主人:"甚?恻恻、之甚?"

人们听了他们的对话哈哈大笑。

得意:"就是你可怜可怜他。"

饼铺主人:"我可怜他,谁可怜我呀?开这个铺子容易呀,这个税那个费,三天两头摊派,黑道上的朋友更惹不起……"

说着又把男孩踢个嘴啃泥。

得意:"算了。他偷了你几个饼?"

饼铺主人:"海了去啦!光今天就三个,以前……"

得意迟疑不决地把手伸进口袋,半天摸出一撮银圆:"够了吧?"

那饼铺主人劈手把钱夺去,小叫花子突然跳起扑向饼铺主人:"找钱。"

饼铺主人:"找什么钱,爬你妈的吧。"

小叫花子却很执着,揪着那人不放:"找钱。"

人群中一老汉看不惯:"吃你一百个饼吧,也用不了那么多。"

"就是。"

"太黑了吧。"

"鸡巴,不要把事情做绝。"

众人跟着附和,纷纷指责饼铺主人。

迫于压力,饼铺主人骂骂咧咧地拿出几个铜钱扔在街上。

小叫花子大喊一声扑过去。

二

来在镇外,小叫花子举着钱追上得意。

得意:"你留着吧。"

小孩:"你是有钱人?"

得意:"……差不多吧。"

小叫花子欢天喜地地装起钱,却变戏法一样摸出一个煎饼,掰开来递给得意一半:"吃吧。"

得意也不客气，接过来咬了一口："你本事不小呀！"

小孩："说的，还能叫他白打？"

得意："你叫什么名字？"

小孩："刘黑孩，嘉封村的。"

得意："哦，我是尉迟的。你多大啦？"

刘黑孩："十三四五吧，你呢？"

得意："三就是三，五就是五，怎么还吧？"

刘黑孩："我大说我十三，我妈说十四，爷爷说十五，你说我多大？"

得意听了这话哈哈大笑。

刘黑孩："笑屁呀，你叫啥？"

得意："姓赵，赵树礼。"

刘黑孩："噢，赵树礼，赵树礼，你干什么去？"

赵树礼："念书。"

刘黑孩："去哪？"

赵树礼："长治。"

刘黑孩："长治？哈，大地方呀！听说长治人吃肉不杀猪，囫囵囵把猪放在大火上烤。还有，有钱人专吃叫驴的鸡鸡。那玩意儿有什么吃头？脏了吧唧的……"

两人聊着聊着哈哈大笑。

赵树礼："你回吧。"

刘黑孩："回哪？一家人吊起嘴，就等饿死，还不如要饭。"

三

哭声夹着鼓乐声从农家院里传出，显然这里在办丧事。院门糊着白纸，院里搭着丧棚，孝男孝女哭着烧纸，满院着白衣的人们忙忙碌碌。

刘黑孩进来，长号一声，一头扑倒在灵前放声就哭，赵树礼跟了进来。一院子人看到他俩愣住了。

灵棚一侧坐着一位盲艺人。

这是个三十来岁的瞎眼男子，身前支着一个奇特的乐器架子：有鼓、有锣、有钹、有梆，他手拉胡琴，两脚踩动，所有的乐器就咚咚锵锵地响起来，似一台合奏。

盲艺人显然也被刘黑孩那一声号叫闹蒙了，停止了演奏。

丧主："干啥干啥！你两个干啥的？"

刘黑孩哭得凄惨悲切，倒把一院子人逗笑。

赵树礼赶忙道歉："老叔，我去长治求学，路过进来看看，也没啥坏主意。只是这小孩子太淘气，请你不要见怪。黑孩，爬起来。"

"噢，是个念书人呀。"那丧主脸色缓和下来："会写字不会？"

赵树礼："会一点，还会弹三弦。"

盲艺人："哦呀，是个会家子。主家，快把他留下，跟我一块吹打。"

"你先给咱写字吧。"丧主转头吩咐："给这俩孩子弄碗饭。"

刘黑孩端着饭菜，一阵狼吞虎咽。

桌上摊开白纸，赵树礼磨墨提笔凝思片刻，挥毫写下挽联、挽幛。旁边看着的人们就嚷："呵，写得好，字也好！"

院门口，刘黑孩猴子一样爬上木梯，刷糨糊，贴对子。

灵棚旁，赵树礼边调试着三弦边问道："老哥贵姓"？

盲艺人："我没有姓。"

赵树礼："噢？"

盲艺人："生下来眼瞎，大、妈不待见，扔在路上，因此没姓。不过，人们都唤我瞎眼长河。你呢，大号叫甚？"

赵树礼："不敢大号，我姓赵名树礼，尉迟村的。"

长河："尉迟？你们村的'八音会'很有名气呀，怪不道你会……"说着双脚一踩，鼓钹齐鸣。

赵树礼把琴抱紧，弹将起来。小院里登时一派凄凉。

四

操办丧事过后，赵树礼和长河、黑孩成了好朋友，三人结伴而行，一路上有说有笑，倒也快乐。这天他们路过一个村子，长河说："咱们寻点吃的吧。"三人便迤逦来到十字街，在一棵老槐树下支开场子。

赵树礼弹着三弦，和着长河的鼓乐，展喉说唱。

长河笑眯眯地听着。

乡民们听得过瘾，不时喝彩。

就有人拿来黑馍、窝头，倒进刘黑孩张开的口袋里。

刘黑孩耍弄着小魔术，逗得人们开怀大笑。

五

农家小屋，一抹斜阳从窗户上射进来。

赵树礼正为病人刮痧。

这是一个小伙子，看样子病得不轻，赤身趴在土炕上。赵树礼骑在他的脊背上，手里捏着铜钱，熟练地刮着……

长河坐在炕头打瞌睡，刘黑孩端着半碗油给赵树礼帮忙。

病人的背上一片片变红，嘴里发出痛快的哼哼声。

一个瘸腿老汉端着饭进来："小兄弟歇歇吧，看不出你年纪轻轻，反倒晓得医道。来，吃饭。"

油灯点上。

赵树礼又为病人针灸，他累得一头汗水："行了，火全放出来，没事了，明天就能上地。"

瘸老汉掏出几个钱："不要嫌少……"

刘黑孩性急地去接，却被赵树礼把手打开："不要钱，只是请你留我们住一宿。"

瘸老汉忙不迭地答道："行呀，行呀。"

六

羊肠小道伸向高高的山岭。

山腰处，他们三个走得并不快，却已经一头大汗。

赵树礼瞅着刘黑孩："你耍把戏的两下子还可以。"

刘黑孩："想不想学？"

赵树礼就笑了。

刘黑孩掏出一枚铜钱，狠命朝自己左眼里扎进去，随即脸上肌肉扭曲，十分痛苦。

赵树礼吓了一跳："你干什么？"

刘黑孩却从右眼里抠出那枚铜钱，随即哈哈大笑："看把你吓的。"

赵树礼一脸惊讶钦佩之色。

终于爬到了岭上，三人跌坐路旁喘气。

"就到这里吧，我不想去长治要饭。"刘黑孩把口袋里的食物和钱倒出来分成三堆："赵树礼你要哪一摊？"

赵树礼："你留着吧。"

刘黑孩："我早看出来啦！你也是个穷鬼。"说着抓起地上的一堆塞进赵树礼的口袋："你走吧。"又把另一堆给了长河。

赵树礼："我看你俩往后做个伴吧。长河老哥，后会有期。"

七

终于望见那座黑魆魆的城市。

赵树礼肩挑行李脸色兴奋，走得很有劲。20世纪20年代的长治，城墙还在。远远望去，上党门高耸的箭楼直刺青天。走进城门洞，赵树礼小心避开车辆。穿过城门，城市的"内脏"顿时在他眼前"剖开"。

汽车、马车、人力车、高楼、教堂、戏院、警察、乞丐、流氓、卖药的、要饭的、耍猴的、卖唱的，偶尔走过一两个金发碧眼的洋人，以及电线杆上治梅毒、淋病，墙上卖金丹、人丹的广告……

这是一个花花世界，也是一座正在腐烂的城市，处处可以感受赤贫与富裕，随时可见强权与暴力。

这时，"五卅运动"刚被镇压，阎锡山强征房税流产，山西学潮正在兴起，反帝爱国运动风起云涌，风雨飘摇中的中国，正经历着黎明前最黑暗的一段时光。

1925年的长治也是这样。

马路上，举行抗议活动的工人排队走过，他们边走边唱着歌：

打倒列强,

打倒列强,

除军阀,除军阀!

国民革命成功!

国民革命成功!

……

大街上,有爱国师生在演讲。妓女浪笑着拉客。警察吹着哨捉人。

赵树礼惊讶而又胆怯地看着熙熙攘攘的街市,这一切让他陌生,让他新奇。

八

大十字街,是长治最繁华的一个地方。

长治"四师"学生在散发传单,王春在演讲。

赵树礼挤在人群中看着。

"同胞们,青年们!五月三十日,在上海,反动军阀镇压了我们工人兄弟的爱国行动,枪杀了工人领袖顾正红。他们犯下了滔天罪行……"

这年王春十九岁,他聪颖敏慧,热情奔放,他时而呐喊,时而挥臂,忧国伤时,激动而煽动性很强的讲话吸引了所有的人,也把赵树礼深深地打动了,赵树礼的眼神中充满佩服和钦敬。这是他第一次见到王春,并与他在此后的一生中,结为最诚挚的朋友。

九

赵树礼转了几个弯,终于寻见了学校。

校门口钉一块木牌,上面刻着黑色的字:山西省第四师范学校。

正是开学的日子,学校门口热闹非常。马车、人力车、轿子纷纷停下,就有新生从车上下来。他们有的长袍马褂,有的制服笔挺,这些学生大多数是富家子弟,他们一律留着短发,在父母亲人的簇拥下,满面春风地从洞开的木门穿过,说笑着进入学校。门警讨好地点头谄笑,嘴里巴结地嚷着:"先生请,太太请。"

这一趟出门,赵树礼足足走了五天,一路上他风餐露宿,早已疲惫不堪,脸上灰塌塌的,一袭长衫是家织的白布染成的黑色,因为没染好,这时已分不清是黑还是灰,而且他的个头穿着这长衫还有点短,一双"踢倒山"布鞋沾着泥巴。不过,他心情很好,还有些振奋,眼睛亮亮的,挑着铺盖兴冲冲地赶来,正要进门,却被门警一把搡开:"走开走开,讨吃也不看地方。"赵树礼只好退后几步站在校门一侧。

门警:"靠边,靠边。太太请。"

赵树礼索性坐到路边,掏出个黑馍就着一根咸萝卜慢慢啃起来。

门口逐渐冷清。

王春、常鸣九等一群学生上街搞活动回来,说说笑笑着走进校门。

王春无意中回头看了一眼赵树礼,就问门警:"这是谁?"

门警:"谁知道,讨吃的吧。"

赵树礼气恼地把最后一块黑馍塞进嘴里,辩驳道:"我是来求学的。"

王春听了赵树礼的话立刻用眼睛瞪着门警。

门警对王春很敬畏,就讪讪地笑着。

王春拉起赵树礼,自我介绍道:"我叫王春,阳城县人。"

赵树礼:"我是赵树礼,沁水人。"

王春:"沁水什么地方?"

赵树礼:"尉迟村。"

王春:"哈,我家在四侯村,咱两家离得不远。"

十

一群富家子弟,看看挑着行李的赵树礼,哄一声笑起来。

李家骥:"瞧这个家伙,好像刚从老鼠窟窿钻出来。"

王春:"李家骥,你不要仗着家里有点臭钱就鄙视人,这位赵树礼同学考的是全年级第四名。"

李家骥:"哟,了不起!跟你一样,也是个才子。哈哈哈。"他说笑着做了一个鬼脸。

十一

赵树礼的朴素敦厚从一进校门就吸引了很多人。

宿舍里，同学们欢迎赵树礼，大家互做介绍。

常鸣九："赵树礼，你好。我是常鸣九，晋城人。"说着伸出手来。

史纪言："史纪言，黎城人。"

程长杰："程长杰，壶关人。"

刘光第："刘光第，长子人。"

赵树礼显然不适应这种场面，他局促地搓着手，腼腆地憨笑，慌张着握住同学们伸过来的手。

一个身材敦实的同学提着桶水进来，王春就冲他说道："霍启高，你老乡来了。"

那人忙放下桶，过来拉住赵树礼："早听说你了，我是曲堤村的，霍启高。"

赵树礼："呵，咱俩可是近邻。"

王春："老乡见老乡，两眼泪汪汪。好了，快收拾吧！等一会儿开饭。"

大家跳上长铺七手八脚地帮他解行李，忽然从里面翻出一条色彩斑斓的棉被。

史纪言不解地问道："这是什么？"

赵树礼窘红了脸："……是神袍。"

从家里临来上学时，家里凑齐了棉花和布，好歹缝了条褥子，还缺一条被面。父亲就领他上到尉迟庙，在正殿门口，赵和清趴在庙工耳边悄悄求告半天，那庙工面露难色，父亲便摸出几个钱塞进庙工的口袋。那家伙立马笑了，进庙去剥下尉迟恭泥像上的彩袍，卷起来交给赵和清："这可是得罪神仙的事，不要对外人说……"

赵树礼讲完，大家听后都笑了。

赵树礼也不好意思地笑着。

十二

时在月中。

一抹清辉射进斋舍。长铺上,赵树礼辗转反侧,难以入眠。忽然他轻轻坐起,摸出那本小书,跪下对着封面的一幅人像顶礼膜拜,模样极为虔诚。

昏暗中,常鸣九、史纪言等几个人含笑看着他的一举一动。

良久,赵树礼恭恭敬敬地把书掖在枕头下,拉过被子蒙头睡去——他个子大被子短,小半截腿露在外面。

十三

朝霞满天,
歌声响起。
中华开国四千有余年,
神武轩辕自古传。
创造指南车,
勘定蚩尤乱。
世界文明未有我先。

"四师"学生齐集大操场,举行开学典礼。当时全校九个班,约三百学生,教师七十余人。赵树礼低着头,他不会唱这首歌,手却在腿上一下一下打着节拍。

学监蒋为发火了:"停,停。你们唱的什么歌?七零八落的。都给我坐下。"

学生们的嘈杂声渐渐平静下来,大家终于坐好。

蒋为:"现在,请咱们的要校长训话。"

"诸位,"校长要启宗留着一撇鼠须,说话尖声尖气,一口娘娘腔:"鄙人要启宗,才疏学浅,忝当你们的校长,不胜荣幸之至。咱们省立第四国民师范,是阎长官阎司令特别关心的学校。在这里,阎司令长官的思想就是咱们的思想。在这里，阎司令长官的训示就是学校的宗旨。在这里，一切要听阎司令长官的话。学生学生，学习为生。可是，有个别同学不守本分，擅离职守，上街游行演讲，煽惑民众，滋事扰民，影响极坏！爱国是好的，可国家大事，由咱们的阎司令长官管着，要你一个做学生的操什么心？"

"报告！"王春站了起来。

蒋为："又是你，王春……"

要启宗："叫他说。"

王春："报告校长，学校体育会成立以来，被少数人把持，管理混乱，账目不清。我们怀疑有人从中贪污。"

李家骥跳起来指着王春吼道："你胡说。"

王春瞪住李家骥："你心里没鬼急什么？"

刘光第、程长杰等学生也纷纷站起来喊道："查账，查账！"

学生纷纷站起身来声援他们。

操场一片混乱。

要启宗气急败坏地吼道："安静，安静！"

学生们呐喊："公开账目！要求查账！"

要启宗夹起皮包掉头就走。

蒋为连声呵道："解散，解散！"

十四

"害群之马！害群之马！"

要启宗气冲冲地把皮包摔在桌子上，悻悻地背着手走来走去。跟进来的教习徐俊三忙给他倒水泡茶。

徐俊三："真不像话，太不像话了。"

蒋为："我看今天这事不简单，学生是有组织的。恐怕，咱们学校已经有了赤色分子。"

要启宗："共产党？"

徐俊三："我看有。去年开学以来，学校就乱得很，一些捣蛋分子如王春、史纪言、杨焦圃、刘光第、常鸣九、程长杰，挑头闹事的总是这几个人。"

要启宗："哦，这事可不能掉以轻心。蒋为，你抽空去市党部汇报一下。"

蒋为："现在是国共合作，说了人家也不会管。"

要启宗："管不管由他！说说总是不坏事，世事难料。"

徐俊三："校长说得对！政治这玩意儿像后娘的脸，说变就变。"

要启宗忽然指着窗外："噫，那个人在干什么？"

操场上，赵树礼撩起长衫，把大家垫屁股坐过的纸一张张拾起。

蒋为哈哈大笑："新来的，叫赵树礼，编在十九班。"

要启宗："沁水的？考第四名，是不是？"

徐俊三："是，听说家里日子穷得过不成。"

十五

赵树礼拾起最后一片纸，朝校园角落处的几棵老柏树走去。这树很古老了，长得郁郁苍苍。赵树礼身后不远处，李家骥等人悄悄跟来，他们好奇地看着他把纸点燃，在树下挖了一个坑，把纸灰踢进土坑，又用土埋上……赵树礼做这些时一脸虔诚。

大家终于憋不住大笑起来。

王春、常鸣九、史纪言跑来，拉了赵树礼就走。

十六

王春："树礼，你这是干啥？"

赵树礼："敬惜字纸呀。"

常鸣九："树礼，你长期钻在山沟里，对世界、对中国、对社会了解得实在太少了。希望你多读一点新书，接受新思想。"

史纪言："五四以来……"

赵树礼："什么是五四？"

史纪言："就是1919年5月4日发生在北京的爱国学生运动。"

赵树礼："没听说过。"

史纪言："那么，德先生和赛先生你更不知道了。"

赵树礼："谁是德先生，谁是赛先生？"

杨焦圃："这是英文。德先生是科学，赛先生是民主。科学和民主，是当今世界两大潮流，一往无前，浩浩荡荡。顺之者昌，逆之者亡。"

突然一阵锣声"喤喤"传来。

王春："走吧，上课了。明天我们带你去图书馆。"

十七

国文教师陈清先生走进教室，这是个四十多岁的学究，他个子矮矮的，戴着圆眼镜，留一缕长胡须，着一袭灰布长袍。他放下讲义，唰唰地在黑板上先写下出五个大字：论敬惜字纸。随即开讲："诸位。"他讲话嗓门老大，"鄙人陈清，字廷瑞，号白岩，人称王夫子。夫子者胡子也。"学生们听了哄堂大笑。

陈清："今天这堂课，我先讲这五个字：论敬惜字纸。"

学生们笑得更响。

陈清："刚才有人报告，说有一位新同学，撩起他的长衫，拾净操场上的废纸，然后，烧毁埋掉在土坑中也。乃君此举，多年罕见，让我好不感动哉！哪位是赵树礼？"

赵树礼怯怯地站起。

陈清突然朝他肃然鞠躬行礼："我代表孔夫子向你敬一礼。"

课堂上顿时笑作一团。

陈清仰头叹息："悲乎哉，可悲也。诸位，你们不该笑哇，敬惜字纸是我中华的一大美德啊。纸者，蔡伦造也，迄今千余载。字者，仓颉造也。史云：仓颉造字，神鬼哭泣。万事悠悠，唯字独大。然，无纸不可以写字，字使纸普及张扬。哦，中国五千载文明，不就是字和纸的故事吗？"

十八

书籍为赵树礼打开了新的世界。

平生第一次走进图书馆，看着满屋子书籍杂志，赵树礼兴奋莫名，连连惊叹。

王春："这本《新青年》，对我们当代青年影响实在太大了！是李大钊先生编的。"

赵树礼："李大钊？"

王春："这本《独秀文存》，是陈独秀先生所著。"

赵树礼："陈独秀是谁？"

王春："南陈北李，南方的陈独秀，北方的李大钊。他们是中国最早的共产党人，马克思主义的信徒。"

赵树礼："共产党？"

常鸣九："对，中国共产党1921年7月1日在上海成立，这是一个革命党。"

赵树礼自卑地摇头："革命……我甚也不知道呀。"

史纪言："呐，这是鲁迅先生的小说《阿Q正传》《祝福》《药》。"

赵树礼："鲁迅？"

十九

赵树礼完全沉浸在新书中。

读得如饥似渴……

二十

入学以来，赵树礼最不愿上的是体育课。

这天下午练习跳高，器材已经摆好。口令声中，学生们跑步热身。赵树礼跑在队尾，大汗淋漓，他个子虽大，却体质虚弱。

体育教师还较年轻，一连做过几次示范，就让学生跟着照做。

学生们一个个跳跃而过。

最后，轮到赵树礼。他迟疑一阵，终于撩起长衫向横杆跑去——突然被老师喝住："把衣裳脱掉。"

赵树礼登时窘住。

老师:"你穿着长衫怎么跳?"

众目睽睽下,赵树礼的脸涨得通红,他开始慢慢脱衣——露出白粗布做的汗衫,上面补着两三块蓝布补丁,而且对他来说太小了,肚脐眼都露在外面;裤子也是粗布做的,补着更多补丁,说长不长说短不短,花裤衩一般套在腿上,勉强遮住了膝盖。

操场上顿时腾起一阵哄笑。

李家骥笑得特别刺耳。

屈辱的泪憋满赵树礼的眼眶,他呆呆地站着,不知所措地捂住肚脐眼。

操场上突然鸦雀无声。

常鸣九朝大笑的李家骥脸上猛击一拳。

霍启高拾起长衫披在赵树礼的肩上,扶他默然走去。

二十一

回到宿舍,泪水涌出赵树礼的眼眶。

他颓然地倒在床上,目光呆滞地看着乌黑的屋顶。

二十二

那时还没有电灯。

荧荧麻油灯下,赵树礼埋头苦读。

二十三

大雪纷纷。

赵树礼抱着书向图书馆走去。

二十四

转眼一个学期就结束了,夏天来了。

浊漳河畔,景色如画,河水滔滔。

一群学生在河里游泳戏水。

河中戏水时,赵树礼动情地对王春说:"王春,你虽然比我小一岁,却比我高两班,这辈子能认识你这个朋友,是我的幸运。谢谢你,王春!你和那些书,把我领进一个新的世界。你是我的启蒙老师。"

王春:"快不要这么说。你我都是农家子弟,这世道对我们太不公平了。不推翻这个世界,咱们永远没有出头之日。"

赵树礼:"你说的正是我想说的……"

王春:"树礼,看到你进步这么快,大家都很高兴。"

赵树礼:"多亏了那些书。"

王春:"明天吧,我再给你一本最好看的。"

赵树礼:"谢谢。"

这时,刘光第游过来,对着赵树礼打趣道:"赵子曰,你水性不错呀。"

赵树礼:"我可是沁河边上长大的。"

二十五

又一个黄昏,漳河岸边。

那本《四书白话新解》被赵树礼一页页扯碎点燃。

王春、常鸣九等人会心地看着他。

常鸣九:"烧得好!"

赵树礼:"这东西害了我好多年,今天算是彻底告别。"

大家笑着把纸灰踢进河里。

王春脸色郑重地掏出一本书:"树礼,给你。"

常鸣九:"你要保密。这本《共产主义ABC》不许借给别人看。"

赵树礼接过书,疑惑地看看王春,又看看常鸣九。

二十六

这天深夜,赵树礼趴在被窝里,用手扶着油灯,偷偷读着这本改变他一生的《共产主义ABC》,越读越感到兴奋不已。每当有人梦呓或起来如厕,他就急忙把书掖进被子,一只手在炕沿上轻轻敲出一串锣鼓点。

这是青年赵树礼第一次接触马克思主义学说,这本共产主义的初级读物带给他巨大冲击和震撼，使他辗转反侧，彻夜难眠。

他激动着，兴奋着，黑暗里两只大眼炯炯发光。

在这个无法考证的夜里，他的脑子里也许回想起太多的往事。

青年各轮被活埋……

赵和清押地借钱……

杨如珍讨债……

匪兵抢粮……

山神庙逃债……

小玉抗婚……

红旗飘扬，红天红地……

河顺、狗剩、水旺、铁锁、白驴、黑旦、路生、土成、小牛举着铁锨扁担……

尉迟村的穷人拥进地主大院……

清算杨如珍……

揪出杨如珍、游街……

活埋各轮的河边树林，杨如珍发抖如筛糠，一根根扁担、铁锨砸下……

河顺分到了牛……

赵和清捧着地契失声痛哭，泪从手指缝里涌出，喊叫着："咱的地回来啦！咱的地回来啦！"

雄鸡一唱天下白。

炕上，赵树礼一口气吹灭油灯，大汗淋漓地翻身坐起。他推开窗户，望着天边一抹血红的朝霞。

二十七

一晃暑假就到了。

这天赵树礼挑着书本行李走进村时，人们正在吃午饭。丁字街口的"饭场"上，依然那么热闹，人们依然聚在一起听河顺讲俏皮话，不时就哄笑一阵。

水旺忽然喊道:"看,得意回来了。"

登时一群小伙伴跑过来把赵树礼围住,笑着嚷着:"得意,得意。""得意,你怎么回来了?""快一年了吧,咱们可真想你。""还去不去啦?"

赵树礼:"还去,现在放暑假了。"

河顺:"得意,书念得咋样?"

赵树礼:"不错,挺好。"

河顺学他的口吻:"不错,挺好。"人们就笑。

赵树礼的行李被人打开,一大包书跌落在地上,全是些新书。村里人用一只只脏手翻着,封面上登时脏得一塌糊涂。

赵树礼:"诸位,诸位,请不要这样……"

河顺就又学他:"诸位,诸位,请不要……念了几天书,得意,你连话都不会说啦。"

赵树礼听了河顺的话,脸上显得很不自然。

河顺:"这就是你念的书,都是什么书?"

赵树礼笑着点点头,一本本介绍道:"这是《饮冰室文存》,梁启超写的。这本是……"

河顺:"这个姓梁的是干什么吃的?"

赵树理:"他是一位思想家……"

河顺把书一丢:"思想家?那跟咱们没啥瓜搭。"

铁锁忽然问:"得意,有没有比《刘公案》更好看的?"

二十八

楼梯下挂着的蝈蝈笼烂了一个豁口。

马素英笑盈盈地接过丈夫肩上的包袱。

小翠端出饭来,嘴里一个劲地喊哥。

母亲王金莲笑眯眯地一边忙着用笤帚为儿子扫身上的灰尘,一边冲着赵和清说着:"儿子胖了点,也壮了点。是不是,老汉?"

赵和清嘴里边吃着饭边嘟囔道:"是,是胖了些。"

太湖已满三岁,小家伙嘴里喊着"大"蹒跚着走过来。赵树礼抱起儿子,一把扔在空中,太湖咯咯地笑着。

二十九

午后,天边响起隐隐的雷声。

床上,赵树礼逗着儿子,一手搂住妻子,悄悄在她耳边说了句什么。马素英的脸登时如红云一片:"去,没正形,一年了连封信也不给家里写。"

赵树礼:"看看,你还是想我了嘛。"说罢,他用力搂紧妻子。

马素英笑起来:"你在外边变得壮实了,力气这么大。"

这时,院子里忽然传来赵和清的吼叫声:"得意,你给我出来。"

赵树礼急忙放开妻子,下床趿鞋跑出,站在楼门口问:"大,什么事?"

赵和清气恼地扬着那本《共产主义ABC》:"这就是你念的书?"

赵树礼笑着点点头。

赵和清:"共产主义是啥、啥、啥?我看你是没好好念书。共产共产,谁的东西会白白送给你?嗤,我借上钱,送你去长治,可不是叫你去耍的。"

"嚷甚,嚷甚?孩子才回来你就发脾气。"王金莲从堂屋里跑出来,数落完丈夫又朝儿子笑道,"去歇吧,去歇吧,你大发癔症哩。"说着拉住丈夫往屋里拖。

赵和清兀自喋喋不休。

三十

麦子熟了。

烈日当空,麦浪滚滚。这一天村人开镰收麦。

在赵家最好的六亩地里,一家人出动抢收小麦,这可是龙口夺食啊!

赵树礼赤膊短裤,挥镰走进麦垄,长臂伸出,镰刀闪闪,一抱麦子就已倒下。他的身后,马素英也挥镰割麦,"嚓嚓"连声,干净利索。

赵树礼一生中多次说过:他与农村,是鱼和水的关系,并把自己形容成鱼儿,"一回到农村,活了。"现在,这条"鱼儿"活了。六月的麦田里,青年赵树礼生龙活虎,尽情地享受着劳动的欢乐。他收割着麦子,汗珠滴落在土地。

他一边忙碌着一边唱着上党梆子,儿子的情绪也感染了赵和清。这位一生与苦难结伴的老汉,终于也暂时抛掉生活的烦愁,双手不停捻腰、捆麦,嘴里不停地为儿子吭吭嗒嗒地伴奏。这一老一小精彩的歌唱,登时把一家人逗笑,也引的邻近田里的村人哈哈大笑。

地头,王金莲一边烧水,一边逗着孙儿,听见赵和清嘴里的哼唱,她笑道:"死老汉,又疯上啦。"

第四章

一

秋风乍起,吹皱一池碧水。

荷花池里的荷花开了,花红叶绿,煞是好看。

赵树礼依然是光头长衫,挑着行李返回学校。

校门口,依然是那位门警,毕恭毕敬地向赵树礼问好:"赵先生回来啦?"

二

阔别一个漫长的夏天,重又聚首,真是别有一番滋味在心头。常鸣九、王春、史纪言、霍启高、刘光第、程长杰、赵树礼聚在宿舍一面吃着各自带来的家乡特产,一面高谈阔论着。

赵树礼:"有一天,后晌下雨不能去地,我给乡亲们念鲁迅先生的《阿Q正传》。念着念着,有人睡着了,有人不耐烦地嘴里打哈欠。我那本家叔叔河顺火了,一把夺过我的书,说'得啦得啦!'看你把大伙折磨成甚了?你念的这些咱们听不懂。'"

赵树礼笑着给同学们讲,王春他们听罢也不无尴尬地笑起来。

史纪言沉吟着:"新文艺走进农村,恐怕还有一个长长的过程。"

赵树礼:"什么长长的过程,我看根本就走不进去。新小说里的语言只能念,不能说。什么'啊''呀''哇','因为'呀,'所以'呀……农村人根本听不习惯。我那本家叔叔河顺就说:'什么时候把书写得能叫庄稼人看懂,那才叫好书。'眼下他们喜欢的,还是《刘公案》《七侠五义》《秦雪梅吊孝》《玉匣记》这些老书。"

王春:"农民真是苦,他们不但穷,连读书的权利也被剥夺了。"

赵树礼:"是啊,那天我就想,这辈子假如我要写文章,就一定要用农村人的话写。写得要让我大、我妈、我那些驮炭的小伙伴们喜欢,看得懂。"

程长杰:"你就写吧,当一个作家。"

赵树礼:"作家恐怕当不成,当个说书的还差不多。"

常鸣九:"树礼,你这次回去还有什么新鲜事?"

赵树礼:"有,多着哩。有一天,我给我大讲'三民主义'。说别的,他老人家不感兴趣。说到'平均地权',老头可就来了劲。他说,实行耕者有其田?好呀,好呀。能把咱押的地退回来吗?可惜财主不会干。唉。"赵树礼学父亲说话简直太像了,登时把大家逗乐了。

忽然,外面传来一阵激烈的争吵声。

三

操场西北角的那几株古柏郁郁葱葱,树高数丈,枝干粗壮,两个人抱不拢。

蒋为带着人准备锯树,却被一群学生阻拦,学生们围在树下与蒋为激烈地争吵着。蒋为带来的几个工人扛着大锯,在一边瞧着。

为首的那个学生是王中青[①]。

蒋为:"王中青你好大胆,这树是校长让锯的。"

王中青:"谁让也不行,这么好的树,都长了几百年了。"

蒋为:"你管不了这事。"

王中青:"我偏要管。"

蒋为:"小东西你造反呀。"

[①] 王中青,1926年考入长治第四师范学校,比赵树理低一届。新中国成立后曾担任山西省人民政府副省长,与王春、史纪言同是赵树礼的挚友,对赵树理一生的帮助和影响很大。

王中青："造反就造反，这树你锯不成。"

蒋为忽然朝着带来工人一挥手："给我打。"

双方顿时打成一团。

王春、赵树礼一伙应声跑来。眼看一个工人抡着棍子朝王中青头上砸去，赵树礼一步上前猛地把那人推开。

王春："树是学校公产，任何人不能动它！"

蒋为："王春，又是你……"

赵树礼走近蒋为，两眼冷冷地看住他，却不说话。

蒋为感到一种不可抗拒的压力，忽然他扭头朝工人一摆手："走吧，走吧，锯不成了。"说完蒋为灰溜溜地带人走了。

四

秋阳下的师范校园，一片衰落景象。

操场上杂草丛生，群鸡觅食。篮球架上的木板掉了一大块，球筐也不见了。教室灰乎乎的，门窗破破烂烂。

王中青："没想到学校破成这个样子。"

王春："经费都跑到校长钱包里，学校怎么能办好？"

常鸣九："要好好查查他的账。"

霍启高："他还克扣学生伙食。"

赵树礼："此人不除，'四师'终将倒闭。"

刘光第："坏家伙，不能饶了他。"

五

教师宿舍同样显得寒酸逼仄。一张床，一张桌，一个木凳，书架上书报堆积，衣物杂陈。只是这位陈清先生痴迷书法，一间破屋，四壁挂满了他的书法作品。

这日，赵树礼来到陈清的宿舍，应陈老师之邀他挥毫写下一首古诗。

昨日入城市，

归来泪满巾。

遍身罗绮者，

不是养蚕人。

陈清："树礼，好字呀！你临过赵孟頫的帖吧？笔锋稳健，气势够了，只是间架还有不足。你瞧这里——这个满字，左边三点，右边十画，你左边三点写小了，整个字看起来就不稳。所以，这个字的关键是在左边的'三点水'。"

赵树礼："先生教训的是。"

陈清："谈不上教训。你和王春是我最器重的学生。王春性情活泼，言词敏捷，将来适合仕途一路，只是他锋芒太露，恐怕会遭遇较多的挫折。而你，性子沉稳，不擅言说，更适合文章之道。树礼，你不妨对此留心，现在起就试着写一些小品文。"

赵树礼："是，我好像从小就喜欢写写画画。"

陈清："这就对了。"

赵树礼："先生，我想借几本书。"

陈清："拿吧，喜欢什么，就拿什么。"

赵树礼翻拣着书架上的书。

陈清："树礼，我听说，你读书很杂呀，经史子集、社会自然、野闻杂记，无所不读。这可不大好，贪多嚼不烂。"

赵树礼："我是想趁年轻脑子里多装些东西，以后不定什么时候用得上。"

陈清："这倒也说的是。"

六

赵树礼坐拥书堆，手抚那本《共产主义ABC》，深情地与常鸣九、王春畅谈："这本书是我活了这么大，头一回遇上的好书。它为我打开了一个新的世界，带给我的震撼和启发真是没法说。在这之前，我只是朦朦胧胧地感受阶级压迫，内心里有一种要求改变的自然倾向。如我父亲一辈子胆小怕事，一辈子辛辛苦苦，春夏秋冬没个消停。可到后来地押了，房押了，驴押了，日子过得一年不如一年，被债务压得喘不过气。前几年为了还账，也为了给我娶媳妇，把我一个妹妹嫁了，说是嫁了倒不如说是卖了。就为了一百块大洋，我妹妹嫁了个丑男人。为什么？就因为地主盘剥，政府压迫。来学校之前的几年，我每年替我父亲和村里人给财主写借约不下二十份。我们那个村一共五十来户，倒有三十多户是靠押地举债过日子的。唉，可怜呀！"

王春："我们村也是这个情形。"

赵树礼："所以，读这本书的时候，我的心咚咚地跳。马克思主义太好了！苏联通过十月革命建立了新社会，人家的路子就是中国的路子。让我们中国人团结起来，进行阶级斗争，革命、斗争、胜利，去建立一个没有压迫没有剥削的新社会、好社会。"

常鸣九："树礼，你平常不爱说话，今天可是说得又多又好。"

赵树礼："言为心声，不吐不快。这都是我亲身经历的呀。"

王春："山雨欲来风满楼。中国革命的形势谁也阻挡不住。"

赵树礼："其实，鲁迅先生的《狂人日记》，真把中国的情况说绝了。吃人——吃人的社会，吃人的制度。"

常鸣九："吃人的军队，吃人的警察，吃人的地主，吃人的官僚。"

王春："吃人的阎锡山。"

三人说得尽兴，哈哈大笑。

赵树礼忽然看着王春、常鸣九问道："你俩是不是共产党？"

常鸣九、王春相视一笑。

王春："应该告诉你了。我们都已是共产党员，还有史纪言、刘光第、程长杰、王中青、霍启高，鸣九同志是我们党小组负责人。"

常鸣九："中国共产党自1921年成立以来，现在已发展到全国各地有五万多党员。在咱山西，最早的共产党员是高君宇同志。目前，党在山西成立了工作委员会。在长治，也有党的组织。"

七

麻油灯下,赵树理正在苦读……

八

数学课上。

黑板上写满代数公式,那是些二元一次方程式。

数学教师很年轻,他西装革履,正在讲道:"其实在我们中国的宋朝,就发明了代数。最早的《九章算术》已提出许多有趣的问题。如'九宫之义,法以灵龟。二四为肩,六八为足。左三右七,戴九履一,五居中央。'"教师讲着,同时在黑板上画出一只龟,龟背上排出"九宫图","诸位请看,这九宫图不论纵横斜角,每三个数加起来都是十五——这其实就是一个代数问题。"赵树礼听得津津有味。①

忽然传来轰隆一声巨响,教室里顿时一片慌乱,学生们惊恐着跑出教室。

九

古柏终于被锯倒。

校长要启宗、学监蒋为、教习徐俊三及一群帮闲,正指挥工人锯开古柏。

王中青一脸激愤地朝要启宗大骂:"狗日的你个瓜皮,咱们走着瞧。"

常鸣九、王春、赵树礼等学生跑过来。

李家骥嚣张地嚷道:"砍几棵树有什么大惊小怪的,不砍这些树也要老死。反正是个死。"说罢他紧跑几步朝校长一伙凑过去。

十

图书馆里,赵树礼正在翻书,王春跑进来:"快走,北伐军进城了。"

---

① 赵树理癖好数学鲜为人知,晚年的他在"文革"中被关进"牛棚",常自演算代数方程,借以排解心中苦闷。

十一

军旗飘飘。

国民革命军北伐先遣队开进长治。队伍里的一个个革命青年，英姿飒爽，意气昂扬，踏着整齐的步子，唱着"打倒列强"的军歌，行进在长治大街上，这声音震撼了古城上党。市民拥上街头，热烈欢迎革命军。军民们的口号震天，锣鼓喧闹。

人群中，"四师"学生跳跃欢呼。赵树礼振臂高呼口号。

十二

这是一个不眠之夜，"四师"学生和北伐军联欢。一堆堆篝火把操场照亮，同学们激情演唱，北伐军战士演出活报剧。陈清先生即兴赋诗，王春、赵树礼兴奋地鼓掌为他叫好。

临时摆置的台上，要启宗扭头朝蒋为说："你说那个赵树礼不爱说话，我看他挺活泛的嘛。"

史俊三："不叫的狗咬人。"

要启宗："这种人要多留点神。"

十三

大街上，赵树礼饱蘸浓墨挥笔书写标语：三民主义万岁！

十四

大西街，王春、史纪言、王中青站在桌上情绪激昂地演讲。

赵树礼为他们扶着桌子。

十五

夜晚，蜡烛通明。

赵树礼、霍启高正汗流浃背地珠印制传单。

十六

上党门雄浑高峻,壮美开阔。

置身其上,整个长治城尽收眼底。秋风阵阵,角楼飞檐下的大铁铃叮叮作响。

鼓楼一角,常鸣九把一位留胡子的中年男子介绍给赵树礼:"这位是周云林同志。他的公开身份是山西省国民党长治党部负责人,实际上是共产党山西工委委员,长治地区党组织负责人。"

周云林与赵树礼紧紧握手。

常鸣九:"树礼,今天由老周同志代表组织与你谈话。"

赵树礼显得激动而局促。

周云林:"赵树礼,'四师'党组织的同志已多次向我汇报你在近三年以来的进步和表现。经研究组织决定吸收你为中国共产党正式党员,无预备期。你的介绍人是常鸣九和王春。"

十七

夜色深沉。

赵树礼的入党仪式正秘密举行。

麻油灯下,那本《共产主义ABC》翻开,扉页上是革命导师列宁像。

赵树礼庄严宣誓。

常鸣九、王春、王中青、史纪言、刘光第、程长杰、霍启高纷纷伸出双手,与赵树礼的双手紧紧握在一起。

十八

酒桌上,要启宗、蒋为、徐俊三几个人也在密谋。

蒋为正在念一份名单:"十三班王春、常鸣九,十五班刘光第,十八班程长杰,十九班常鸣九、史纪言、赵树礼、霍启高,二十三班王中青——共九人。"

要启宗:"一下子开除这么多?"

徐俊三："一点不多，我怀疑他们全是共产赤党分子。"

要启宗："好，这些害群之马一个不留。"

蒋为："明天就公布。"

要启宗："不，等北伐军撤出长治城，立即动手。"

十九

操场上，一场篮球比赛正激烈进行。

一队是史纪言、王春、刘光第、王中青、程长杰，另一队是李家骥等几个人。赵树礼坐在场边，为队友看守衣服，神态甚是闲适。

这两个队其实已是两个阵营，比赛变成拼斗。两队人员猛烈冲撞，恶性犯规，势如水火。终于演变成争吵与对骂。

王春："李家骥，你打的什么球？野蛮透顶。"

李家骥："你们他妈的文明，是吧？"

刘光第抓住李家骥："你这个人渣。"

李家骥："你们这些共党，老子不怕你。"

王中青："你说什么？"

李家骥："一群共党分子。你们上街游行，煽动市民，扰乱社会，假装革命……"

常鸣九："打！"

双方顷刻动起手来，两伙人拳打脚踢，开始一阵群殴。

赵树礼顿觉手足无措，他过来劝架，却身不由己地陷入打闹的人群之中，他的身上、腿上被人一阵猛揍，两队人员都打红了眼。这时，常鸣九匆匆跑来，喝叫："住手！"又在王中青耳边悄悄说了几句，王中青点点头，冲着李家骥喊道："李家骥，你听着！这笔账咱们先记下，以后再算。走！"

李家骥冷笑道："哼，以后？恐怕你们没有以后了。"

史纪言："你说什么？"

二十

王春等一个个鼻青脸肿地回到宿舍,见周云林在炕头坐着,都不好意思地笑了笑。

周云林诧异地问道:"打架了?这样可不好。"

刘光第嚷嚷道:"李家骥那王八蛋,成天找碴,骂我们共产党……"

周云林突然严肃地说道:"拳头说服不了人,真理也不是骂出来的。"

这时,赵树礼抱着衣裳走进来。

常鸣九把门关上:"现在情况紧急,请周先生传达组织决定。"

周云林掏出一卷材料掷在桌上:"这是要启宗准备开除的九名学生名单,你们个个的名字都在上面。"

大家听后吃了一惊。

周云林:"同志们,你们再没有退路了,必须英勇反抗,争取主动。据我们掌握的情报,要启宗这个人不但思想反动,而且人品极差,他担任'四师'校长这几年,贪污公款两千三百多大洋。这里有他贪污的全部证据。"

刘光第:"这个混蛋。"

王中青:"赶走他。"

周云林:"对,组织决定,立即动员'四师'师生,驱逐腐败校长要启宗。"

刘光第:"什么时候动手?"

常鸣九:"今夜。"

二十一

冬夜寒冷,充满不安,连远处传来的鸡叫声也仿佛在颤抖。

木桌上一根粗大的蜡烛把屋子照亮。

王春:"树礼你来执笔,大家一起研究这份宣言怎么写。"

二十二

黎明。一场雪后，长治城银装素裹。大街小巷，忽然到处都贴出了布告：第四师范全体学生驱逐腐败校长要启宗的宣言。

市民们争相观看，议论纷纷。

"学生闹起来了！"

"学生撵校长，没听说过。"

"秀才造反，三年不成。"

"孩孩们瞎玩耍吧。"

二十三

大西街一所挺气派的院子，门口蹲着两只石狮，红漆大门的门顶悬挂着匾额：要寓。

院子里，要启宗托着水烟袋，正指挥木匠锯木板，显然他是想以此大赚一笔。

门环忽然被拍响，蒋为闯了进来："校长，出事了。"说着从怀中掏出一份《驱要宣言》。

要启宗看完顿时嗓子发干："谁干的？这是谁干的？"

二十四

"四师"的学生罢课，校园一片混乱。

两辆人力车拉着要启宗、蒋为出现在校园时，学生们正在吃早饭。食堂门口的墙上也贴着《驱要宣言》，王中青等人正在演讲。学生们啃着窝头，仨一群俩一伙地议论着……忽然发现校长来了，登时安静下来，大家冷冷地看着他。

要启宗色厉内荏地尖叫道："你们这是造反！都给我回去，上课！"

蒋为也呵斥道："不要跟上少数坏人捣乱！"

忽然一块窝头"飞"来砸在要启宗的头上，跟着稀饭、饭碗、筷子纷纷向他砸来。

愤怒的学生们呐喊:"贪污犯!贪污犯!贪污犯!"

二十五

斋舍俨然已成为临时指挥部。学生们进进出出,都很紧张。

王春、赵树礼等起草第二次《驱要宣言》。

常鸣九:"我们的第二次宣言要详细点,历数要启宗的罪行,才更能说服市民和社会人士。一、克扣学生伙食。二、随便招收、开除学生。三、贪污不择手段。四、爱钱不论多少,不顾学生死活。五、结党营私,克扣教师津贴……"

赵树礼挥毫疾书。一张张宣言一经写成,就有学生卷了跑去。

二十六

学生游行请愿队伍走出校门。

他们举着横幅、旗帜,一路呼喊口号,沿途抛撒传单。一些教师也加入队伍中来。

陈清先生被赵树礼搀扶着走在队伍里。

二十七

周云林、常鸣九、王春、史纪言等碰头密谈。大家喜形于色。

周云林:"不要高兴太早,斗争远未结束。要尽快成立学生自治会,告诉同学们,一定要提高警惕,要启宗一伙不会善罢甘休。"

二十八

满天繁星,北风呼号。

校门轻轻拉开一条缝,门警鬼鬼祟祟地探出头张望几下,"哗啦"一声把门打开——黑暗里,二百多雇用来的暴徒手执木棍、砍刀、马鞭、铁条拥进来。

蒋为手执火把凶恶地大叫:"给我狠狠打!"

登时校园里炸开了锅,这是一次凶暴的打砸抢行为。

一片乒乒乓乓声，哭声叫声腾起，宿舍门被踹开，暴徒们冲进来举棍就打。黑暗里。王春、赵树礼、常鸣九等与暴徒搏斗。王春的头被门警的棍子击中，他大叫一声倒下。李家骥毒打常鸣九。

赵树礼惊慌地大叫："王春，王春。"

陈清先生的门被砸飞。

二十九

黎明降临。

校园里一片狼藉。

受了重伤的学生们倒在路边。

陈清先生的手臂被打断，他吊着绷带仰天呼喊："畜生，畜生啊！孔圣人呀，看看你这位校长干的好事！以暴凌弱，千古奇耻。"

大队警察开进学校。

医生护士抬着担架赶来。

市民们纷纷拥进，声援慰问学生。

三十

周云林坐镇指挥。

赵树礼伤了一条腿，他仍忍痛奋笔疾书《第四师范土匪捣毁案宣言》。

王春的头上裹着绷带。

常鸣九一身是血倒在床上呻吟。

史纪言半边脸肿得老高。

三十一

大街上，"四师"请愿学生奔走呐喊。

长治女中学生队伍赶来声援。

学生们冲进警察局。

工人们赶来支援。

奋怒的学生包围了要启宗的院子。

警察赶来镇压。

三十二

长治学潮终于惊动省城。

操场上，面对黑压压的全校学生，县署官员大声宣读省教育厅电令："着即免去要启宗第四师范校长职务……"

操场上顿时响起欢呼声。

学生们相拥蹦跳，大笑大叫。

"胜利了！"

"我们胜利了！"

三十三

几天后，"四师"大礼堂，欢迎新校长范郁如的大会如期举行。

赵树礼在台上做报告。

"我们的新校长，给我们带来三种幸福：一、当要启宗率领土匪来打同学们时，是我们的恐怖时期，在这期间，同学行夜不安寝，各持武器随处防守。新校长到来，我们可以安心地睡觉，安心地读书了！二、我们的新校长是在省教育厅办过公的，将来一定能用全省教育界之长，把我们的学校改良成我们梦想的乐园。三、我们的新校长毕业于中国新文化的中心北京大学，将来也一定能把最新的文化传达到我们上党来，开上党文化之先河……这样的幸福，是很值得期待的，并且是我们每日渴望的。"

新校长范郁如笑眯眯地听着。

赵树礼："最后，为了表达我们对新校长的欢迎，由我填词编了一首《欢迎歌》，请大家一起唱。"

欢迎原是表志诚，
欢迎校长范君。
从此教务一革新，
千万亿年大光明，

三十四

校园终于平静下来。

大家又可以安心读书了。

经过了一场斗争,赵树礼明显成熟起来。

他静如处子,捧书读着,他脸色深沉,默默地思索着。

三十五

又一个春天到来了。

柳絮飞扬,花草烂漫。

宿舍里,常鸣九、王春、赵树礼、史纪言、王中青、霍启高、刘光第、程长杰都在座,他们一个个脸色凝重,正听周云林讲话。

周云林:"同志们,蒋介石背叛革命,四月十二日在上海发动武装政变,疯狂屠杀共产党员和工人,国共两党合作宣告破裂,大革命失败了。"

一丝阴影爬上赵树礼的额头。

周云林:"上级党指示我们,斗争转入地下。"

三十六

河边树丛里,常鸣九、王春、赵树礼焚烧掩埋文件……

三十七

汽车呼啸着驶进校园,刚一停稳,警察就从车上跳下来扑进宿舍。

常鸣九被五花大绑地扔上汽车。

刘光第被捕。

程长杰被捕。

校园里一片恐怖。

常鸣九挥拳呐喊:"打倒军阀!打倒列强!革命万岁!"

赵树礼脸色沉静,目送战友远去。

三十八

麻油灯下,赵树礼仍在苦读。

王春躺在床上长吁短叹。

门忽然被轻轻叩响。

王春吓了一跳:"谁?"

门外响起陈清先生声音:"开门。"

赵树礼:"是陈先生。"

门被轻轻推开,陈清进来,他一脸诧异地说:"树礼,你还有心情读书?快走吧,你们俩快走。"

赵树礼:"先生……"

陈清:"常鸣九被枪杀了,程长杰叛变,你们俩上了警察的黑名单。快走快走。"

三十九

夜黑如漆。

赵树礼托着王春爬上墙头,自己也攀了上去,翻身跳下。

第五章

一

天空电闪雷鸣。

雷雨交加的山区,一切没入了黑暗。山路上,王春、赵树礼冒雨奔跑着,狼狈不堪。一道长长的闪电把天空撕裂。远处,隐隐闪出一座庙,这是一座土地庙。

两人脱掉湿衣服,被风一吹,登时浑身打战。赵树礼一面连蹦带跳,一面对王春说:"你快跳一阵,不然会着凉。"忽然他想起身上的包袱,急忙解开来看,里面的几本书已又湿又烂,顿时他一脸懊丧:"完了。"

王春一脸愁容,神情沮丧透顶。

其实王春家的经济情况要比赵树礼家好许多。在上师范之前,因脑子特别聪明,他基本上是个被父母亲人娇宠的孩子,既不像赵树礼那样整天在田里劳作,也没有吃过太多的苦。所以,此番逃出学校,亡命天涯,一遭陷入困境,这个思想激进的青年,反倒束手无策,失去了生活能力。而过惯了苦日子的赵树礼,反倒觉得没有什么大不了的,精神上就从容得多。这时赵树礼发现了神位前的供品,就惊喜地喊起来:"有吃的啦。"说罢过去抓起个黑馍吹了吹上面的尘土,递给王春说:"吃吧。"

王春嫌脏,用手推开。

"不干不净,吃了没病。"赵树礼说着吃起来:"两天没吃正经东西了,不吃上些会饿坏身子的。"

王春长叹一声:"今后怎么办?"

赵树礼的心里也发愁。

王春："学校是不能回去了，警察正在捉我们。家也不能回去，说不定警察早去了咱们村。"

赵树礼："只好在山里躲一阵啦。"

王春："可是钱没钱，粮没粮……"

赵树礼："这你不用愁，我会看病。"

王春："你会看病？"

赵树礼："是，跟我大学的。我还会编簸箕、会说书、会放牛、会种地、会看阴阳择坟地、会写字画，还会弹三弦……凭这些小本事，混口饭我想没问题。"

王春："可我什么也不会。"

赵树礼："有我吃的就有你吃的，怕什么？"

王春："只好这样了。"

赵树礼："天无绝人之路，来，吃。"

听了赵树礼的话，王春抓过黑馍猛咬一口。

二

夏季的雨来得快去也急。

云散日出，太阳重又热辣地烤着大地。被雨水洗刷过的绿野青山，登时清丽万种，变得格外娇美。土地庙门外，赵树礼、王春拧干湿衣服搭在小树丛上晒着。赵树礼抓起一个片状石头刮着鞋上的泥。

王春："革命，看起来也不容易。"

赵树礼："我大就说了，共产共产，谁会把东西白白送给你？"

"哈哈哈……"

三

20世纪二三十年代的沁河，水量很大，那时也没有大桥，人们过河，全凭木船摆渡。一河上下，竟有数十个渡口。太阳偏西的时候，赵树礼头顶一只阔大的蓖麻叶子，与王春匆匆走来："船家，我们过河。"

木船拴在岸边一棵歪脖柳树上。岸边搭了一个简易木棚，那显然是船工住的。听见有人喊，窝棚里有人答应了一声，一个小伙子从里面钻出来：竟然是刘黑孩！几年不见，那黑孩已长成个棒小伙子。他赤身光头，脸晒得黧黑，胳膊上肌肉虬结，透出勃勃生气。他绝没想到会在这里遇到故人，开心地大声叫喊起来："哦呀，赵树礼，赵树礼！"

赵树礼愣了一下，随即认出刘黑孩，旧友意外相逢，真是又惊又喜，赵树礼笑着抢上来几步紧紧拉住了刘黑孩的手："黑孩，你怎么在这里？"

刘黑孩："你不是在长治念书吗？"

赵树礼："不能提，黑孩，你这里有没有吃的？"

"有，"刘黑孩钻进窝棚，转身抱出一堆窝头，放在赵树礼撑开的蓖麻叶上："吃吧，没啥好的。"

王春饿得狠，抓起就吃。

赵树礼："这是王春，我的同学。"

"慢点吃，我去弄水。"刘黑孩笑了一下，说着钻进窝棚取出锅和碗，用三块石头架起铁锅，赵树礼朝灶里塞了一把干柴，打火点燃。

赵树礼："几天没吃一顿像样的饭了。黑孩你这儿有没有面？"

刘黑孩："有，杂面。"

赵树礼："杂面就杂面，做它一锅疙瘩汤。"

等水开了，赵树礼一边熟练地切菜、和面，一边说："黑孩，我们想在你这里住两天。"

刘黑孩痛快地答道："行，住一年也行。"

四

一弯斜月，几点星辰。

沁河两岸，蛙声如鼓。

河边一块石头上，王春呆呆地坐着，不时拾起一块石头丢进水里。窝棚门口燃起一堆篝火，赵树礼、刘黑孩一面烤着挖来的山药蛋，一面有说有笑地拉呱着。

赵树礼："你什么时候干开这了？"

刘黑孩："那年咱们在老马岭分手后，我跟着瞎子长河搅了一阵，他卖艺，我帮场子，可总是有一顿没一顿的，还不如讨吃。我就想，活个人不能老是这样，得混个出头日子。后来就跟人学了这门手艺，来这里撑船。"

赵树礼："当船工可得有把好力气。"

刘黑孩："我身子壮哩，你瞧我这胳膊，多粗。可就是食量太大，一顿斤半小米焖饭。"

赵树礼笑起来："能吃才能干嘛，收入还可以？"

刘黑孩："没多有少，每天能抓闹几个零花钱。树礼，你是不是犯了事？"

"事倒没犯什么大事。"赵树礼忽然悄悄地对黑孩说："我参加了共产党，警察正在搜捕我俩。"

刘黑孩："噢，共产党好呀！听说湖南出了个毛泽东，是个年轻后生，他就是共产党。毛泽东占山为王，专门和地主老财过不去。打土豪，分田地，领着穷人闹革命！革命，听说过吧？其实就是这（做了个杀头动作），只不过毛泽东那后生的头发是红的，脸是红的，胡子也是红的，跟咱们不一样。哈哈！"

赵树礼："你听谁说的？"

刘黑孩："我这里天天都是人，南来北往的，什么新鲜事没听说过。"

天边忽然传来猫头鹰凄厉的叫声。

赵树礼手一哆嗦："黑孩，这种话你可不敢再说了。"

刘黑孩："怎么？"

赵树礼："蒋介石叛变革命，现在见共产党就杀。"

刘黑孩："怕他屌！只要能把地主老财干倒，砍头不过碗口大一个疤。"

赵树礼："睡吧睡吧，不早了。王春——"

刘黑孩意犹未尽："还早哩嘛。"

五

天蒙蒙亮。

赵树礼背着柳条筐准备上山："黑孩，我和王春去采药，你抽空给咱弄些纸、颜料、蜂蜜和土蜡来，我准备炼一些药丸。对了，再买一个串铃，呐，这是钱。"

刘黑孩："我有钱。"

赵树礼："你有钱是你的，这点你拿上。"

六

窝棚附近的石头上、地上晒着一摊摊草药。

赵树礼削着一块薄薄的木片。

岸边一块平坦的大石头上，王春铺开棉纸，赵树礼手拿薄木片在黑孩端着的颜料盘里分别蘸几下，就唰唰写画起来。片刻，一幅红红绿绿的虫鸟花草组成的中堂已写就：

有钱难买五月旱
六月连阴吃饱饭

阳光下，红艳俗蓝，草绿虫动，煞是好看。

赵树礼："黑孩，这能卖钱不？"

刘黑孩："能，能，真好看！"

王春看了满脸钦佩之色。

七

又一个早晨。

太阳刚刚出山，朝霞把半边天空染红。河上，刘黑孩赤膊撑船，渡赵树礼、王春过河。

船舱里，赵树礼一袭蓝布长衫，肩搭白布褡裢，褡裢上画着八卦图，他手摇串铃，俨然已是一个游方术士。看他这身打扮，王春不禁哈哈大笑。船靠码头，王春跳上岸，赵树礼拉住刘黑孩道："听着，前天晚上你说的那些话，可不敢再说了。真的，小心惹祸。"说完跳上岸去，拔腿就走。刘黑孩追上来，将一把钱塞进他的褡裢："这钱你带上，混不下去还来找我。"

八

进入岳阳山区,赵树礼、王春翻山越岭逃亡而去。

街头树下,村人围着赵树礼听他说书。

赵树礼怀抱三弦琴,头仰着,眼闭着,不时拨动几下琴弦,随后连说带唱,粗涩的喉音不时把人们逗得哄然大笑。

这天他说唱的是《说唐》。

王春也被他的表演陶醉,不时张开布口袋,乐滋滋地收下几个白馍或窝头。

九

野山枯岭,羊肠小道。王春、赵树礼兴冲冲地赶路。

王春:"真没想到,你说书也说得这么好。"

赵树礼:"农村人有农村人的喜好,摸住这个底,不管做甚,老百姓都会高兴,今天你收了几个馍?"

王春:"八九个馍,十来个窝头。"

赵树礼:"不少,吃饭没问题了。我说过不用愁,是不是?"

十

又一天,他们来到寨圪瘩村,这是浮山县东部的一个大镇。

时逢赶集,虽是苦难年代,农村的生活仍旧遵循自己的传统过着。长长一条街上,货摊拥挤,叫卖声此起彼伏,村民熙熙攘攘,倒也热闹非常。街角一隅,赵树礼蹲在地上,面前铺着一块白布,上面摆着些黄芪、葛根、甘草,还有些药丸,他可劲儿吆喝着:"卖药啦,看病啦。"

时不时就有人过来问诊。

人群中,几个警察斜着肩膀骂骂咧咧地走过来,王春一看见警察,忙捅一下赵树礼。赵树礼一看吃惊不小,急忙收拾摊子,拉了王春就向村外一溜小跑地逃走了。

赵树礼对王春说:"幸亏你发现得早。"

十一

月淡星稀，山风呼啸。

偶有狼嚎传来，便有鸟儿从林中飞出，发出"叽叽喳喳"的叫声。

这夜真恐怖。

一个农人看田、撵野猪临时休息的窝棚里，王春倒在草上，身上盖着赵树礼的长衫，不停地呻吟着。赵树礼为他搭脉："没啥大毛病，只是受了风寒。我给你扎两针，再吃颗药，就没事了。"说着他掏出银针，借着月光在王春手上、头顶几处扎进去，不停地捻动着。

王春："树礼，明天就到板桥了，离我家很近了。我这一路给你帮不上什么忙，我想回去。"

赵树礼："可是，警察……"

王春："我先回家看看，如果风声紧，再来找你。"

赵树礼："也行吧。我不在板桥就在张村等你。要是风声不紧，你就在家住着，每隔十天半月，我把挣的钱给你送去一些。"

王春听了这话感动得一把拉住赵树礼，泪水夺眶而出。

赵树礼："看针，看针。来，把药吃了，只是没水。干咽吧。"

十二

岔路口，赵树礼和王春分手。

赵树礼："你可千万小心。"

王春："你也小心。"

下山的小路上，王春走出一阵回头望望，只见赵树礼摇着串铃，顺岭上一条大路悠然而去。

十三

夏季很快过去，转眼到了立秋，赵树礼一直躲在张村附近的开福寺。这里已属沁水县境，离他的故乡也就七八十里之遥。

秋雨绵绵。

残败不堪的开福寺东首偏殿里,赵树礼形容憔悴,他摇着一盘拐磨,一边研着焙干的药材,一边轻轻地哼着戏。

与官人对坐在大帐,
记起来当年事一桩。
想当年官人把京上,
得中了头名状元郎。

这时的赵树礼行医已久,在阳城县西山及沁水县张村乡一带农村已经小有名气。他似乎也有了一个"家":几垛破砖搭着些树枝、谷草,这是他的"床",上面堆着一条旧棉絮。一边墙根下,几块石头支着土灶,旁边有些砂锅破碗,一堆玉米秆子,这偏殿一角塌了,每逢雨天就有淅淅沥沥的雨落进来。小石磨不慌不忙地转着,赵树礼不紧不慢地唱着。此情此景,可谓凄凉。

这时,一个十一二岁的小孩带着两脚泥水跑进来:"杨大夫,杨大夫。我妈肚疼得不行。"

赵树礼忙拾起褡裢,拉了小孩就走。

十四

土炕上躺着一位四十多岁的女人。

赵树礼正为她搭脉:"没啥大毛病,你只是痛经。"

女人松了一口气:"每次我那个来,总要疼几天,这一次痛得更狠些。"

赵树礼:"不用担心,扎两针,吃副药,给你去了根。"

说着他在女人手上、肚上落针。

那小孩紧张地盯着他的手。

赵树礼就笑了:"你妈不要紧,快去拿药锅。"

小孩答应一声跑出去,片刻抱进一只小砂锅来。赵树礼从褡裢里抓出几味药,抖进锅里,坐在火上熬,见火不旺,他就操起火箸一阵捅。

女人:"杨大夫你真是个好人……"

赵树礼:"你男人呢?"

女人:"给财主家扛长工去啦。"

赵树礼长叹一声。

女人:"咱家太穷,你为我治好病,可也给不起你钱。"

赵树礼:"不要钱,只要你病好了能传扬传扬我的名气就行。"说着他把药锅端下。

那女人眼里瞬间噙满了泪花。

十五

王春的老家阳城县东四侯村,坐落在一片山坳里。

中秋之夜,月光如水。

院子里天地爷的神龛前,供着些月饼、苹果、葡萄,香炉里插着几炷土香。没有风,香烟袅袅飘起。屋里,一家老小围着一张方桌正吃饭,桌上还有一瓶酒。

王春吃得满头是汗,他倒酒与刘光第碰杯:"光第,多亏你捎信,不然我这师范就白上了。现在好坏领了个毕业证,还弄了一个联合校长当,谢谢你!"

刘光第:"多亏陈清先生,为你出力不小……"

院门忽然被推开,赵树礼背着褡裢走进来,他压根没想到会在这里碰到老同学,真是又惊又喜:"光第!"

刘光第也很激动:"树礼,你怎么也来了?"

赵树礼:"我来给王春送钱。"

王春的表情立马就很不自然:"往后不要送了……"

刘光第:"送什么钱?"

赵树礼:"自从我俩逃出学校,先在山里躲了一阵,后来王春身体不好就回家休养,我四处行医挣些钱……"

刘光第:"你当了医生?"

赵树礼:"其实就是个走方郎中,没多有少能挣些钱,就每隔半月二十天过来给王春送些。"

刘光第："给他什么钱？王春当上联合校长了，每月三十块大洋。往后只剩下风光啦，骑驴、吃面、游山、玩水……"

赵树礼顿感深感意外："王春，你当校长了？"

王春："是，前些天我去了一趟长治……"

赵树礼有点蒙："你回学校怎么不通知我？怎么样，那边情况怎样？"

王春："风头好像过去了，警察也没再去学校抓人，我也马马虎虎领了张毕业证。"

赵树礼："那我呢？"

王春："……你被学校开除了。"

赵树礼仿佛当头挨了一棒。

王春："我把你的铺盖也捎回来了。"

赵树礼听了这个消息整个人像痴了一样，他将一把铜钱搁在桌上，黯然走出门去。

十六

东四侯村村外，赵树礼失魂落魄地走着。

月光照着他苍白的脸，两只大眼迷茫地瞪着黑魆魆的山野。

他的脑子里不停地闪动着父亲充满殷切希望的皱脸。

刘光第跑着追上来："树礼，树礼。"

王春也提着一捆行李追来："不要走了，天这么黑……"

赵树礼默然接过行李，转身离去。

刘光第和王春站在黑夜之中，怅然若失地看着老同学远去的身影渐渐被黑暗吞没。

第六章

一

傍晚的时候,赵树礼垂头丧气地挑着行李走进尉迟村,这时下田忙碌的人们还没回来,吃饭时间又太早。做好了晚饭的女人闲着没事,就在街口说些家长里短,倒也热热闹闹。

土根嫂嗑着瓜子正和几个女人说笑得起劲,她们忽然看见赵树礼灰头土脸地回来了,几个女人立马就都不吭声了,都用奇怪的眼神瞅着他,直等他走过去,才又七嘴八舌地议论起来。

"听说了吧?那孩子落魄了,唉。"

"怎么啦?"

"叫人家学校开除啦。"

"做下丑事了?"

"说是闹共产……"

"共产,共谁的产?"

"放着好好的书不念,净想些邪门歪道,这下拉倒了吧?白白把钱糟蹋喽。"

"把个媳妇也气病了。"

"命中没有莫强求。"

"'小孔明'这一卦可没算准……"

说着就几个人女嘻嘻哈哈地笑起来。

二

赵和清坐在门槛上正抖鞋窝子里的土，忽然看见儿子蓬头垢面地走进来，他的手就僵了，眼也直了，直溜溜地瞪着，半天说不出一句话，"小孔明"的精神崩溃了。

他完全不能接受儿子被开除的这一事实，虽然他至死也不明白儿子为什么被开除，但此时此刻他却十分清楚：自己蓄积一生寄托在儿子身上"出人头地"的梦想彻底破灭了。绝望的怒火在他胸腔里熊熊燃烧，以致嗓子里"呼噜呼噜"地响起来，仿佛一把茶壶烧开了。

屋里的老伴感到了什么不对劲，掀帘出来看，却一眼看见了儿子，她激动得又是哭又是笑地喊道："天爷爷，得意你可回来了！"

小翠也跑出来，又惊又喜叫一声"哥"。

这时候，赵和清的怒气终于火山一样爆发了。

他像狼一样吼叫一声："野大呀！你怎么还有脸回来——"

王金莲被这一声怒吼吓得愣住。

小翠一把搂住哥哥。

西楼上的太湖"哇"地大哭起来。

破鞋、烟袋、笤帚、簸箕一齐朝赵树礼身上砸来。

赵和清跺脚咆哮，他的手抓住什么砸什么，疯了似的转圈圈，登时把个小院惊得鸡飞狗跳："你个驴货，驴货。为了供你念书，我把屎都努出来了。叫你教书，人家解雇你；叫你上学，人家开除你。败兴虫呀，叫我这老脸往哪搁？"喊叫罢他竟连连抽打自己的脸。

赵树礼急忙上来抱住父亲，却被父亲一把推开："爬过，爬过。不争气的东西，你去念书就念书，闹什么革命？跟上疯子耍土面面吧，命没革成，倒叫人家把你开革了……"

如果不是西楼上马素英的哭声传来，这一场闹剧真不知怎样收拾。

马素英哭着，剧烈地咳嗽着。

赵和清忽然不喊叫了，他一屁股跌坐在石阶上，闷头再不说话。

赵树礼一步三跳地跑上西楼。

三

马素英病得不轻。

她形容枯槁,躺在炕上,一边流泪,一边咳嗽,一丝血渍挂在嘴边,她用一只枯瘦的手紧紧搂着太湖。赵树礼吃了一惊:"小素,小素。你怎么啦?"

马素英挣扎着扑到丈夫怀里。

四

赵和清病倒了。他直挺挺地躺在炕上,额上捂着手巾,不时沉重地叹息几声。

王金莲:"死老汉,快不要再闹了。媳妇病成那样,得意不成个人样,白露过了六天了,咱家的麦还没有种上……你要再折腾,这个家可真要败啦。"

赵和清长叹一声。

五

郎中正为马素英把脉。

赵树礼抱着儿子在一旁忧心忡忡地看着。

郎中的脸色越来越凝重:"不要紧,不要紧,受了点风寒。吃几副药就好了。"说着用眼神示意赵树礼放下孩子,他俩一同走到门外,郎中悄悄说:"干血痨,怕是治不好了。"赵树礼听了这话不禁急出眼泪。

郎中:"没办法,她这是小产后着凉,又忧愁过甚,毁了生脉,硬把病给耽搁了。"

六

倒是河顺、狗剩、水旺、铁锁一伙人,对赵树礼的这场变故不感兴趣。他们认定的是过去的得意,那个得意会受苦、会弹三弦、会在八音会里打家伙。这一天,他们都来帮赵家种麦。

这时的狗剩、水旺、铁锁都已是十七八岁的大小伙子了。

赵树礼牵驴,河顺摇耧,水旺压阵,狗剩几个抢着镢头打土坷垃,几个人说着唱着逗趣着。

铁锁:"得意,共产是不是也共疙鸡蛋的产?"

赵树礼:"是,总有那么一天,穷人起来革他的命。"

水旺:"要是这,革命也挺美呀!"

狗剩:"就因为这,把你开除了?"

赵树礼:"是。"

河顺:"那你们那校长算是眼瞎了。"

狗剩:"开除就开除,种地有什么不好?"

水旺:"就是,不种地吃什么,吃屁?"

铁锁:"水旺你吃过屁?"

一伙人就笑。

河顺:"得意,我给你编个快板吧。"

> 赵得意,好小孩,
> 跑到长治瞎胡来。
> 闹革命,真不赖,
> 搞共产,也不坏。
> 可惜人家不答应,
> 打你小孩一孤拐。

众人听后登时爆出一阵大笑,惊得树上的雀儿呼啦啦飞起。

七

赵树礼喂妻子吃药。

马素英:"我这病怕是好不了了……"

赵树礼:"快不要瞎说。"

马素英:"你不用瞒我,死就死了,没有个啥。我就是割舍不下咱湖儿呀。"

说着她已是泪如泉涌。

赵树礼动情地抓住妻子的手："你放心，就是卖房卖地，倾家荡产，也要把你治好。"

"咱家还有什么可卖的呢？"马素英惨然一笑，忽然抱住丈夫，动情地说道，"得意，得意。我也舍不得你呀。"

赵树理双手捧着妻子的脸："小素，小素……"

一旁，太湖突然号啕大哭。

八

大雁南飞。

秋风瑟瑟。

赵树礼挎着个柳条筐拾粪，偶尔抬头看那一行大雁叫着飞去，不禁潸然泪下。

九

一家人正吃饭。

赵和清依旧不紧不慢地数落着儿子："我借上钱供你上学，是叫你谋个出路，有些出息。谁知道你这么不懂事，硬生生把前途毁了。别人家的孩子越念书越聪明，你倒把脑子念成一锅面糊。体体面面的好事放着不做，偏又跑回来种地。嗐，看你结了一颗什么茧……"

王金莲发火了："死老汉，还叫人吃饭不？"

赵和清就不吭气了。

一家人闷头吃着，谁的心情也不好。

不料赵和清又数落起来："你这孩子算是没指望喽……"

小翠捂住耳朵叫喊着："不要说了！不要说了！"

赵树礼："大，你不要生气了，是我对不起你，往后我都听你的就是了。"

赵和清："真听我的？"

赵树礼："听。"

赵和清："那好，县里正在招收小学教员，你去考吧。"

赵树礼："……大，警察正在搜捕我。"

王金莲听了这话吓了一跳。

赵和清狐疑地看着儿子："警察逮你一个穷学生干什么？你不要花麻圪吊嘴，明天就去县里。"

赵树礼："我，我参加了……"

赵和清："你不要给我瞎编，我不听。"

赵树礼横下一条心："好，我去考。"

十

这次考试竟有四百多人参加。

考场门口，霍启高意外地发现了赵树礼，于是就喊着他的名字从人堆里挤过来。

赵树礼："呀，启高，你也来了。"

霍启高："不来有什么办法。"

十一

马素英大口大口地吐血。

一家人慌了手脚。

太湖大哭大喊，连声叫妈。

赵树礼紧紧抱住妻子："小素，小素呀……"

马素英用力地睁开眼，抬手摸着儿子的脸："太湖，妈顾不上你了……"忽地她又拉过丈夫，冲他耳边轻轻说："人真要有来世，下辈子我还给你当老婆。"说完无力地倒在床上。

十二

杨如珍躺在炕上一边抽大烟，一边冷冷地看着立在炕边的赵树礼。

赵树礼手里捏着一纸地契。

杨如珍："得意，你本事大了去啦，怎么还来借钱？"

赵树礼："……"

杨如珍："听说你要共产，你把我这一院房产共去，还怕没有钱花？哼，年轻人不学好的……"

赵树礼听了这话扭头就走。

十三

王广铎兴冲冲地走进尉迟村。

十四

因没钱买棺木装殓，马素英的尸首停放在门板上。她依旧一身素衣，只有脚上套着一双绣鞋。马母抱着女儿哭得死去活来。

太湖的小手轻轻摸着妈妈的脸。

小翠搂着姐姐小玉，哭得眼睛红肿。

丑能闷头在灶上烧火。

瞎眼长河将手中一把笙吹得如泣如诉，闻之令人悲凉心碎。

赵和清搂头蹲在窗根儿底下。

马老汉满眼是泪紧紧靠着他。

赵树礼一筹莫展，抱臂坐在石阶上，一双眼睛呆滞无神。

王广铎走进院子，被眼前的情景惊呆了，他紧走几步上前抱住赵树礼："不要愁，兄弟。任甚事都有哥我……"

十五

一场初雪纷纷扬扬地落着。

这一天一家人又送得意出门。

赵树礼默然地把抱在怀里的太湖交给母亲。

王金莲的头发全白了，泪水不停地从眼眶溢出。

赵和清依旧唠叨不休："你这次还算侥幸，考了个全县第一，弄了个好差事。一月十块大洋，可是不少了。你这次去县城教书，千千万万不要再给咱惹是生非……"

赵树礼却似乎没听见这些嘱咐,他的眼前只是那个夏天全家人送他去上学的情景。

赵和清:"太湖你不要操心,有你妈呢,你只管安生教你的书。过几年我的手头缓过来,再给你娶一门亲……"

赵树礼叹息一声,转头向王金莲道:"妈,我走了。"

十六

当时县城的西关小学就在现在的文庙。

教室里传出孩子们响亮的歌声。

> 天下的房屋什么人来盖
> 天下的庄稼什么人来栽
> 什么人劳动吃不饱
> 什么人不劳动他享自在呀
> 依么呀呼嗨

这次招教,赵树礼考第一,他被分在县城西关小学校。

霍启高考第二,被分在城边富店村小学。

十七

北风呼啸。

屋檐下挂着粗大的冰凌。

国民党沁水县党部,一排警察身姿笔挺地站着,他们正在听县党部常务执委钱杏元念电报:"立即拘捕共产党嫌疑犯赵树礼、霍启高二人,会同转解省党部。"

警察们小声嘀咕着:"谁是赵树礼?"

钱杏元:"这是省党部来电,都听清了?"

十八

这天没有风,梅河上结了冰。

警察们押着赵树礼、霍启高走出北城门,踩着冰过河爬上对岸。

赵树礼回头张望,一群乌鸦"呀呀"叫着在城楼上空盘旋。

第七章

一

在山西省"清共"委员会，赵树礼、霍启高被严刑审讯后不久，被转到太原市上马街54号——山西省反省院，这是一座U型二层木结构院子。

铁门开启，赵树礼、霍启高被押进来，一进来，他们就看见满院子的墙上刷着标语：

铲除共产邪说！
革命首先革心！
三民主义是救国救世界的主义！

二

院长办公室在楼上。

这时的反省院院长是由山西省高等法院院长胡学高兼任，此人嗜酒好赌。看守把赵、霍二人带进来时，他正与人划拳，看见看守带进来的二人很不耐烦地问道："新来的？"

看守："是，一个姓赵，赵树礼；一个姓霍，霍启高。都是沁水人。"

胡学高："嘿，不错嘛，有老乡做伴。知道这是什么地方吗？"

赵树礼："知道，反省院。"

胡学高："反省院是干什么的？"

赵树礼："不知道。"

胡学高："哼，反省院就是洗脑院。老魏，你给他俩说说。"

总务主任魏晋三很胖，他的脸上总是笑眯眯的："胡院长说反省院就是洗脑院，就是把你俩脑子里的坏东西挖出来，换上些好东西装进去。这么说吧，就是换思想。咱们这里关的全是政治犯，按文化高低，分甲、乙两个组上课。课程有党义，党义嘛就是三民主义、五权宪法、建国大纲，此外还有国文、物理、历史、地理、数学、音乐……"

胡学高："算了，说那么长干啥，把他俩关3号。"

三

监舍全在楼下。

此刻，3号监舍里有人在唱歌，声音高亢，是流行在陕甘一带的民歌《兰花花》。

看守一边开锁，一边呵斥："妈的高春生，又号丧啦。"

后墙高处有一面小窗，阳光斜射进来，把这间昏暗潮湿的牢房照亮。十来个犯人或坐或躺在屋里的一盘大炕上面，众人见赵、霍二人进来，就都起来迎接。

高春生身材高大，一脸胡子，他热情地接过赵树礼、霍启高手中的行李，并把狱友一一介绍给他们："我叫高春生，这位是徐明清，这位是陈三省……"

陈三省文质彬彬，戴一副高度近视镜，他友好地朝赵、霍二人点头。

高春生："这位陈先生曾留学日本，反省院数他学问最大。"

四

政治犯们列队朝孙中山像敬礼，然后整齐地坐在院子里，听院长训话。

厂房里机器轰鸣，赵树礼正汗流浃背地织袜子。

看守吹响哨子，犯人们神情疲惫地走出车间，赵树礼、霍启高也一边擦着汗，一边跟着大家走进饭堂。

一桶桶稀饭被提出厨房。

犯人们不满地议论："又是稀汤汤。""小米发霉了。"

高春生怒吼道："反对虐待政治犯！"

人们纷纷摔了碗。

饭堂登时大乱。

魏晋三带领看守跑来，气极败坏地呵斥道："混蛋，造反呀？"

看守把高春生拖出院子，对他一阵毒打。

五

这里白天看守比较放松，一到夜晚他们便如临大敌，规定晚上十点必须熄灯，警卫执枪巡视。

这天夜里，3号监舍响起低低的国际歌声。

陈三省："我在国外，最早接触到《共产党宣言》和《新经济学》，是日本学者河上肇用日文翻译的。法国大革命的时候，产生了两首著名歌曲，一首是《马赛曲》，另一首是《国际歌》。《国际歌》的作者是两位法国工人。苏联十月革命胜利后，布尔什维克政府把这首歌定为苏维埃联邦共和国的国歌……"

黑暗里，赵树礼目光炯炯。

六

这个伪善的"洗脑"机构居然有一个图书馆，几千册图书杂志和十多份报纸可供犯人阅读。虽然这些书刊大部分是政治读物，却也有很多文艺、自然科学方面的书籍。同时还办有一个内部杂志《自新月刊》，强迫犯人写悔过文章在上面发表，成为监督犯人反省的一条纪律。

赵树礼的大多时间就消磨在这个小图书馆里。

霍启高拿来一册《自新月刊》："树礼，这一期发表了你的小说《白马的故事》。"

七

又一个春天到来，院子里的两株柳树尽染黄绿。

犯人们席地而坐。

魏晋三："今天这堂课，由咱们胡院长亲自讲授三民主义……噫，霍启高呢？"

赵树礼："他病了。"

魏晋三："狗屁，他有什么病？去，把他弄来。"

两个看守应声跑出。

胡学高笑嘻嘻地点烟抽着。

八

太原的街上，赵和清慌慌张张地走着。

这个平生胆小的农村老汉，第一次走进完全陌生的大城市，神情之畏缩惊惧自不待言，他逢人就作揖打问路。几个流氓过来，把他挤到墙角，欲抢他身上的钱物。赵和清恐惧失措，不停地鞠躬，脸上强笑着，嘴里一迭声地求饶："大哥二哥，恩典恩典！咱是穷人，浑身不值一文钱。请高抬贵手，要不我叫你们爷爷吧？"流氓们看他穷酸，就大笑着把他放开。

赵和清连忙一溜小跑地逃走。

九

隔着铁栅栏，赵氏父子默然对坐，欲说还休，只是彼此看着对方，神情甚是落寞。

还是赵和清先开了口："孩子，我很后悔呀！真不该叫你去县里考试。不到西关小学当差，就没有这桩祸事。"

赵树礼垂下头默不作声。

赵和清："等你出了狱，就回咱尉迟吧。守住几亩地，再不要给咱出来折腾。临来时我算了一卦，你呀，命里空空荡荡。"

赵树礼苦笑笑。

赵和清："唉，命中没有莫强求。你这辈子注定是欺负土坷垃的材料，什么当官、发财，都与你没缘。"

赵树礼："大，你不要再来了。明年夏天，我就反省到期，出去了就回家。"

赵和清："好，这好。回到家可再不要出来，安安生生种咱的地……"

看守厉声呵斥道："嗨，时间到了，还啰唆什么？"

赵和清把个小布包推给儿子："这里头有些钱，还有你妈给你做的两件衣裳。"

赵树礼两眼泪光："你哪来的钱？"

赵和清："把黑驴卖了。"

十

大雪纷飞，北风呼啸。

霍启高形容枯槁，脸呈灰黑色，眼窝塌陷，躺在床上呻吟，身上盖着两床被子仍是不停地颤抖。赵树礼紧紧握着他的手："启高……"

霍启高噙着泪："树礼，我恐怕要把命丢在这里了。"

看守扒门吼叫："霍启高，该你倒垃圾了。"

高春生一把揪住看守："你还是人不是，你看他能倒垃圾吗？"

看守被揪得一个趔趄，疼得直叫。

高春生："去叫姓胡的来，马上送霍启高就医，给他看病。"

陈三省："不然我们就绝食。"

十一

胡学高气咻咻地拍打着报纸。

《山西日报》头版刊登新闻：反省院政治犯绝食……

十二

记者挤在反省院门口，采访拍照。

青年学生、市民赶来声援，高呼口号：

"释放政治犯！"

"民主自由万岁！"

十三

胡学高点头哈腰地接电话。

政治犯群情激愤,冲出牢房。

胡学高出现在楼道,被迫宣布:"院方无条件接受你们的要求……"

犯人们搂抱跳跃,欢呼胜利。

看守用担架把奄奄一息的霍启高抬出来。

赵树礼不舍地松开霍启高的手:"启高,你要挺住!"

十四

5月到来时,太阳变得火辣辣的。

太原街头,爱国青年学生举行游行抗议,要求抗日。

学生们的歌声如潮:

> 五月的鲜花开遍了原野,
> 鲜花掩盖着志士的鲜血,
> 为了挽救这垂危的民族,
> 我们曾顽强地抗战不歇。

这时已是1930年,赵树礼被释放。监狱的铁门打开,他提着行李出来,意外地看见守候在门口的胡学高。

胡学高:"恭喜你获得新生,赵树礼。"

赵树礼冷冷地:"有何贵干?"

胡学高:"请借一步说话。"

十五

在一个小酒馆,桌上摆着酒菜。

胡学高举杯:"来,为你反省成功光荣出院,干。"

赵树礼面无表情。

胡学高："赵树礼，你是个大好青年。通过一年多的反省学习，相信你会站在三民主义旗帜下……"

赵树礼："有话请直说。"

胡学高："好，那我告诉你：你那母校长治第四师范又发生驱逐校长学潮啦，领头的就是你的好朋友史纪言、王中青。省党部指示你立即赶赴长治，监视学潮，随时向我们报告。"

赵树礼厉声说道："你看错人了，胡先生，我赵树礼负不起这样的大责。"说完拂袖而去。

胡学高吼叫："你会后悔的。"

十六

就在这年4月，中原地区爆发阎锡山、冯玉祥等讨伐蒋介石的军阀大混战，双方投入兵力一百万，给人民造成深重灾难。5月末，战火虽渐熄灭，但硝烟和恐怖仍在太行山区弥漫，到处是倒毙的军人、战马，到处是丢弃的枪支炮车。

兵痞流窜，四处劫掠。

村庄起火，黑烟腾起。

流民如蚁，惊叫奔逃。

通向长治的山路上，赵树礼夹在逃难的人群里疾步走着，不时搀起跌倒的老人小孩，躲避隆隆身边的战车、马队。

十七

战后的长治城，四十里城墙被毁，只留下孤零零的一座上党门，在6月的阳光下仿佛一幅剪影。往昔的繁华不复存在，战争给这座城市留下许多创伤，战乱的阴影随处可见。

大十字街，请愿的学生喊着口号走过。

夹在人群中，赵树礼仰头看布告上的内容：《第四师范全体师生驱逐反动校长范郁如宣言》。这一切仿佛又回到了当年。

他抬头看着烟雾蒙眬的天空，额上的皱纹一条条皱紧。

十八

战友重逢,赵树礼与史纪言、王中青等情不自禁地拥抱。

赵树礼:"我给大家带来了不好的消息,国民党省党部已密切注意长治学潮,肯定派来不少密探、打手,大家千万当心哪!"

史纪言:"多谢你赶来报信。"

赵树礼:"纪言、中青你俩更要当心,他们认定你俩就是这次学潮的领导人。"

王中青:"怕他什么,学潮既然已经发动,就只有坚决斗争到底!"

史纪言:"树礼,你准备怎么办?"

赵树礼:"我已把赵树礼的礼字,改为真理的理,表明我追求革命、追求真理的决心!"

大家听了热烈鼓掌。

赵树理:"在反省院两年,罪是受了不少,但收获也很大。最主要的收获,是我跟着高春生、陈三省等一些年纪大的共产党员,较系统地学习了马克思主义的新经济学,读了不少新文艺书籍。因此,这次入狱不算吃亏。我准备先回家看看,然后再返回太原。"同学们听闻此话内心深感振奋。

史纪言:"咱们去照个相吧,为树理安全归来,留个纪念。"

十九

摄影师摆弄着陈旧的照相机。

赵树理、史纪言、王中青等十八位同学一起合影留念。

这年赵树理二十四岁,光头、长脸、浓眉、大眼,端正的鼻子下,两片大嘴唇微微张开着。他神色泰然,安详地抱膝坐在前排草地上。

照完相,王中青提议:"树理,题个词吧。"

赵树理:"好。"随即他展纸研墨,写下几行字:

萍草一样的漂泊,或许是我们的前程。此间一度的欢聚,不知何时再会。

朋友们，我们的归宿，让我们分头去找。

1930年6月2日潞安

第八章

一

赵树理回到了故乡。

沁河静静地流淌。

魁星楼檐下的铁铃依然叮叮作响。

战争的阴影尚未波及这个小小的山村。

小麦熟了，尚未收割。

成群的麻雀飞过田野。

绿水青山，风景秀丽如画。

麦田里，赵树理掐了一穗麦子，在手掌里搓碾，那一粒粒金黄饱满的麦粒顿让他紧锁的眉头展开，他把手中的麦粒吞进嘴里，感受着乡土的气息。

二

赵家院里，楼梯下挂着的蝈蝈笼已残破不堪。

王金莲搂着儿子激动得又哭又笑。

小翠长高了，笑着抱住哥哥的胳膊。太湖五岁了，抱着一只全身发白而鼻头、屁股却是黑色的小狗，愣愣地看着大人们。那狗认生，冲着赵树理狂吠。

赵和清正在磨镰刀，他的嘴里缺了几颗牙，腮帮子越发瘪进去，喃喃地说："哭甚咧，哭甚咧，有什么可哭的。"

王金莲："我孩儿受罪了，再不要出去。"

赵和清："是，再不要出去，安身在家种地吧。"忽然他又抱怨起来："你这孩真是个贱骨头，别人家的孩子念书念得做了官，你念书念得进了监狱。嗤，我算是白操心啦……"

小翠见父亲又唠叨便捂住了耳朵。

王金莲："死老汉，不能少说几句。"

赵和清："能，怎么不能？我就是心头一股气不顺。不见他吧，心里惦着；见了他吧，这火就不打一处来。唉。"

赵和清长长叹出一口气。

三

晨光熹微。

又是一个好天气。

驴圈旁，赵树理挑着木桶欲去挑水，手却在石槽沿上摩挲着。

赵和清咳嗽着出来："想咱黑驴了？"

赵树理点头。

赵和清："不用想了，黑驴卖了十五块大洋，全给你填了窟窿……"

小狗咬扯着赵树理的裤角。

赵树理："哟，这狗……"

赵和清："才捉不久，叫二黑。"

赵树理："二黑？"

赵和清："你看它全身白，两头黑，不叫二黑叫什么？"

赵树理："这名字不错。"

赵和清："少说没用的，快去担水。"

赵树理笑起来："走，二黑。"

四

初秋的这天上午，赵树理拍响胡土根家的院门。半天，院门拉开一条缝，土根嫂风骚依旧，见是赵树理，脸色就很难看："有事？"

赵树理："家里没烧的了，我大让我来借你家骡子使使，去驮一趟炭。"

土根嫂："快不要说了，骡子倒是现成的，可是不敢借给你。"

赵树理顿感不解。

土根嫂："你还不知道？杨村长吩咐下来，你是共党，叫大家防着点。"

说完"哐当"一声关了门。

五

院子里，赵树理一脸沮丧，他正听父亲的训斥。

赵和清："你看看，看看！你这革命革得怎么样？背上个黑锅，连头牲口都借不出来了。噬，我上辈子造了什么孽，遇上你这个败家货……"

王金莲出来："又嚷上啦，又嚷上啦。死老汉，得意借不上，你就不能去借？"

赵和清："你没听见？是杨村长吩咐下来，叫一村人防着咱家这个共产党。"

王金莲："我就不信他杨如珍能一手遮天？你不去借我去。"说着就要走，却见河顺和狗剩、水旺、铁锁一伙后生走了进来。

狗剩："得意，咱去驮炭。"

赵和清："拿什么驮？没牲口。"

水旺："把你愁的，看他疙鸡蛋能把人欺负成什么。"

铁锁："驴日的，离了马尿不涨河啦？走。"

六

秋雨绵绵。

一群尉迟村的老百姓挤在河顺的窑洞里，他们本来是要听八音会的，却被赵树理讲的故事吸引，乡亲们听得如痴如醉。

太湖搂着二黑，靠着父亲坐着的板凳沉沉睡着，嘴角挂着甜甜的笑。

  苏联十月革命……

  红军攻占冬宫……

  列宁发表演说……

  苏维埃集体农庄……

  拖拉机犁田……

  康拜因收割机收获小麦……

  电灯、电话……

  大胡子苏联农民……

  李大钊和《新青年》……

  五四运动，北大学生游行……

  湖南农民运动，打土豪，分田地……

  尉迟村的穷人冲进杨如珍的大院，

  清算控诉，揪出杨如珍、张富贵游街……

  河顺听得入神，手中捏着的铜锣掉在地上，发出"哐"的一声响。二黑吓了一跳，连声地狂吠。

  大家兴奋莫名，纷纷长出一口气。

  河顺："得意，真有这么一天？"

  赵树理："会的，中国的老百姓总有翻身的时候。"

七

  黑暗里，张富贵顶着麻袋片，鬼鬼祟祟地趴在院墙上朝窑洞里张望。

八

  赵和清趴在炕上，任由妻子捶背捏腿，嘴里不停地哼哼。

  油灯下，赵树理读着一封信。

  赵和清："谁来的？"

  赵树理："太原的一个朋友。"

  赵和清："是不是你在反省院认识的？"

赵树理："是，他叫高春生。"

赵和清："信上写的些甚？"

赵树理："没甚。"

赵和清："得意我给你说，你回来就回来了，再不要和外头的人勾勾扯扯，一门心思种你的地，再不准出去惹祸。"

王金莲："得意，你大说的是正经话。"

赵和清："等个一年半载，再给你张罗一门亲事……"

赵树理："不必了。"

赵和清："胡说，男人不死妻，那是运气差。"

王金莲："放屁。"

赵和清："听说武安村老关家有一个闺女，模样儿挺齐整……"

赵树理听得不耐烦："睡吧睡吧，天不早了。"

赵和清忽然翻身坐起，发火嚷道："你这孩子就这毛病，正经话你一句也听不进耳朵。"

赵树理只得苦笑。

赵和清："小东西你记住，这辈子你命里缺金。靠山山倒，靠水水流，再不要胡想好事。安安心心做个庄稼人，穷是穷一点，倒还平平安安。"

九

树上的枯叶纷纷飘落。

秋收后的一天黎明，赵树理背着一个小包走出院子。赵和清光着一只脚追出来，一把扯住他："去哪，你去哪？"

赵树理："太原。"

赵和清："太原有你大呀还是有你妈？不行！"

赵树理："大，你听我说……"

赵和清："回去，给我回去。"

王金莲也披头散发地跑出来："孩儿你不敢走。"

赵树理："大，妈，日本军队占了咱东三省，现在国家形势吃紧。"

赵和清："甚？日本人好好地来咱中国干什么？"

赵树理:"咱们眼看就要当亡国奴……"

赵和清:"亡就亡吧,你一个穷书生能抵什么事?"

赵树理脸色一沉,决然拨开父亲的手:"大,你这话可就说错了。国家兴亡,匹夫有责。我决不甘心当奴才。我走了,去了太原给你们写信。"

说完拔腿就走。

王金莲忽然捂着脸哭起来,她推了丈夫一把:"快去追呀!说成甚也不能让他走。"

二黑窜出院门,摇着小尾巴朝赵树理追去。

十

村外,赵树理大步流星地赶路。

赵和清一溜小跑追不上,一屁股跌坐在路上吼道:"野大呀,你怎么这么不听话。"

第九章

一

太原西华门9号是一处大杂院。这里住着些人力车夫、工匠、卖唱的、走江湖的郎中、饭馆的跑堂、捡破烂的老头、捏泥人的手艺人和暗娼……

西南角一间低矮小屋。

屋里昏暗潮湿,薄薄的日光从糊着厚纸的一面小窗照进来,投在一张板床上。床头两块砖头垫着一件破衣,权当枕头,床上堆着一条肮脏的棉被,此外就是书和报纸。墙上,一张白棉纸画着鲁迅先生的头像——这自然是赵树理的手笔。

一张破桌上堆满书报,摊着稿纸和笔墨。赵树理埋首书堆,专心致志地写作着。一缕阳光投在他黑瘦的长脸上。

1930年秋天,赵树理再次来到太原,开始了他最初的文学创作。

许多个深沉夜晚,那间小屋的窗上透出灯光。

里面不时传出赵树理轻轻的咳嗽声。

二

黎明,有雾。人力车夫拉车出门,见那窗户上灯还亮着,就轻拍窗棂说道:"赵先生,你不要命啦!又熬一夜。"

屋里,赵树理说:"这么早就出去呀?"

人力车夫:"我去火车站,五点钟有一趟火车。"

三

七点多的光景,院子里嘈杂起来。

东家生火做饭,卖唱的练嗓子,捏泥人的在甩泥,做暗娼的女人守着水笼头,不停地哗哗放水洗漱……

赵树理夹着一个纸包出来,就着水龙头喝水,却被那女人不满地瞪了一眼。赵树理全然不觉,仍旧兴冲冲地走了。

捏泥人的冲着暗娼笑笑:"你对他有意见?"

暗娼:"这人一夜一夜地不睡觉,又咳嗽,叫咱怎么做生意?"

四

小巷肮脏杂乱。

小市民生活的乐章却从这里掀开。

摆早摊的开了张,卖豆腐脑的汉子卖力地吆喝,小饭馆的门窗上涌出一股股热气。

在一个卖烧饼的小摊上,赵树理撩起长衫掏出几枚钱,犹豫着又放回两个,才买了张饼边吃边走。他脸色兴奋走得飞快。

太阳升起来时,街市变得令人眼花缭乱。来到桥头街,老远就看见了《太原日报》报馆。这是一座二层小洋楼,旁边有一座天主教堂。

赵树理兴冲冲地推开报馆大门。

五

一间办公室里拥挤地摆着几张桌子,坐着几位编辑。

赵树理局促地打开报纸包,将一沓稿纸递给一位正吃油条的先生。那先生四十多岁,头发梳得油光发亮,镶一颗大金牙的嘴巴咬住一截油条嚼着,斜眼瞅瞅稿子:"白的雪,雪不是白的还能是黑的?呵呵,你写的?"

赵树理:"是。"

编辑:"字不错呀,写的什么?"

赵树理:"写的是农村的穷人反抗财主……"

编辑甲:"快打住!没有财主哪来穷人,反抗他做什么?年轻人,你不要想入非非。"这时又有两个编辑凑过来。

编辑乙:"咱们是报馆,报馆要的是新闻。什么是新闻?狗咬人不算新闻,人咬狗才是新闻。你要写些李家闺女没出嫁生了小孩,刘家寡妇养了几个丑汉,夜夜热闹……那才是咱们报纸欢迎的。哈哈哈。"

几个编辑笑起来。

赵树理面露失望:"可是,你们报纸是有副刊的呀,专登诗歌小说……"

编辑:"有是有,可发表的也都是些花呀月呀爱情呀什么的。"

赵树理蔫了:"那……"

那编辑的金牙闪闪:"快拿上你的破烂走吧,走吧。"

六

赵树理沮丧透顶,四仰八叉地躺在破床上,两眼失神地盯着乌黑的屋顶。

七

又是一个漆黑的夜。

城市安静下来,死一样寂静。

赵树理的小屋依然透出昏黄的灯光,屋里传出他剧烈的咳嗽声。

做暗娼的女人气悻悻地过来踢门。

赵树理拉开木门,一柱灯光泻在那女人脸上,只见她大嘴血红两条条细眉毛挑起老高,高声嚷道:"喂,你一夜一夜地亮着灯,还叫咱怎么做生意?"

赵树理:"……你,做什么生意?"

暗娼:"能有什么好生意,还不是皮肉活计。"

赵树理:"哦呀,对不起。"

暗娼:"对不起顶屁用,你一夜到明地亮着灯,又咳嗽不停,害得咱家客人都不敢来了。"

赵树理："对不起，过些天我搬出去，另外寻个地方。"说完他关上了门。

那女人狠狠踢了一脚门，骂道："丧门星。"

八

赵树理一脸沮丧地抱着稿子回到院子，把书稿搁在水池边，一头钻在水龙头下，让水尽情地冲着脑袋。

捡破烂的老头默默地看着他，这时，史纪言、王中青走进来，冲着老头问道："大爷，有个叫赵树理的住在这里吧。"

赵树理猛然抬头，湿淋淋的手来不及擦干就过来把两位好友拉住。

九

王中青："树理，我们投奔你来了。"

赵树理："好，好，先在这里住下。"

史纪言："'四师'学潮又失败了，咱们一起照相的十七个同学，都被学校开除了，罪名是图谋不轨，蓄意捣乱。"

赵树理："开除就开除吧，有什么了不起。等着，我去买吃的。"

十

赵树理慷慨解囊，买了一些卤肉和包子。

十一

史纪言、王中青翻看赵树理的书稿。

史纪言："树理开始写作了。"

王中青："咱们这伙同学数他家境不好。但将来，恐怕数他成就最大。"

赵树理推门进来："说我什么呢？"

王中青："说你准备当作家了，是不是？"

赵树理："作家不敢想，文坛太高，咱上不去。我只想写几本小书书，摆在地摊上,一文二文的有人买,就心满意足了。"

史纪言:"当个地摊文学家?"

赵树理:"对,地摊作家。"

大家听罢就都笑起来。

十二

半夜鸡叫。

他们显然说累了,史纪言、王中青挤在破床上,赵树理趴在桌上沉沉睡去。

十三

细雪如盐,纷纷落下。

赵树理又从《晋阳日报》报馆门口走出,他的神情近乎绝望,抱着书稿坐在报馆大门外花池的矮墙上,两眼茫然地望着车水马龙的大街。

十四

赵树理心绪茫然,他流落街头,浏览花花绿绿的广告。

他已经花完了最后一文钱。

穷困潦倒的他走进澡堂:"老板,要不要搓澡的?"

老板不耐烦地撵他道:"去去去!"

十五

柳巷不足二里长,但在过去是太原市最繁华的一条街。这里,店铺林立,游人如织,终日熙熙攘攘。

赵树理挨家挨户,走进一个个饭馆、店铺寻求打小工的话,都被无一例外地轰了出来。

大钟寺门口,一根电线杆上贴满广告。赵树理走近去看,却意外地发现有个人也正仰着头——那人竟是王春。

赵树理激动地喊一声:"王春。"

王春蓦然回头，见是赵树理，登时欣喜万分，二人伸臂抱在一起。

赵树理："你怎么在这里？"

王春："我来太原半年了。"

赵树理："住在哪？"

王春："剪子巷，你呢？"

赵树理："西华门，你不是当了联合校长……"

王春："不能提，因为怀疑我是共产党，县党部传唤我几次，过堂审问，又派警察监视我的行动。阳城县虽大，已没我立足之地，只好跑到太原来看看。"

赵树理："我也是，原想来太原卖文为生，却不料这条路走不通。带的钱花干了，想寻点事做糊糊口。"

王春："寻上了？"

赵树理："还没有。"

王春："那跟我走，剪子巷有家文具店，雇人糊信封，糊一个三厘钱。"

赵树理："管它多少钱，顾住一天三个烧饼就行。"

王春长叹一声。

赵树理："史纪言、王中青也来了。"

王春："真的，他们在哪？"

赵树理："在我那里住半月了，他们叫学校开除了。"

王春："快走，去看看。"

十六

赵树理、王春抱着一大堆信封皮和糨糊回来。推开门，史纪言、王中青又惊又喜地从床上跳起叫道："王春，王春。"同学们意外重逢，自有一番亲热。

这时，床角蹲着的一个人局促地站起来，竟然是李家骥——此时他一身破衣烂衫，已然穷愁潦倒。

赵树理颇感意外："李家骥，你怎么也来了？"

王中青："他不来有什么办法，家里两垧地叫别人霸占了，一院的房产、牲口卖了抵债，爹死了，娘嫁了，李公子落难了，只好跑来太原流浪了。"

赵树理："真是这样？"

李家骥点头，泪水夺眶而出："我真没想到，世道竟是这样险恶。财主太坏了！我现在是一贫如洗，只好来投奔你们。"

王中青："哼，当年在学校，你有多狂。"

李家骥尴尬："那时候不懂事……"

史纪言："好了，过去的事不说了。家骥，你打算怎么办？"

李家骥："山穷水尽，我只有跟你们一起，去找一条新的人生之路。"

王春："你终于想通了。"

王中青爽朗地笑着揍了李家骥一拳："李公子，祝贺你终于觉悟了！"

史纪言："树理，我和中青准备回省教育学院继续上学。你要坚强！我们不会忘记你的。家骥怎么办？"

李家骥："我……"

赵树理："家骥留下来，和我一块糊信封。"

史纪言说着把几枚银圆放在桌上："暂时只好这样了，这点钱给你们留下。"

赵树理把银圆推回他们面前道："拿走拿走，你们几个真把我当朋友，就把钱收起。"

王中青："瞧你那熊样儿，穷得没饭吃了，还硬充好汉。"

赵树理："君子固穷，不坠青云之志！"说着他自己就先笑了。

十七

赵树理嘴里哼着戏和李家骥学着糊信封。

十八

大雪纷飞。

赵树理披着一身雪走进学院，敲开斋舍的门，他冷得瑟瑟发抖，嘴里咝咝作响。

史纪言、王中青急忙为他倒水。

赵树理一边将双手拢在火炉上烤火，一边说道："我昨晚一夜没睡，写了一首《打卦歌》。"

史纪言："带来了吗？"

赵树理掏出稿子："带来了。"

史纪言看稿片刻，情不自禁地念起来：

归去躬逢直皖战，
划将田舍作防线，
冲击声中起哀号，
夜半檐前舞流弹……

王中青："你写的是中原军阀大战……"

赵树理："是，这是去年5月我从反省院出来去长治看你们，一路上碰到的景象，真是惨不忍睹啊。"

史纪言："这样吧，过几天我要去北平，把这个带去投到《北平晨报》。"

赵树理："行。"

王中青："另外告诉你一件事，史纪言接办了《山西日报》的副刊《山西党讯》，这份报纸是日报，一千字五角钱，你就多多写吧。"

史纪言看完稿："野小？你怎么用这么一个笔名？"

赵树理："我父亲骂我最厉害的一句话是'野大呀，你怎么这么不听话！'其实我野心不够大，只能是野小，野心很小，我只是决心做个地摊文学家。"

十九

日出雪消，院子里一地泥泞。

赵树理就住水龙头喝水,那做暗娼的女人打情骂俏地送一位军官出来。赵树理一眼认出,他就是几年前带兵抢掠尉迟村的标统阎大顺,于是就冷冷地看着他。

暗娼:"长官,你可常来呀,不然想死奴家……"

阎大顺:"算尿了吧,你夜夜做新娘,怎会只想咱?"

暗娼:"嘻嘻,瞧您说得多难听。"

阎大顺也看见了赵树理,他忽然想起来:"尿毛,你姓赵,是不是?你就是沁水县尉迟村那个赵家的孩子。"

赵树理:"你记性不坏嘛!"

阎大顺:"说尿的,带兵打仗,整天开枪,没个好眼力怎么瞄准?你来太原做尿甚?"

暗娼:"他那熊样儿能做啥?瞎混呗!跟个叫花子不差多少。"

阎大顺:"哎,你叫尿甚呀?"

赵树理:"……赵树理。"

阎大顺:"赵树理,咱俩也算有缘,是不是?咱们四十八师太原留守处缺个勤务兵,一月发你四块大洋,干不干?"

赵树理:"……行。"

阎大顺:"那尿你明天一早来忻州会馆报到!"

赵树理:"我还有个同学……"

阎大顺:"行,让尿你同学也来吧!"

暗娼:"谢天谢地,这个小穷酸总算走了。"

二十

赵树理第一次穿上了军装。

所谓的四十八师留守处,其实只是个空架子。那时阎锡山准备扩军,新成立一个四十八师,但只委任了一个师长,其手下并没有一个兵。只是在忻州会馆一间房门上钉了个木牌,上面写着"四十八师留守处",就算是正式拉起了队伍。

阎大顺只是个上尉参谋。这个阎参谋正在院子里训练两个新兵:一个是赵树理,另一个是李家骥,两个都打着绑腿扛着枪。

走了一阵正步,李家骥流汗了。

阎大顺:"妈的腿,瞧你俩那熊样,都给我把腰挺直!对,把腿绷直……来了客人先要敬礼,——敬礼。"

于是,两个兵就敬礼。

阎大顺不满意:"尿毛,敬的什么礼,看我的——"说罢就做了个示范动作:"照着练吧!"完了又朝赵树理招手:"你跟我来!"

二十一

留守处倒挺排场。三间大一个屋子,地扫得溜光,桌椅摆得很齐整,桌子上放着半尺长的大墨盒、印盒和精致的文具。靠墙一张木床上,躺着一个穿细布军服的胖子正在吸鸦片。那人抬眼看了看赵树理。

阎大顺:"这是霍师长,快敬礼。"赵树理就敬了一个礼。

霍师长:"赵树理,你这个勤务兵一不打仗,二不上阵,住在这里只是收拾收拾屋子,有客来倒杯茶,跑个腿;一月正饷四块,隔三岔五客人打牌,每次还能弄点零花钱。"

"先不要说了,叫他快去买料子。"阎大顺说着从皮包里掏出几张钞票:"你到五爷公馆去一趟。"

赵树理:"在什么地方?"

阎大顺:"天地坛门牌10号。去了找见小南房的张先生,把钱给他,就说要上好的面面。"

赵树理:"买大烟?我不敢。"

阎大顺:"怕尿啦!"

赵树理:"贩卖鸦片,逮住杀头。"

霍师长就笑起来:"傻瓜,你戴着四十八师的臂章,在五爷公馆买料子,难道还有人敢问?"

阎大顺:"谁他妈敢管咱们。"

赵树理只好接住钱。

二十二

赵树理一身戎装抱着大皮包出现在史纪言、王中青的宿舍，把两个好朋友吓了一跳。

王中青："哦呀，树理。什么时候当了兵？"

赵树理："才当上几天，在四十八师留守处，出来给师长买料面，偷空跑来看看你们。"

史纪言拿出报纸："来得正好。你的《打卦歌》[①]发表了。"

赵树理接过《北平晨报》，翻到副刊，把自己的处女作看了又看，兴奋莫名，连连搓手。

王中青："祝贺你！"史纪言紧紧握住赵树理的手。

二十三

太原西华门9号，这个充满忧伤、苦难、挣扎，有时也能寻找到一点小小快乐的人间一隅，似乎已永远镂刻在赵树理的生命中，成为他的情结。

如今这个不大的院子，又挤进些苦力、小贩、乞丐、拾破烂的。

在一个没有风，暖烘烘的冬日，这群城市最底层的人们，聚在院子里，乐呵呵地倾听赵树理与一对卖唱父女的歌唱：

冬季到来雪花儿扬，
大姑娘炕上绣鸳鸯，
鸳鸯绣给哥哥他，
做成个兜肚贴心上……

赵树理穿着军装弹三弦，显得怪巴巴的。

李家骥很开心。

[①] 1931年1月5日，《北平晨报》登载了《打卦歌》。这是赵树理第一次正式发表作品。这首长达八十四行的七言古体诗，虽然在思想和艺术上远不够成熟，但人民作家赵树理却由此踏上文学之路，开始了他独步文坛长达四十年的创作和探索。

二十四

年关临近，时有零星的鞭炮声响起。

留守处的木牌摘下来。

苦力抬着桌椅出来。

阎大顺咋呼着指挥人往马车上装家具。

赵树理和李家骥赶来，被眼前的景象惊呆："阎参谋……"

阎大顺："妈的腿，四十八师撤销啦。"

赵树理："那，我们俩的薪水……"

"薪水个尿毛。"阎大顺掏出一张纸："呐，看你小孩老实，我给你寻下个差事，到绥靖公署当录事，一月六块大洋。"

赵树理："录事？"

阎大顺："就是抄抄写写，正合你胃口。明天就去上班，找公署秘书科长阎同顺，他是我一个表弟。这是介绍信。"

李家骥："那我们这一个月白干啦？"

阎大顺发火："白干了你尿要怎样？快拿上东西滚吧。"

赵树理："那我这个同学……"

阎大顺："该到哪里发财发财去。"

两个新兵蛋子哭笑不得，钻进屋子收拾一包东西出来就走，却又被阎大顺喝住："嗨，你急尿的去死啊？"

赵树理不满地瞪住他。

阎大顺："你尿生啥气？你去万字巷龙庆客栈找阎老板，就说我阎大顺安排的，留你住下，不用掏房钱，滚。"

赵树理颇感意外，一时倒弄不清这个满脸胡子、张口就骂人的军官，究竟是个什么人。

二十五

就这样，赵树理意外地进了山西省绥靖公署，就是现在的山西省政府。

办公桌上堆满文件。赵树理挥舞着毛笔，不停地抄写。

抄好了一份，就拿去给一个人看："阎科长……"

科长阎同顺接过文件斜着眼瞅瞅，就顺手丢在桌上："行，字不错。赵树理，我表哥说你人老实，这才照顾你这份差事。眼下兵荒马乱的，能挣这点钱也都不容易，是不是？"

赵树理："是，谢谢您啦。"

阎同顺："光嘴谢？怎么也得喝二两吧。"

赵树理："那是，那是。"

阎同顺这才咧嘴笑了。

二十六

龙庆客栈其实就是骡马店。

一通木板大通铺上，十七八个人挤在一起，七长八短地躺了一长溜。这些赶车的、卖药的……睡得正香，呼噜打得山响。

屋角一张矮桌上，赵树理就着一盏油灯，披着条破被子写稿。天太冷，墨汁常被冻住，他就端起墨盒放到嘴边呵气，等冰冻的墨汁化软了一点赶快再写。

外面的鸡鸣狗吠声不时传来。

二十七

阎同顺慢条斯理地正接电话："喂，哪里？唐风报馆？赵树理？是有这么个人……"

赵树理急忙过来接住电话："哦，是我，赵树理。杨主编，好，是，我这就过去。"说完放下话筒，冲阎同顺笑笑："阎科长，我请一小会儿假，去报馆有点事。"

阎同顺狐疑地看看他："快去快回啊。"

二十八

《唐风报》是一家民营报纸，创办时间很短，主编是山西第一师范语文教员杨廉甫。

赵树理一溜小跑进来……

杨廉甫:"你来得真快。"

赵树理:"什么事?杨主编。"

杨廉甫递过一张报纸:"你的小说《铁牛之复职》,今天赶在副刊上连载。每期一千五百字,三个月登完。"

赵树理太兴奋了,一把攥住他的手,声音有些哽咽:"谢谢,谢谢!"

杨廉甫:"稿费不多,你去总务科领吧。"

二十九

领到稿酬,赵树理终于奢侈了一回,首次进了一家面馆。他把李家骥也喊来,一口气点了八九碗浇肉面,放开肚子吃了个痛快淋漓,吃得满头大汗。

李家骥抱着一只大碗,一边吃着,一边眼里就有了泪花:"树理,真想不到你人这么厚道。回想从前,我真不算个东西,不该那样对待你……"

赵树理:"不说这些,同是天涯沦落人,相逢何必曾相识。有饭大家吃,有钱大家花,咱俩今天'共产'一回。哈哈!"

他枯瘦的长脸上难得地堆满了喜悦。

三十

大年三十,客人大都回家过年去了,平常拥挤的客栈变得空荡荡的。

依然是那只矮桌上,一荧灯火照着报纸上放着的两个烧饼,赵树理披着一条破被正埋头写作。每当墨汁冻住,就端在嘴边呵一阵热气,便又奋笔疾书。灯光映着他枯瘦而兴奋的脸,又把他臃肿的身影放大在房间的墙上。

忽然,喜庆的鞭炮声在门外响起来。那鞭炮声持久而热烈,送别着人间的苦难一年,送别着又一个漫漫长夜。

三十一

桃花红梨花白,柳絮飞扬。又一个春天到了。

然而,这个一年里最美好的季节里,阎锡山统治的太原城,却像地狱一样陷入混乱和恐慌之中,满街游荡着散兵游勇,逃难的流民拥进城来,到处是穷苦的百姓。伤残士兵公然砸抢商铺,流氓盗贼趁火打劫,奄奄一息的乞丐躺在街角,物价飞涨,市面恐慌,乱印滥发的巨额晋钞形同废纸,被成捆成捆地摆在地摊上拍卖。

街上,行走的赵树理越发瘦削了,他夹着一包稿子,不时躲闪着兵痞流民,提心吊胆地匆匆赶路。终于他来到《唐风报》馆门口,这里已是关门落锁,门口倒卧着一群缺胳膊少腿的残兵,报馆的木牌被扔在火堆里。

三十二

绥靖公署。人们再也无心办公,聚在一起吵吵着他们关注的生计和物价问题。

"完蛋操了!今天白面一斤又涨五百块,小米子涨了三百八……"

"这日子还怎么过?"

"山西票'毛'飞了,一块大洋能换四十万山西票票。"

"五台山的和尚也来太原讨饭了。"

"咱们一个月辛辛苦苦挣六块大洋,过去能买八袋面,现在买不下半袋子。"

有人就叫嚷着:"赵树理,你给算算,现在咱们一月薪水值多少钱?"

赵树理:"不用算,九毛钱。"

"才九毛呀。"

"这他妈的不能干啦。"

"不干干甚去?"

愁肠百转的赵树理嘴里叼着根烟,双腿搭在桌上,身子斜躺椅上,嘴里喷云吐雾,默默地想着心事。

三十三

龙庆客栈，王春赶来辞行，李家骥也准备离去。

王春："树理，太原没法待了，我今天回去，家骥也走。你咋办？"

赵树理叹口气道："我是有家没法回呀，一回去，我那老大就天天跟我吵闹，嫌我没出息，净惹事……"

王春："唉，你瘦得太厉害，可要当心身体。"

赵树理："想当初，咱们在学校，年轻气盛，一肚子理想呀，抱负啦，谁知道一遇现实，这些东西就全泡汤了。"

王春："也不用这么悲观。我听说，毛泽东、朱德在井冈山会师了，中国工农红军已粉碎了蒋介石的第一次反共围剿。星星之火，可以燎原！我坚信，马克思主义必然会在中国胜利。树理，你要振作啊！绥靖公署是个臭茅坑，你在里面待得久了，不知不觉会腐蚀你的思想，消磨你的斗志……"

赵树理挤出一丝笑容道："好了，不说这些，你们高高兴兴上路吧。"说着他又把几个饼塞给李家骥："家骥，你要还是寻不下办法，就还来这地方找我。"李家骥心头一热紧紧地把赵树理抱住。

三十四

深秋薄雾，地上凝满霜。天气一天天凉下来。

这一天，枯瘦得不成人形的赵树理来到汾河边，将一包手稿一页页扯碎，扔进河水。

汾河无言，汩汩流淌，一行大雁叫着掠过天空。

寒风吹拂着河边的芦苇，就有鹧鸪"扑啦啦"飞起。

赵树理默默地看着手稿随水漂去，不由得悲从中来，流下两行清泪。

三十五

赵树理贫病交加，终于卧床不起。在那盘木板和草垫搭成的大通铺上，他缩在一条破棉絮里，一张瘦脸烧得通红，昏睡不醒。

这可急坏了人们。

"三天了呀，不吃不喝。"

"赵先生，赵先生。"

"真可怜！"

"这人是哪的？"

"听说是沁水县的。"

"快给他家里捎信呀。"

"谁知道他是哪个村的？"

"这……"

阎老板也急得不知所措，手在赵树理头上乱摸一通，连连说道："哎呀，哎呀，这咋办，咋办？"

赵树理强睁开眼："阎老板，你放心。我不会死在这里……"

阎老板："看你说的甚。"

赵树理："麻烦你给我照这抓一副药来……"

阎老板："行，行，你还懂得医道？"

赵树理惨然一笑。

三十六

一个下雪天。

赵树理大病初愈，咳嗽着伏在矮桌上糊火柴盒。

一辆三套马车停在客栈门口，河顺和铁锁从车上下来，他们一进院子就喊道："老板，老板。有没有一个姓赵的孩子住在这里？"

阎老板闻声出来："你们是哪的？"

河顺："沁水县。"

阎老板："哦呀，总算来人了。快进去吧，在哩。"

河顺和铁锁一边嘴里喊着"得意"一边推门，进了门登时就愣住了，眼前的景象让他俩大吃一惊：赵树理拄着一根棍，摇摇晃晃正朝他俩笑。

河顺："哎呀，得意。你怎么成这个样子啦？"

铁锁跑上前一下子把赵树理抱住。

赵树理:"河顺叔、铁锁,你们怎么来了?"

河顺:"我俩是支差,给部队上送草。得意,回吧。你大叫我捎口信,你的婚事订下了,就等着你回去成亲。"

赵树理:"……这"

河顺:"回吧,回吧,甚也不要说啦。"

铁锁:"得意哥,你妈想你想得快把眼哭瞎啦。"

三十七

太原爆发抗日爱国游行,工人、学生、市民涌上大街。旗帜飘扬,巨大的横幅上写着醒目的标语:

> 不忘"九一八"!
> 还我东三省!
> 日本侵略者滚出中国去!
> 声援北平学生!
> 惩治"一·二九"镇压学生的凶手!
> 保卫民族!
> 保卫国家!
> 释放政治犯!
> 一致抗日!

壮烈的歌声响起来:

> 我的家,在东北松花江上
> 那里有森林煤矿
> 还有那,满山遍野的大豆高粱
> 九一八
> 九一八

从那个悲惨的时候……

马路边,河顺甩着长鞭赶着马车过来。车厢里,赵树理蒙着破被躺着,欠起身看着游行的人群——他看见老同学史纪言、王中青走在学生队伍前头,不时振臂高呼。

第十章

一

赵家的院子里，楼梯下又挂了只新的蝈蝈笼。

冬日无风，太阳暖洋洋的。

院子里，日渐康复的赵树理一边逗着太湖和二黑玩，一边听着父亲的唠叨。

生活完全把赵和清击垮了。赵家三代单传，没有谁比他更疼爱儿子，可看见儿子他就气不打一处来，忍不住就抱怨、就训斥、就责备。这是一种病态的感情，他已完全无法控制自己的嘴。这时，他正给冬蜂喂蜜糖，就又唠叨上了。

赵和清："小东西，你救国救的怎么样？嗤，说你不要走吧，你要去救国。国没救下，日本人反倒占了东三省。你呢，差一点把小命搭上。嗤，没钱要排场，败兴不败兴？"

这时的小翠已经长高了，出落得俊俏妩媚。见父亲又说哥哥，她就过来捂住父亲的嘴："大，你这嘴怎么就闲不住，我哥病才好，叫他耳朵清静些。"

赵和清冲着女儿翻翻眼睛，不吭声了。

可是，只过了几分钟，他就又忍不住说起来："得意呀，我算是把你看透了。别看你话不多，可骨头里性子犟。要强也不错，可你命里不行呀！因此上你发财无路，当官没门……"

他唠唠叨叨个没完，偶尔还甩出一把鼻涕，就把端着簸箕捡豆的老伴儿逗笑了："死老汉，把八辈子的话全说了。"

小翠安慰哥哥道："哥，你不要听他的，权当咱大放屁哩。"

赵和清："什么？小丫头你忤逆。"

赵树理忍不住笑起来。

王金莲冲赵树理说道："得意，妈给你说个正经事。"

赵和清忽然想起什么似的，附和道："对对，你快说。"

王金莲慢条斯理地说："武安村老关家，有个闺女，十九啦……"

赵和清抢过话头来："属虎，你属马。老马遇虎，只甜不苦。那闺女八字也不赖。"

王金莲接着说道："闺女是阳城道南村人，小时家穷养不起，四岁上送给了老关家。老关家对她可不孬，跟亲闺女一样……"

赵树理把二黑抱起来。

王金莲："闺女恓惶得连个名字也没有，个头不甚高，可是很能干，洗涮缝补，样样拿得起，你看……"

赵树理一脸漠然不吭气。

赵和清就急了："说话呀，你妈问你哩。你看你作死的样，给你娶媳妇哩，又不是逼你吃毒药。"

赵树理默默地把头垂下。

王金莲："妈年纪大了，做不动了。再说太湖也不能没有个妈。"

赵和清："你妈能伺候你一辈子？"

赵树理："行吧，你们觉着合适，就娶过来吧。"

赵和清："你这是什么话？"

二

1932年12月29日，农历十一月二十一，赵树理再次娶亲。

这天风很大。

人们吹打着鼓乐去迎亲。

赵树理神情漠然地骑在马上，跟着铁锁、狗剩一干人抬着的大红轿子，朝村外走去。

太阳蔫巴巴的,像一张玉米面煎饼。

三

清晨,赵家小院静悄悄的。一家人正睡着,关连中就起来了,扭着两只小脚清扫着院子,忙忙碌碌地把满院家什收拾规整,就拍拍手钻进厨房开始做早饭。

片刻,烟囱里冒起黑烟,厨房传出她轻轻的咳嗽声。

西楼,窗户上的大红喜字没贴牢,被风掀开一下一下地抖着。

就这样,这个个子矮小没有文化,但却毕生朴素无华的女人,开始了她与赵树理近半个世纪的婚姻生活。后来,赵树理给她取了个名字:关连中。

四

太阳升起的时候,一家人围着一张小矮桌吃饭。这时的赵家已赤贫如洗,桌上的饭食就只是些煮熟的南瓜和山药蛋。

赵树理全然没有做新郎的喜悦,他夹起一片南瓜放进嘴里索然无味地嚼着。

关连中端着一碗散饭喂太湖,不时舀起一勺放在嘴边吹凉,才送进他的小嘴。每当别人需要添饭,她就赶快接过碗,连跑带颠地钻进厨房。

"二黑"欢实地跳着。

赵和清:"得意,九月嘉峰村赶会,我碰见你的换帖兄弟王广铎,他问你……"

赵树理:"我见他来。"

赵和清:"广铎混得不错,在县里很有名望。他现在是国民党第七区分部书记,当着洞庵第四高小校长。"

赵树理:"我跟他说好了,准备去洞庵教书。"

赵和清:"那你不早说,这才是正经事嘛!一月能挣多少?"

赵树理:"八块大洋。"

赵和清就咧嘴笑起来:"这还算还能行……"

五

桌上堆着银圆。

张富贵忙着拨拉算盘、记账。

杨如珍一脸阴沉地说道:"富贵,明天你去县里跑一趟吧!"

张富贵问:"什么事?"

杨如珍:"把这些钱带上,找县党部报告,就说共党分子赵树理回来了,正鼓动草民闹事。"

六

大雪纷飞。

洞庵村,沁水县第四高小校门口,王广铎正欢迎赵树理的到来,他笑着接过赵树理肩上的行李。

王广铎虎背熊腰,个子很高,声若洪钟,这是个江湖气很浓的人,他也曾是赵树理小学同学,两人有着特殊的友情。

王广铎:"你的情况我听说一些。人嘛,一辈子没些坎坷也不正常。你先在这里教书,避避风头也好。"

赵树理:"谢谢你,广铎。"

王广铎豪爽地笑起来:"咱俩是兄弟,你说这话可就见外了。"

七

又是一年春花烂漫的时节。

洞庵村因洞得名。茫茫大山,一处悬崖绝壁的下,有一个似要坠落的天然山洞,人称丹砦玄天洞。相传战国时代,太子丹入质秦国,后逃出避居此洞。洞下有个一进两院的古老庵堂,便是第四高小的校舍。这里松青柏翠,溪水淙淙。

这一天,赵树理带着学生春游。

春日融融,风景似画。

这个远离尘嚣的地方,真是太合他的心意了!大自然之美扫去他脸上的愁容，忍不住和孩子们唱起歌来。

八

正上一堂工艺课。

教室正墙上，挂着一幅陶行知先生像，还挂着一副对联：

以宇宙为学校，
举万物作宗师。

讲台上，赵树理十指灵动，片刻用纸折出一些小乌龟、蚂蚱、蝴蝶……

学生们出奇地看着，啧啧连声。

赵树理讲道："孩子们，老话说，家有万贯，不如薄技在身。你们不久就要毕业，有的继续上学，有的走进社会。社会太复杂，人心太险恶。按说，一个年轻人，应该有点远大抱负，济世救民，建功立业。可是，谈何容易。所以，与其空想，不如实实在在地学些生产技能，也好安身立命。这也是教育家陶行知先生的主张。他在《改造全国乡村教育宣言书》中提出，要筹资一百万基金，征集一百万同志，建设一百万学校，改造一百万乡村，这个'四百万'主张，我是衷心拥护的……"

他边说着，边把一些石头分给学生，教大家刻图章。

九

秋天到来时。

学校院子里，举行毕业典礼。

学生们席地而坐，正听校长王广铎讲话。一排椅子上，赵树理和几个教师坐着，微笑地看着孩子们。

忽然，一辆马车停在校门口，一群警察从马车上跳下来扑向赵树理，指着他吼道："就是他。"赵树理猝不及防地被五花大绑起来。

校园里顿时大乱，师生们围住了警察质问道："你们干什么？""为什么逮捕我们的老师?"

"赵老师!"

王广铎揪住警察的衣领:"谁让你们来的?放开赵树理!"

师生们群情激愤,纷纷动手与警察纠斗。

警察突然朝天开枪,师生为之一惊。

警察厉声道:"王校长,我们是奉命拘捕共党分子赵树理,你最好不要蹚这潭浑水,带走。"

赵树理被拖出去扔上马车。

学生们哭喊着追出。

十

王广铎开箱取钱。他的手颤抖着将一把把银圆装进皮包,朝远走的马车追去。

十一

沁水县公署,县知事正把一摞银圆放进抽屉,转头对王广铎说:"这次捉你朋友,事出有因,查无实据。"

十二

县城大明饭店,大鱼大肉摆了一桌。

王广铎宴请一群警察,大坛汾酒喝了七八坛,警察们个个喝得东倒西歪,就听见警察头头说:"王校长呀,咱们也不敢为难你。活该赵树理倒霉,他是得罪了厉害人,人家使上了暗劲。"

十三

警察局的铁门徐徐开启,赵树理脸色苍白地走出来。

王广铎迎上前一把拉住他:"树理,沁水你是不能待了……"

十四

入夜，灯花一下下地跳着。

昏暗的堂屋里，一家人满脸愁容地坐着，谁也不想说话。赵和清垂头抽烟，偶尔眼神复杂地看看儿子。想说什么却又忍住，只是长吁短叹。

王金莲："这可怎么好？"

十五

煤油灯下，杨如珍的脸色阴沉，他的嘴里一边"卟卟"地抽着鸦片，一边嘟囔着："得意这小孩，留着终究是个祸害。"

张富贵伸手抹了一下自己的脖子："你是说……"

杨如珍："就照各轮的样，埋了他，去喊人吧。"

十六

河顺和铁锁紧张地拍响赵家的院门，赵和清听见吓了一跳连忙起身。

小翠急忙跑去开门，河顺和铁锁冲进堂屋气喘吁吁地说道："得意，你快走，快走！"

铁锁："疙鸡蛋要对你下手。"

赵树理兀然站起。

赵和清慌了手脚，摸出铜钱吹口气掷在桌上。

河顺一把抓起铜钱扔了："屎到屁股门上了，还算什么卦！"

十七

村外山坡上，赵树理落荒而逃。关连中抱着一包衣物踮着小脚追来。

赵树理呵斥道："你来干什么？"

"这里有些钱，是家里给我的陪嫁。"关连中把个包袱推给他，又把手镯捋下塞给丈夫，"你赶快跑吧。"

爬上西山，赵树理回头张望，只见村口一片灯笼火把，一群人狂叫着追出来。

第十一章

一

赵树理走投无路，只好重返太原。

这是1934年春天里的事。

龙庆客栈，阎老板把一封信交给他："赵先生，你来投奔我，我也帮不上你什么忙。我有个亲戚在开封开笔铺，前段来信说是需要一个伙计。你要觉着合适，就去投奔他吧。笔铺在新市区，铺号是紫阳笔铺。"

二

人间四月天。

茫茫太行山。

赵树理再次踏上流亡之路……

三

开封古城，十朝都会。

这里有名扬四海的宋代铁塔、龙亭、相国寺、禹王台等古迹，还有盛名天下的汴京书画。然而这一切，赵树理哪里有心情欣赏。

他终于站在了"紫阳笔铺"门口。

笔铺门边的墙上用白灰大大地写着一个"拆"字。

笔铺主人五十多岁，一脸愁容地坐在门槛上，双手托着下巴，两眼无神地看着大街。

赵树理把信交给他。

笔铺主人:"小哥你来的真不凑巧。本来我是需要一个伙计的,可天杀的来了一个什么大官,一声令下拓宽街道,咱这笔铺就完了。明天就要拆啦,你说我还怎么留你?"真是人倒运喝凉水也塞牙。

赵树理哭笑不得,喟然一声长叹。

四

相国寺门口。

赵树理蓝衫、礼帽,戴一副圆饼墨镜,摆开卦摊,准备重操旧业。然而买卖尚未开张,早有一群瞎和不瞎的算命先生过来,把他围住一阵推搡,发出种种威吓。

"你个老西儿。"

"跑来河南算什么命?"

"抢我们生意呀,不中!"

"揍他。"

"滚回你的老家去。"

"回家喝醋去吧。"

五

黄河渡口,赵树理神情低落地买票上船,忽被几个警察拦住搜身。他的行李被打开,包袱里的脸盆、毛巾、肥皂和四块银圆滚落一地。

警察:"干什么的?"

赵树理:"算命的。"

警察:"算命的?就没给你自己算算,什么时候当官发财呀?哈哈哈!"

赵树理慌恐得不知所措。

警察忽然一脸凶相地吼道:"说,你是不是红军?"

赵树理吓了一跳:"我,我……"

另一警察咧着嘴大笑,露出黑牙揶揄道:"瞧他那眉眼吧,黑军还差不多。快滚!"

赵树理弯腰拾起散落一地的东西,忽然瞥见身旁的几条大粗腿,他仰脸去看,几个土匪模样的大汉正冷冷地盯着他手中的银圆。

赵树理又惊又吓,根根头发直竖……

六

黄水滔滔,烟波缭绕。

渡船上,那几个大汉把赵树理挤在中间,不怀好意地看着他。

赵树理呻吟一声蹲下,吓得两眼闭上。

船靠岸边,赵树理跳下去撒腿就跑。

七

晋南平原,黄土大道。

赵树理两眼赤红,头发夅着狂奔着。

命运不济,已使他悲观绝望;极度惊吓,又使他神志有点失常。他不时地回头张望,见那几个大汉们仍在后面不紧不慢地跟着。

八

这一夜他宿在大车店。

一盘大通铺上,赵树理虾一样蜷缩着,一手颤抖着紧紧抱住一盏油灯,嘴唇哆嗦着抽着大烟。极度惊吓的眼睛骨碌碌地转着,不时瞅瞅身边睡着的那几个大汉。

几个大汉睡得正香,呼噜声如雷响。

忽然,一个满脸胡子的汉子坐起身子披衣去解手,却把赵树理惊得腿一蹬,手一抖,油灯打翻在黑暗里,赵树理发出兽一样的惊叫。

九

教育学院,赵树理面色如土,两眼赤红,趔趄着推门进来,声调凄惨地喊出一声:"老赵投奔你们来啦。"他的喊声登时把史纪言、王中青吓了一跳。

"树理，你怎么了？"

赵树理凄然一笑，随即示意噤声，他神情诡秘地说："悄悄的，后面有人。"数月不见，故友如斯，令人心痛。

史纪言冲过去一把抱住赵树理，哽咽地问道："树理呀，你这是怎么了？"

十

正是早饭时。

赵树理脸色苍白，目光游移不定。他夹起咸菜往嘴里送，却半天对不准口。

见他这样，王中青不由得皱紧眉头。

史纪言："树理，这段时间你去哪里了？"

赵树理："开封。"

王中青："开封，去干什么？"

赵树理："阎老板介绍我去找他一个亲戚，说是他的亲戚在开封开笔铺，让我去当伙计。谁知我刚到，笔铺却拆了，我只好……唉嗨嗨。"

赵村理忽然狂笑，却笑得比哭还难听。

史纪言："路上发生了什么事？"

赵树理的神情突然极度紧张，示意噤声："悄悄的，后面有人。"

十一

医院门诊室。

赵树理坐在一把椅子上，眼球骨碌碌地频繁转动，不时紧张地扭头四处张望。

医生低声对史纪言、王中青说："你们的这位朋友，是典型的被迫害妄想症。起因有三：一是营养不良，身体极度虚弱；二是遇事不顺，悲观绝望，对生活失去信心；三是受到极度惊吓。他身上最近发生了什么事？"

王中青："我们也不知道。"

医生叹口气:"这种病现在太多了,患者都是走投无路的穷人。"

史纪言:"有没有办法治?"

医生:"不用治,这是精神系统的障碍,只要环境稍好,生活安定下来,病症自然就会消失。当然,必须用一些镇静药。"说完他开了一张处方。

十二

大雪纷飞,银蛇狂舞。

经过一段时间的治疗,赵树理的病情明显有所改善,神情也看上去平稳许多。

他又开始了写作。

山西教育学院①斋舍,赵树理一脸落寞地翻阅报纸,他默默地想着心事,偶尔思绪腾飞,便伏桌一阵疾写。

十三

然而,心理遭到重创的赵树理,每遇到一点刺激,病情就开始严重。

这天凌晨,赵树理歪头斜肩头发奓着走出教育学院大门。这时,路上除了几个扫大街的,尚无行人。昏暗的路灯光下,赵树理两眼空茫,神情麻木地走着……

扫街人惊讶地看着他。

十四

文瀛湖俗名海子边,是太原城中仅有的一个内湖。

天基本还是黑着,湖水泛着淡淡的白光。赵树理深一脚浅一脚地走来,似乎并未发现这里有一片水,就径直走了过去,随即一声惨叫……

---

①1935年左右,赵树理投靠王中青和史纪言,寄居山西教育学院。在人生的低谷,几近山穷水尽的岁月,他不断推出新作,创作的作品居然出现一个小高潮,有多篇小说和杂文在《山西党讯》及其他报纸上发表,并积极参加了鲁迅、瞿秋白发起的第三次关于中国文学大众化的讨论,发表了《欧化与大众化》等三篇重要文章。

十五

史纪言、王中青还在睡觉，房门突然被叩响："史先生，王先生，不好了！水警局来电话，说你们那位姓赵的朋友跳了海子边。"

两人惊跳而起，趿着鞋奔出门去。

十六

赵树理一身湿漉漉的，被史纪言、王中青搀着从水警局出来，被扶上一辆洋车。

十七

门房和一群学生堵在门口，阻止洋车进入学院。

门房："史先生、王先生，院方吩咐，不准你们这位朋友再进学校。"

王中青："凭什么？这是我们自己的事。"

这时，就有人扯着嗓子叫嚷："姓赵的有神经病。""拉走，拉走。""堂堂学府，怎能住个疯子。"

十八

西华门9号似乎成了赵树理的宿命。

院子里的赵树理蓬头垢面地跟着捏泥人的学捏泥人。做暗娼的女人端着两个窝头出来："赵先生，没想到你混成这样，可怜死啦。来，吃吧。"

捡破烂的老头："跟上我捡破烂吧，好歹饿不死。"

这时，几个泼皮汉子闯进来把拾破烂的老头挟持住："老杂碎，快拿钱。这个月的保护费。"

赵树理突然惊恐地跃起，头发一下竖直，尖叫一声撒腿跑去。

十九

太原城郊的满洲坟是当时最出名的一个贫民窟。

一些破房烂草棚里住着些三教九流：算命的、卖唱的、干苦力的、拉车的、乞丐、地痞、流氓、毒贩、妓女、掮客……

肮脏、欺诈、暴力充塞这里的角落。

一间破屋中,赵树理倒在草铺上,脸色苍白如纸,两眼紧紧地闭着。

史纪言、王中青愁苦对坐,不知如何安慰这位老友。

二十

赵树理蜷缩在草铺上。

几个流氓闯进来,踢了他几脚,又把他拖起来搜身。

二十一

一辆人力车拉着王广铎飞奔而来。

掀开草帘,王广铎进来一看忽然愣住——赵树理头发蓬长,眼窝塌陷地卧在地上,身上盖着一堆草……

王广铎痛心地把赵树理抱起,轻唤一声:"树理。"

赵树理迟疑半天才认出:"广铎……"

王广铎:"咱回吧,树理,回沁水。疙鸡蛋死了,没人敢害你了。"

赵树理忽然挺直腰背,眼里闪出久违的光来:"杨如珍死了?"

王广铎:"死了,叫阎大顺砍了。"

赵树理:"你快说说。"

王广铎:"去年腊月二十三,过小年,后半夜……"

二十二

月黑风高,十几匹战马奔向尉迟村,扑向杨如珍的大宅院。

院子里的恶狗狂吠起来。

一群蒙面大汉跳下马,他们举枪砸开大门,院内的恶狗闷哼一声就被人砸死了,杨宅一家人登时惊慌哭喊。

火把亮起来,一蒙面大汉揪住杨如珍的一条腿,把他从炕上拖起,然后自己一把扯下头上黑布——居然就是阎大顺,只听他吼道:"杨村长还认得咱吧?"

杨如珍抖如筛糠地说道:"阎、阎标统……"

"不错,是你大爷!"阎大顺突然一手卡住他的脖子,一手抡起手枪朝他头上猛砸:"快说,钱在哪里?"

杨如珍被砸得满头喷血,手抖着指指地上的一块方砖。

阎大顺夺过一个兵的刺刀,朝砖缝里一扎又一撬,果然露出一个黑洞。他探手进去捞摸一阵掏出一只铁箱,打开一看全是银圆、首饰和地契,顿时咧嘴一笑,然后他又一脸狰狞地喝道:"快杀,一个活口不留。"

二十三

赵树理仰面大笑。

王广铎:"后来,张富贵当上村长,他已不敢再放肆,现在他不但不敢为难村里人,有时还巴结大家,尽量套近乎哩。"

赵树理顿觉神清气爽,恍如换了一个人般地说道:"回!"

第十二章

一

立夏过后，天气热起来。

长高了的"二黑"窜出院子，撒腿朝村外跑去。

太湖这年已十岁，他手里提个水罐，腰里别着把小镰刀追出来，喊着二黑。

赵树理光头短裤，扛着一柄锄头走出院子，就见土根嫂一扭三摆，细眉毛挑得高高地笑着走来。

土根嫂："得意，去地呀。"

赵树理："哦，锄油菜。"

土根嫂："你大在不在？"

赵树理："在，你去吧。"

说完他拐进小巷。

二

太行山区在这个季节里，景色又是一番韵致。所有的植物开遍了第一次花，绿油油地疯长着，满山遍野就只是一个绿：树绿草绿庄稼绿……大地静谧而生机勃发，等待着一年的第一次收获到来。油菜一尺多高正开花，金黄色一片，煞是茁壮。

赵家地里，一个高大壮硕的小伙正和小翠并肩锄地，他们一边锄着，一边说着话，表情极是亲密。

这年小翠十八岁，她青春俊美，浑身透着活力，身后拖着又黑又粗的一根大辫子。这位赵树理毕生疼爱并多为倚仗的小妹，在穷困和苦难中成长起来。她是赵家唯一一位性格最为单纯且无论生活多么艰难却能始终保持活泼、乐观的人。她熟练地锄着地，动作优美潇洒，不时咯咯地笑几声——那笑声就如一串铃声，惊起了蝴蝶，招来了蜜蜂。那小伙就挂了锄愣愣地看着她。

小翠的脸蛋红彤彤的，她羞涩地问："傻啦，看啥哩？"

那小伙憨厚地答道："你笑起来真叫好看。"

小翠："我还会哭哩。"

那小伙："你哭也会好听哩。"

三

土根嫂盘腿坐在椅子上，正与赵和清聊得热火朝天。

土根嫂："小孔明，我给你家小翠保的这门亲，男方是城边人，姓吴名老八，家里开着一个当铺，一个绸缎铺，老家还有十垧地。"

赵和清漫不经心地说道："怪有钱呀。"

土根嫂："可有钱哩！"

赵和清："有钱好，有钱好。"

土根嫂："可惜他那老婆没福气，厚厚的钱花不上，得病死啦。"

赵和清："死啦？你是说……"

土根嫂："对哩，叫咱小翠去填房。"

赵和清不高兴："这个人多大了？"

土根嫂："四十八。"

赵和清很不高兴："太大了吧。"

土根嫂："大怕什么？真是不会算账！他四十八，咱小翠才十八，哪个死得快？"

赵和清："……这……"

土根嫂："自然是吴老八呀，他还能活过咱小翠？哪天小腿一蹬过去了，好大的一个家业就全成咱闺女的啦！成了小翠的不也就成了你小孔明的?"

赵和清的眉毛拧成一个疙瘩。

土根嫂说得身上热了,就把上衣解开,露出绣着红鸳鸯的花兜肚:"人家可是放下话,只要咱这头没意见,礼钱可出到三百块。"

赵和清胡子跳了一下:"多少?"

土根嫂:"三百。"

赵和清:"多少?"

土根嫂:"三百!三百块现大洋!"

赵和清登时眼里冒火:"唷,唷……"

王金莲端来水,见土根嫂敞着怀很不雅观的样子,就伸手为她掩上:"小心着凉!"

赵和清:"行吧,就这么的吧。"

王金莲:"不敢,死老汉,咱小翠有了意中人。"

土根嫂:"有意中人好呀,咱小翠嫁给吴老八,有了钱;再跟意中人相好,有了情。两头都占住,美炸了不是?"

说这话时土根嫂竟是一脸神往,说罢怪声怪气地笑起来。

王金莲:"不行不行,不合适。"

赵和清:"王八四十鳖四十,有什么不合适?"

土根嫂:"活个女人哩,趁年轻不捞摸几个相好的,多冤枉呀!到老牙跌了,毛脱了,人成缩水萝卜,还有哪个男人待见……"

说这话时,她更是一脸花痴的样子。

赵和清不想听她这番高论,他惦记着三百块大洋哩!忙就摸出铜钱掷在桌上——他要算上一卦。

四

赵树理走上西坡来,看见妹妹小翠与那小伙卿卿我我的,就忍不住会心地笑了。

太湖喊道:"三姑,水来了。"

小翠被这喊声吓了一跳,回头见是哥哥和侄儿,就脸色很不自然地过来嗔道:"哥呀,你这身打扮,还真像是个种地的。"

"怎么真像是,哥本来就是庄稼人,只不过碰巧读了几天书,长了点见识罢了。"说着把水罐递给妹妹。那小伙也讪讪地过来喝水。

小翠:"小庭,这是我哥。哥,这是王小庭。"

赵树理笑道:"不用介绍了,很快就成一家人了。"一句话说得小伙不好意思起来。

赵树理仍觉得意犹未尽,他笑着打趣道:"小翠小翠,胆大包天,打倒媒婆,自己拉纤。"

小翠羞得满脸通红:"哥你不正经,以后不理你。"

赵树理哈哈大笑:"彼黍离离,彼稷之苗。之子与归,宜其室家。"

这是《诗经》里的一段,可惜小翠听不懂。

五

赵和清郑重地算完卦,脸色顿就变得喜气洋洋了,他满脸的皱纹如菊花般一层层绽开:"这门亲我认啦!"

王金莲:"不敢……"

土根嫂抢过话头:"小孔明你果然精明过人!"

王金莲:"死老汉,小翠的脾气你知道,她要不干会跟你闹。"

赵和清:"一个小丫头她还要上天是咋的,三百块大洋哩,咱半辈努死也挣不下。"

土根嫂:"可不是!人活一辈子,图个痛快。要是没钱,想痛快也痛快不起来。"

赵和清:"这话对,这话对。"

王金莲一跺脚:"你胡折腾吧,我不管了。"

赵和清:"后天,后天初八,八遇八,全家发。你叫对方来下聘吧。"

土根嫂:"能行。"

赵和清:"好事若成了,我要重重谢你这个媒人。"

土根嫂:"谢不谢吧,有身好衣裳裹裹也算得你一点人情。"

赵和清:"好说,好说。"

土根嫂粲然一笑："一不小心，你家小翠跌进福圪洞里去啦。"

赵和清也笑了，不过笑得很怪异。

六

傍晚，一天劳作结束，一家人聚在小院里，守着那只小矮桌吃饭。桌上罕见地摆出一只锡酒壶，几碟小菜，几只瓷酒盅。

赵和清心情出奇的好。

他美滋滋地倒了两盅酒，先自端起一盅送在嘴边，伸舌头舔了舔，方才"嗞"一声把酒吸进嘴里，那凸出的喉结就活泼地耸动。然后，他把另一盅递给儿子："得意，你也抿一口。"

赵树理："妈，我大今天好高兴呀！"

王金莲："怕是哭在后头哩。"

赵和清："瞎说！"

小翠："大，你拾到钱啦？"

赵和清："嗯，差不多，差不多。呵呵，一下子拾了三百块大洋。"

小翠："我看你是发癔症哩。"

赵和清："癔症倒不是癔症，就看你答应不答应？"

小翠："我？"

赵和清："你土根嫂今天给你保了一门亲，男家姓吴名老八，在城里开着两家铺子，家里还有十垧地……"

赵树理："大，这可不行。"

赵和清："你给我夹住，没你的事。"

王金莲："那人四十八啦。"

小翠脸色一沉，筷子狠敲一下碗："大，你给我寻女婿呀还是寻大哩？"

赵和清："年纪大点怕什么？关键是人家有钱，很有钱。"

小翠："你卖闺女卖上瘾啦，是不是？"

赵和清："什么？你……"

赵树理："大，这不合适，小翠已经有了对象。"

赵和清:"哼,永安村那个姓王的小子吧。一个穷鬼,有什么好!"

小翠:"好不好我待见,碍你什么事?"

赵和清见家人都反对他,气得他正没个帮手时,忽然看见儿媳妇,忙冲她说道:"……得意家的,你说,你说。"

关连中忙笑道:"大,你不要拉扯我,小翠的事……"

赵和清:"小翠的事你当嫂子的就不能管管?你说。"

关连中:"……我看,男家年纪大了些吧。"

赵和清:"大什么,你不比得意小八岁啊?"

关连中一下涨红脸。

王金莲:"放你老汉狗臭屁。"

赵树理见状哈哈大笑。

小翠"咚"地放下碗,赌气地说道:"大,我告诉你,自我七岁上,就跟你拾粪割草。十三岁上跟你去地,锄谷割麦喂牲口……什么没干过?我吃的穿的全是我挣的,我的事你管不着。"

赵树理:"大,强扭的瓜儿不甜。"

赵和清:"我已答应人家,后天来下聘。"

小翠"叭"地摔了碗,"噔噔噔"地走回屋里。那碗里的面条摔得到处都是,有几条飞起来挂在赵和清的胡子上。

这可乐坏了二黑,它跳起来去舔赵和清的脸。

王金莲:"死老汉,跟你说甚来?"

赵树理:"大,咱不能为了钱,把小翠给害了。"

赵和清冲着儿子吼道:"你还有脸说,你三十啦,半辈子啦,你干成过一件什么事?念书叫人家开除,教书叫人家逮捕。一分钱没挣下,这么大的人啦还靠老的吃饭。你说你活得有甚意思?心比天高,命比纸薄。你个倒运圪脑……"

赵树理听罢父亲的指责顿感羞愧不堪。

小翠在里屋听见父亲的话跑出来拉起哥哥往楼上推:"哥你去歇着吧,叫他一个人在这儿胡说八道。"

赵和清暴吼一声:"反了你们!"

小翠气哼哼地在矮桌旁坐下，夺过父亲手里的酒壶倒了一盅，端起仰头喝下，又倾壶去倒，两眼死死地瞪住父亲……

七

掌灯时分，小翠和父亲依旧大眼瞪小眼地坐着，两人撒着气你倒一盅酒我倒一盅酒地对着喝。

楼门口，赵树理窥视着父亲和妹妹憋着气赌酒，忍不住笑起来。

八

一弯斜月挂树梢。

赵树理快步走来，"哐哐"拍响胡土根家小院门上的铁环。

九

赵树理走进屋来，看见眼前的情景差点惊掉下巴。

八仙桌上杯盘狼藉。张富贵举着一杆烟枪，正窝在炕上吸料面。土根嫂只穿一件花兜肚，头上顶着一块红布，满地上转圈圈，嘴里阴阳怪气地哼唱着："天灵灵，地灵灵……"几个小伙围着她，这个捏捏肩膀，那个摸摸奶子，嘻嘻哈哈的好不快乐。河顺也在，他端着酒盅正要朝土根嫂嘴里灌。

胡土根双手搂头靠一条桌腿蹲着。

土根嫂显然喝多了，她脸色酡红，嘻嘻哈哈笑个不停，偶尔夸张地尖叫一声。

土根嫂："噫，是得意呀，大秀才也来啦！过来，过来呀，过来瞧瞧嫂子这膀子多细活。"

赵树理慌乱得不知所措："我，我来找你说件事，我妹妹……"

"说吧，说吧。"土根嫂眼乜斜着朝他跟前凑过来，"说吧，说我该软的不软……"

一屋人哈哈大笑，赵树理掉头就走。

十

时近中午,一辆大马车停在门口,头发稀疏腆着一颗肥肚的吴老八从车上跳下来,先把得意扬扬的土根嫂扶下车,就指挥带来的伙计卸车,伙计们七手八脚地抬着箱笼朝赵家院里送。

这场景登时惊动了全村人,也惊得赵树理跑出院子,反手拉上院门,他摊开手使劲儿地拦:"不行,不行,不要进,不要进。"

土根嫂:"怎么呀,得意,这赵家西院是你当家还是你大当家?"

赵树理:"不管谁当家,这事弄不成。我妹已经有了对象。"

土根嫂:"你大可不是这么说的。"

赵树理:"我大说的不算……"

土根嫂叫喊:"小孔明,万宝全,赵和清,你给我出来。"

赵树理:"吴掌柜,我妹妹真的有了婆家。"

吴老八顿时气得脸如猪肝,朝土根嫂发火道:"你弄甚啦,这不是活埋汰人哩嘛。"

土根嫂大窘,一扭屁股扑向赵家院门,伸手推开赵树理,就朝门上"乓乓乓乓"一阵乱砸:"小孔明,小孔明,你个龟孙。屙出来能坐进去吗?出来,出来,你给老娘爬出来。"

赵树理忽然浓眉一拧,一把扯开她:"土根嫂,请你说话放尊重点。"

赵树理个大沉稳,自有一股威严,把吴老八弄了个愣怔。然而土根嫂却不吃这一套。她先是趁势一屁股坐在地上,呼天抢地一阵乱骂,接着又一下子蹦起,指着赵树理鼻子骂:"赵得意,赵共党,你没良心。前几年疙鸡蛋要活埋你,要不是我知道得早,打发河顺去救你,这一阵你早就骨头烂成渣渣了……"

赵树理听了她的话顿觉意外又感动,当即用眼神去搜寻人堆里的河顺去求证。河顺冲他点点头。

赵树理转身轻拽土根嫂的胳膊安抚气得发抖的土根嫂道:"嫂子,嫂子。你先不要急……"土根嫂根本不听他的,甩开他的手仍喊道:"叫你大出来!小孔明,你不能日赶人呀。"说着竟就哭起来。

人们看她连哭带喊的样子不禁哄然大笑。

土根嫂终于忍无可忍，双手伸向裤腰怒喊："小孔明，你出来，出来！再不出来，我尿你家门口啦。"

人群中有人大喊一声："又要脱裤了。"围观看热闹的人们登时散去一半。

赵树理面对这女人也束手无策，只会连连唤着："嫂子，嫂子……"

忽然院门被拉开，小翠风一样"刮"出来，冲着土根嫂骂道："你个不要脸的，又要脱裤啦。是不是？来，我帮你脱，脱，脱光了叫全村人研究研究。"说着她上来扯拽土根嫂的裤子。

院门后赵和清的身影一闪。

土根嫂绝没想到小翠会来这一手，慌忙招架，却已被小翠扯去裤带，土根嫂的花裤子往下一溜，露出半个雪白屁股，惊得她尖叫一声，一把拎起了裤子噔噔噔一溜烟跑了，只丢下一串脏话。

村人顿时笑翻天。

小翠脸一红，低头钻进院子。

吴老八尴尬透顶："这，这……"

赵树理："吴掌柜，事情弄成这样，有点对不住你。"

吴老八："可是我的钱呢，十五块大洋呀！"

赵树理："我大使了你的钱？"

吴老八："不是，是她——"说着指向跑去的土根嫂。

人们就又哄然大笑。

河顺忽然说："哈，赵小翠大战胡仙姑，小孔明兵败街门洞。"

十一

麦收后的一天。

鼓乐齐喧，花轿悠悠。

娶亲的队伍在山路上蜿蜒。

这天，赵树理亲自送妹成亲。他扶着轿子，挎着一只盛满鞭炮的篮子，不时点燃一只"二踢脚"，炮仗在空中炸响，他就咧嘴一笑，眼神里全是欣喜。

队伍上坡时走得慢下来，赵树理掀起轿侧的小布帘，朝里面的妹妹挤挤眼睛说："小丫头，你真勇敢！"

小翠眼里泪光闪闪，忸怩一笑道："哥，谢谢你！"

十二

秋忙开始前这一天，端氏镇赶会。四乡的百姓牵驴挑担，驮着各自的粮食、簸箕、鞋袜、布匹、药材，纷纷赶来吆卖，便把条逼仄的镇街，挤得水泄不通。

赵树理也来了——来卖他编的草帽，只见他光头短褂，蹲在街边一个小炉匠的摊旁，一边吆喝叫卖，一边与那小炉匠乐乐呵呵地说得起劲。

人群中，一辆毛驴车载着史纪言挨挨挤挤地过来，赶车的很不耐烦地絮叨着："算我倒运，今天真不该拉你这趟客。"

史纪言就笑："不怕，误了你的时间，加上一点钱。"

赶车的一听加钱就笑了："加不加吧，有你这句话我就高兴。"说完把红缨鞭子"叭叭"地甩响，街上的人忙着闪开，那车就快走了几步，不久却又陷入人群之中。

赵和清一手扯着太湖，后面跟着二黑，托着个蜂蜜罐在人堆里乱钻，老汉可着劲儿地吆喝："蜂蜜，蜂蜜，谁要蜂蜜？"

史纪言坐在车帮上，尽情地领略这山区农村集市的气氛，为它的纷扰，为它的热闹，又为它勃发的生机而暗暗叫好。忽然，他看见了街边蹲着的赵树理，就"咚"地跳下车，拨拉开人群挤过去问道："老乡，你这草帽怎么卖？"

"不贵，二十文一顶。"

赵树理拿着草帽站起来，正要讲说这草帽的好处，却突然认出竟是老友站在面前，登时激动地大喊一声："哎呀，纪言，你怎么来啦。"

重逢的喜悦让二人激动地互相抱住。

十三

赵树理掩饰不住极度的快乐，拉着史纪言进了院子就冲里面说道："妈，小连，来客啦。"又冲迎出屋来的关连中说道，"快去借面，快去，快去。"

关连中慌忙拿了个盆往外走，却被史纪言拦住："这是嫂子吧？"

赵树理："对，姓关，从小没名字，我给她胡起了一个，关连中。"说着就笑了。

史纪言："不要去借面。我是树理的好朋友，咱有啥吃啥。"

关连中："这怎么行？不行不行。"

王金莲此时的眼疾已很严重，她闻声出来："你就是史纪言呀，得意经常念叨你哩，还有一个王中青。你们可是我孩儿的救命恩人呀！"

史纪言："言重了，言重了。"

末伏天的雨说来就来，刚才还是日头暖烘烘的，转眼就阴云攒动，刮起一股大风，天边隐隐响起雷声。

十四

赵和清站在草帽摊前左顾右盼地寻找儿子，可哪里有他的踪影，于是他就急着问那小炉匠："我孩儿呢？"

小炉匠："你孩儿是谁？"

赵和清："就是卖草帽的。"

小炉匠："噢，回啦。"

赵和清："回啦？"

小炉匠："回啦，刚才好像来了他的一个朋友，他扔下草帽就走啦。"

赵和清："唉，你说他三十大几啦，还是这么靠不住。"说完气呼呼地挑了草帽，冲太湖嚷："你那大真是个大尾巴草鸡。"

二黑哧溜一下跳进筐里。

十五

关连中正满头大汗地压饸饹。

饸饹是晋东南山区农村里一种常见的面食。一般是用硬木制作一个长形矮架,称作"饸饹床"。床子中间有一方孔,孔底部固定一片钻满小眼的铁板,把和得稍硬的面团放在孔里,上面插入一个与方孔对应的木块,木块上部有一个洞,洞里插进一根木棍或铁条,利用杠杆原理使劲把面从铁板的小眼里挤出——这一过程要费不小的劲。

关连中个子小,而饸饹床子大,她几乎全身趴在木棍上面,才把那方孔里的面团一点点挤了出来。她的汗珠"啪啪"地落在锅里。然而她的心里很高兴,脸上喜盈盈的。

等面煮熟了,她抓起两只长长的高粱秆儿,挑起长长的饸饹捞进两个大碗里。

十六

外面电闪雷鸣,暴雨将至。

赵树理、史纪言在小矮桌旁对坐着,一边吃着面,一边说话。

史纪言:"树理,我是来接你去长治的。"

赵树理:"好呀,去干什么?"

史纪言:"我和中青毕业后,接办了'上党公立简易乡村师范'。我是校长,中青当教务主任。你来教书吧,咱们又能在一起了。"

赵树理:"太好了,我真巴不得快点和你们在一起。"

忽然,院子里响起赵和清怒气冲冲的叫嚷:"得意,你把草帽卖哪儿啦?"

赵树理这才忽然想起忘拿回草帽的事:"哦呀,我把草帽忘拿回来啦。"说着他笑起来,和史纪言一起走出屋门:"大,这就是史纪言。"

赵和清紧绷的脸皮忽然放松:"哟,哟,你就是史纪言呀。呵呵,你救过得意的命哩。"说着就要跪下谢他。

史纪言一把拉住赵和清:"不可不可,快不要这样说。"

赵树理："大，纪言是来叫我去长治教书的。"

赵和清："真的？一月能挣多少？"

史纪言："二十块大洋，另外还有些津贴。"

赵树理讪笑："大，你怎么总惦记钱？"

赵和清也觉得有些不好意思，他干笑两声嘟囔道："这辈子穷怕了。"

这时天边一声炸雷响过，豆大的雨点降下来。

十七

半后晌，雨住云散，太阳隐在云层里。

沁河岸上，赵树理、史纪言并肩而立。

沁河涨河了！

远处上游的河面上，洪峰出现了，那是一道丈把高的浑浊而呈褐黄的浪墙，似一头巨兽，低沉地咆哮着，裹挟着河床石头，拔倒河边的大树，吞食岸边的庄稼，推动着小山般的麦秸垛，呼呼地过来了，过来了，过来了……似乎只在一瞬间，洪峰在赵、史二人眼前一闪扑过，空阔的河面浊浪迸溅，震耳欲聋的咆哮如万马奔腾，如天崩地裂，如万千人的呐喊。那是种可怕的、巨大的、摄人魂魄的气势，是大自然释放能量的一种方式。

赵树理、史纪言被这气势所震慑，神情为之肃穆，为之振奋。

史纪言触景生情，感慨万千地说道："目前的中国，也似这样啦。云水翻腾，四海震荡，革命的高潮就快到来。"

赵树理的心绪也颇不平静："我能做些什么呢？"

史纪言："今年二月，中国工农红军组成中华民族解放先锋队，发表《东征宣言》，抢渡黄河，已挺进冀察抗日前线。"

赵树理："真的？这些日子我钻在山沟里，什么也不知道。"

史纪言："在山西，阎锡山迫于全国人民的强大压力，被迫放弃'防共''限共''反共'立场，转而与我党联合，成立了'山西省牺牲救国同盟会'，薄一波同志担任秘书。'牺盟会'已是我党在山西掌握的第一个抗日团体，一支强大的武装力量。现在，长治也成立了'牺盟会'的分会，负责人是杨献珍同志，中共中央北方局派来的。另一个人你认识，周云林。"

赵树理:"哦,老周呀。"

史纪言:"树理,形势逼人,你必须做出正确的抉择了。"

十八

太阳升起来的时候。一辆毛驴车载着赵树理、史纪言和太湖驶出村口。二黑哀叫着一溜小跑追上来。

太湖满眼是泪地挥手撵它:"回,回,二黑。回去吧,二黑。"

第十三章

一

又是一个初夏。漳河水静静地流淌。

校园里流连着背书的女孩。不时传来嘹亮歌声，传来琅琅书声。

这所成立于1933年，由晋东南十九个县联合创办的速成师范，坐落在长治西郊的北寨村。依河筑校，风景甚是美丽。在这里，赵树理重执教鞭，担任国文教员，度过了相对平静的一段时光。

"乡师"校长史纪言、教务主任王中青和许多教师都是共产党员。他们提倡新式教育，鼓吹新文化，使这所偏安上党一隅的学校，很快就气象更新，充满活力，成为党在上党地区进行革命斗争的一个地点。七七事变爆发后，学校停办，这里的大部分学生由史纪言、王中青带领参加了八路军、牺盟会，纷纷投身革命洪流。

二

赵树理一生五次从事教育工作，始终是一个很敬业的老师。他的学识，他的宽厚而平易近人的风度，至今仍为许多当年的学生所怀念。

这天正上国文课。

小太湖也在前排一张桌后坐着，神情专注地听父亲讲课。

赵树理："孩子们，今天我们来讲北宋诗人范仲淹的《岳阳楼记》。"

时当初秋，赵树理一袭青衫，面容清癯，他拿起粉笔在黑板上写出两行大字：先天下之忧而忧，后天下之乐而乐。写完声情并茂地讲解着这篇古文。

赵树理的古文底子是极其深厚的,他抑扬顿挫地背诵着。浑厚的男中音,把这一千古名篇演绎成一曲荡气回肠的乐章。

孩子们登时被深深吸引。

三

赵树理翻阅报纸,神色甚是忧愤。

桌子对面,太湖练写大楷字,小脸蛋上墨渍点点。赵树理忽然站起来:"来,太湖,大先写几个字。"说完接过毛笔,在一张纸上写下几行字:

> 日本货,日本货,
> 早上买来晚上破。
> 中国货,中国货,
> 坚实耐用不易破。
> 同胞们,莫踌躇,
> 对日寇,仇山河,
> 谁若买上日本货,
> 亡国不用动干戈。

写完看看还满意,就对儿子说:"太湖,你念念。"

太湖稚嫩的声音念起来。

四

乡师学生上街宣传抵制日货。

商铺门口,小太湖大声唱着父亲编的《抵制日货歌》。

商铺老板见状慌了手脚。

学生们冲进商铺抱出日本产的布匹、纸张,当街点火焚烧。

小太湖高兴地跳着叫着。

五

七七事变爆发。

乡师校园,青年学子群情激愤,打着标语结队游行,举行抗议活动,他们大声呼喊着口号:

打倒日本帝国主义!
华北危急!
到前线去!
救国救亡救中华!

六

教师会议正在召开。

史纪言:"诸位,7月7日,侵华日军向北平宛平县卢沟桥中国驻军开战,发动事变,日本帝国主义正式对华宣战。中共中央通电全国,号召全国同胞动员起来,团结一切力量抗击日本侵略者!7月29日,北平、天津沦陷……"

教师们一片沉默。

赵树理脸色激愤。

史纪言:"偌大的中国,已放不下一张平静的书桌。昨天,接省教育厅电报,我们这个学校立即停办。诸位,国将不国,中华民族危在旦夕。该是我们行动的时候了!"

七

抗日激情沸腾了上党古城。

"乡师"学生抗议队伍涌来。

市民参加进来……

一路歌声,一路口号。

八

火神庙，人群中，赵树理抱着三弦，仰着头正在说唱：

> 高粱叶子青又青，
> 九月十八来了东洋兵，
> 先占火药库，
> 后占北大营，
> 杀人放火真是凶，
> 杀人放火真是凶！
> 中国军队好几十万哪，
> 恭恭敬敬让出了沈阳城……

广场上一片寂静，人们默不作声，只有赵树理凄婉而深沉的歌声在清冷的空气中回荡。

九

入夜，火把灯笼亮如白昼。救国热情让古老的上党城沸腾，到处是激愤的人群。

大十字街，赵树理头戴毡帽，身穿破烂短褂，扮演卖唱的老头，与儿子一起演出那出著名的话报剧《放下你的鞭子》。

太湖一身烂衣，泪流满面。

人群中响起啜泣声。

十

丑能推着一辆独轮木车走进校园，车上坐着赵和清，他们被眼前混乱的景象惊呆。

学生们一群群挤在一起，听八路军战士讲演。

有的学生穿上了军装。

到处是大字标语：

  华北危急！
  中华民族危急！
  青年们，到前线去！

赵和清问一位学生："孩孩，你们这是闹甚呀？"
学生："你不知道？大爷，日本鬼子发动七七事变，中国快完了……"
赵和清："快完了？不能吧。"
学生："大爷，你找谁？"
赵和清："我找赵树理，他是我孩子。"
学生："噢，是赵老师，我带你去。"

<h3 style="text-align:center">十一</h3>

王中青、史纪言换上八路军军装和赵树理话别。三位老友执手而别，依依不舍。
史纪言："树理，保重。"
王中青："好好写文章。"
赵树理泪光一闪："你们走好。"
赵和清进来一看，吃了一惊，问道："哦唷！你们这是、这是……"
王中青："伯父，我们参军了。"
赵和清："放着好好的书不教，去当什么兵，小命儿不想要啦？"
三个朋友听了老人的话苦笑起来。

<h3 style="text-align:center">十二</h3>

赵树理送父回家。
村外一条大路上，赵和清一手牵着太湖，神情忧郁走着。
丑能跟在后面推着木车。
赵树理："大，你把太湖送到洞庵小学，交给王广铎，让他代我照顾。

太湖也好在那里念书。"赵和清低着头不吭声。

赵树理拉住父亲，掏出一包钱放在他手中，深情地说："大，我可能一辈子对不起您啦！我未能按您的想法，去走一条升官发财的路，不能为您光宗耀祖。大，您死受了一辈，辛苦了一辈，为什么日子越过越穷？您想过这个问题吗？"

赵和清嘟囔着："想有甚用，命苦吧，命里该是啥就是啥。"

赵树理："不对，什么是命？杨如珍不劳动，为什么吃好的穿好的？"

赵和清："人家地多，八十多亩地哩。"

赵树理笑了："为什么他地多？"

赵和清："人家会经营吧。"

赵树理："不是会经营，是会剥削。你想，咱的七亩地怎么就变成他家的了？"

赵和清生气道："尽说屁话，人家肯借钱给咱是帮咱的忙，到期咱没钱还不上，只好用地抵债。这事自古而然，天公地道。"

赵树理："大，你真糊涂……"

赵和清勃然大怒，吼道："老子糊涂一辈子了，你才知道？"

见赵家父子争吵，丑能急忙插进话来："天不早了，回去要赶二百多里地哩。"

赵和清瞪了儿子一眼，一把扯了太湖，快步走去。

丑能从怀里摸出一双鞋垫塞给赵树理："小玉说，你遇上不顺心的事，就回来。"

赵树理："你们在家还好吧？"

丑能："还能行。"

赵树理无奈地笑笑，久久地站在原地，看着父亲、太湖与丑能渐渐远去。

这是赵家父子最后一次见面。赵树理根本没想到，与父亲的永诀竟然如此草率，如此不快。六年后，赵和清死于日本鬼子的屠刀下。

八年后，赵树理再回故乡时才得知了父亲的死讯。

十三

莲花池旁,赵树理神情愉悦,他疾步走进长治牺盟会分会总部。

终于又见到周云林,这个当年把自己引向革命的人,见到他赵树理难掩激动的心情,忙伸出双手与周云林的双手紧紧地握在一起。

周云林:"树理,我估计你也快来了。"

赵树理:"我决定参加牺牲救国同盟会,接受血与火的考验。"

十四

在一间土坯房里,杨献珍正忙碌地埋头于文件。

这位若干年后名闻全国的哲学家,这时才三十多岁,他额头阔大,温文儒雅,眼神深沉而睿智。他实际上是我党在上党地区的负责人之一。

周云林领着赵树理进来:"杨主任,这是赵树理。"

杨献珍热情地伸出手,仔细打量面前这个个子很高的人:"哦,赵树理,你的情况我了解一些。文章写得不错,特别通俗。很好,很好啊!我们党领导全国人民革命,其实就是领导全国农民革命。中国的问题,根本上就是农民问题、土地问题。毛主席指出:'中国革命实质上是农民革命,现在的抗日,实质上是农民抗日。'而农民,他们占全国人口的最大多数,却是最缺乏文化的一群人。党把真理告诉农民,用知识分子的语言,农民听不懂。只有用农民自己的话,他们才听得懂领会得快。所以,我非常欣赏你的文章,都是老百姓口头的语言,亲切、通俗,群众一看就懂。这很好,很好呀!"[①]

赵树理局促地搓着手,面对这位见面就对自己大加肯定的首长,一时不知该说什么,只是憨厚地笑着。

周云林:"树理,组织决定,派你去阳城县,担任第四区牺盟会特派员。"

[①] 赵树理与杨献珍这次见面,似乎是冥冥之中的安排。在赵树理此后的文学生涯中,杨献珍实际上成为赵树理的"伯乐"。他对赵树理后来一举成名及其文学主张的支持、帮助,起到关键的作用。

十五

　　山野中，一骑白马奋蹄疾驰。马上，赵树理一身蓝布军装，打着绑腿，挎着手枪，不停地扬鞭催马。

第十四章

一

赵树理骑马进了阳城县城。

抗战时期的阳城县城,情势始终很复杂。一方面,这个县人口较多,煤、铁、蚕桑业发达,经济力量雄厚,是为阎锡山所看重,派驻这里的县长、官员及爪牙都经过精心挑选。1939年,阎锡山更把这里设置为"山西省政府第三行政公署",由亲信孙楚担任主任。此外,蒋介石体系的民国政府也垂涎这里的财富,派来精明强干的县长,并派国民革命军第14军长年驻扎阳城。因此,阳城县一县两政府,老百姓戏称为东府和西府。东西两府各有各的县长、税务局、司法科、保安大队、警察、特务……他们各为其主,各自施政,摩擦经常发生。再一方面,我们党早在1927年就在这里发展组织,抗战爆发后,全县普遍建立起基层牺盟会,会员一万余人,党的队伍和组织得以空前发展壮大。不仅建立了阳城县抗日政府、晋豫边区各县抗日行政联合办事处、太岳区第四专区公署、太岳区行政公署等行政机构,而且,党的领导机关也坚持驻守阳城县,计有中共晋豫地委、中共晋豫区党委、中共太岳区党委等等。当时形势之复杂,非我们今天的人所能捉摸。

城里到处是人,到处是兵,
八路军战士列队穿越县城。
国民党军车架着机枪巡行。

阎系山西军守卫县政府。

牺盟会战士喊着口号受训。

公道团兵丁扛着大刀在街上诈唬。

警察在小酒馆里酗酒。

特务挎着盒子枪来回游走。

商店林立，叫卖声此起彼伏。

一条窄窄的街上，拔牙的、卖大烟的、挑担卖粮的、唱小曲的、演把戏的、练功卖武的、赶驴卖炭的、推车上装着大小瓷罐笨碗售卖的、女人家提着一包包雪白棉花叫卖的……国难当头，这里竟呈现出畸形的繁华。

忽然，日本战机——那种红头小飞机呼啸着扑来，扔下一串炸弹。

县城登时大乱。

人们惊慌失措哭喊奔逃。

商店纷纷关门。

兵们朝天开枪。

炸弹在城中爆炸。

大片民房燃起大火。

西街，临街一所民宅门边，挂着一块大木牌，上写醒目的黑字："山西省牺牲救国同盟会阳城县分会"，有两名战士持枪把守。

赵树理牵马过来，把马交给守卫，快步走了进去。

二

这里气氛紧张。

人员进进出出都是小跑着。

电话铃声不断。

赵树理把介绍信递给桌子后面的一个人。那人止住与一位八路军的谈话，看了信，就笑着伸出手来，说道："欢迎，赵树理。我叫要崇德，县牺盟会特派员。这位是八路军129师385旅433团团长桂承志。"

桂承志也笑着站起来同赵树理握手。

要崇德："你的名字我们早听说了。是听你的同学王春、刘光第说的……"

赵树理颇感意外地问道："噢，他俩也在这里？"

要崇德："王春现担任二区区长兼牺盟会特派员，刘光第担任县第五高小校长，你们很快就会见面的。"

赵树理："哦，那太好了！"

要崇德："现在，第四区区长跑了，组织决定你去担任区长兼牺盟会特派员。你的任务是组织发动群众，开展'减租减息'，同时筹集粮食布匹等物资，为咱部队提供后勤保证。"

赵树理："明白了。"

要崇德："目前阳城县局面非常复杂。县公道团掌握在阎锡山派来的人手里，三青团也很嚣张。国民党军队经常与我军制造摩擦，反共势力十分猖獗！我们党为了顾全大局，团结抗日，一直保持克制忍让态度。这给敌人造成一种错觉，以为我们软弱可欺。在这种形势下，你要特别提高警惕。"赵树理表情凝重地点点头。

要崇德："按照规矩，一般新来的同志，都要经过十天军事训练。明天起，你到阳城中学，参加桂团长的抗日自卫队训练。结束后，赶快下去，开展工作。"

赵树理："是。"

桂承志："还有一个秘密任务，八路军129师不久将要东渡沁河，开赴黎城、壶关、武乡、左权等县，开辟抗日根据地。你要及早组织发动群众，准备接应。"

赵树理目光炯炯地答道："好！"

三

第四区区公所在董封村，是阳城县西南部的一个大镇。

赵树理肩挎着一把盒子枪，扎着武装带大步走出区公所，后面跟着区里的人。

村外一片野地上用几棵圆木、木板搭起临时会台。台上悬挂着标语

"团结起来一致抗日",台侧两根柱子上贴着对联"救国救亡救中华,拿起武器保家乡"。台下,几百号村民聚在一起。

"农救会"打着标语。

"妇救会"唱起新歌。

农民自卫队扛着大刀长矛。

赵树理大步踏上会台,掏出讲稿说道:"乡亲们,我姓赵,赵树理,沁水人,是你们新来的区长。"

台下就有人议论道:"听说是尉迟的……"

赵树理:"乡亲们,现在日本鬼子就快打到阳城来了,咱们这里已经成了敌后抗战的形势了。敌人虽然占领了我们的城市和交通要道,可是广大的乡村还在我们手里,咱们以后就要凭着这广大的乡村来和敌人做长期的斗争。熬着打,打着熬,最后把敌人熬得没了劲,才能收复失地。可惜旧日的官府不争气,平常时候跟咱老百姓逞威风倒还可以,遇上非常时期他们就缩胆了。前半个月,消息一吃紧,各路国军都往咱这里退,县长吓病了,区长吓跑了,扔下各村的老百姓,任由鬼子来杀,让溃兵土匪来糟蹋,阳城县秩序大乱。没办法才由牺盟会苦撑危局,派我来当区长。咱们今天开大会,先要办两件事:第一是补选抗日村干部,第二是布置眼前的工作。"

赵树理讲得很卖力,他的头上都冒了汗,可还是压不住台,下面乱哄哄的,有些人说话的声音比他还大。

"静一静,大家静一静!"赵树理急了,"我刚才讲的你们听懂了没有?"

人群渐渐安静下来,半天才有人回应。

"好像听懂了,不就是'广大的乡村'……"

"区长大人讲话,不敢不懂。"

"哈哈哈哈。"人们笑起来。

赵树理也笑了:"这样吧,咱们不念这几张纸了,我给大家说段快板。怎么样?"说着他收起讲话稿,把头一仰,放开了喉咙:

父老兄妹们,听我把话讲。

国家遇灾难，民族遭危亡。
日本野心狼，杀人鬼魔王，
赶我猪牛羊，小鸡都抓光。
房屋被烧毁，粮食也被抢……

会场突然变得鸦雀无声。

匹夫有责任，卫国保家乡，
男的扛起枪。女人拿起棒。
老人看门户，小儿去站岗，
人多出壮丁，财主献钱粮。
大家团结紧，齐心打东洋！

"好！"会场上的群众们笑着齐声大叫。

四

深山老沟，草木葱茏。

沟底一条崎岖小路上，赵树理背着米袋子领着一干人下乡。到了坡上，见有个放羊的老汉蹲在一块石头上一边吸烟，一边看羊吃草。就喊了一声："都喘口气歇歇脚吧！"说完凑到那老汉跟前蹲下，摸出烟袋按了一锅叶，对在那老汉的烟锅上，用劲一吸，立马呛得咳嗽起来。

那老汉就笑了："吸的什么叶？"

赵树理："豆叶。"

放羊老汉："豆叶劲太大，你吸我这个试试。"

赵树理也不客气，接过老汉递过的烟袋在嘴里长吸一口，顿时就眉开眼笑："是榆叶。"

"哈，真识货。赵区长你烟瘾不小哩。"

"噢，你怎么知道我是赵区长？"

"前阵我去董封开会来，你快板说得不孬。"

"哈哈哈！"赵树理大笑起来："老叔，鬼子打来你怕不怕？"

"不怕！"

"不怕？日本人可是有三光政策，烧光、杀光、抢光。"

"十光也不怕！你瞧对面崖上，那里有个洞——看见了吗？"

赵树理抬头去看，只见前面一段很窄的山谷，两岸都是十几丈高的石崖，靠北边的岩下凹进去一个大石坎，又被乱石堆把前面挡住，隐约露出一个屋门大小的洞口。

"看见了，有个洞口。"

"对，咱这条沟叫三泉沟，那个洞叫天泉洞。别看洞口不大，里面可是大得去啦，能藏几百号人。鬼子来了，咱们往进一躲，派人守住洞口，敌人胆敢来犯，就往下砸石头，叫他来多少死多少。"

赵树理磕灭烟袋："走，看看去。"①

五

董封村街上，一群人嘻嘻哈哈地围着看墙上的一幅漫画——大汉奸汪精卫被画成一只猴子模样，被日本鬼子牵着走，旁边还配着一首快板：

做了日本官，
好像爬猴杆，
一时不听话，
就要挨皮鞭，
再说不听吧，
人家用绳拴，
抗战胜利后，
怎么到人前？

"哈哈，画得真像！不赖，不赖。"

---

①1958年，赵树理根据这段亲身体验，创作了长篇评书体小说《灵泉洞》。

"这谁的手艺？"

"咱赵区长画的。"

"这个人可真有两把刷子，啥也会。"

六

晌午时分，赵树理在一户农家吃饭。这是一个穷家小户，家里也没什么好的，一大碗煮熟的南瓜和山药蛋，一大碗玉米面糊糊，一碗咸菜，摆在院子里的一块石片上。那主人不到五十岁，两人对坐在两个小板凳子上，吃得倒也痛快。正吃着，一头猪娃儿跑过来，那人见了忽然叹了一口气。

赵树理："怎么啦，有愁事？"

"也没啥大的事。就这猪娃，该劁了，前几天就想抱它去镇上，可来回二十多里，也挺累人的。"

赵树理："就这点事？去，拿把镰来。"

"区长你……"

"快去拿。"

那人犹豫着回屋取把镰刀出来，赵树理把碗放下接过镰刀，把镰把在石片角上一磕，刀头就掉下来，又在石头上嚓嚓嚓把刀连磨了十几下，伸拇指对着试试刃，吩咐那人："再去烧把谷草灰。"说着给猪丢了一块南瓜，等猪过来刚吃时，他已伸手捉住把猪扳倒地上，跪下用膝盖顶住猪肚子，一只脚踩住一条猪腿，另一只手扳开另一条猪腿，取过镰刀对准地方割了一刀。等那人掬着一把草灰过来，他已手上举着一条还滴血的细肉条叫他看，说："就是这个东西——劁猪也叫去势。你这是公猪，要割掉睾丸；如果是母猪，要割去卵巢。割掉了，就再不用想它们是母猪或公猪，一门心思只管让它们长肉。这是古人传下来的催肥技术，挺顶事哩。"说着他接过草灰朝伤口上一按，把猪腿一松，那猪早吱吱叫两声，叼着南瓜跑了。

那人真是又惊又喜，赶忙邀他继续吃饭。

这一次，俩人边吃边说笑着，把一顿简单的农家饭吃得无比快乐。

赵树理:"跟你打听点事,知道东王庄吧?"

"怎么不知道,离咱这里不远,也就五十多里。"

赵树理:"东王庄有个陈清先生……"

"呵,你说的是陈教授吧,那人可真叫有骨气。日本鬼子占了长治,他就宣布不干,说是'不吃嗟来之食',回老家种地了。"

看看日头偏西,赵树理抹抹嘴,说声谢谢,就去拿米袋。那人见他要留米,说成甚也不让。赵树理就立刻虎住脸:"你是不是不想叫我当这个区长了?"

"那……"

赵树理:"咱们牺盟会有规矩,不准白吃群众一顿饭,不准白拿群众一条线。你不让留米,就挡了我做官的前程。"

说着赵树理解开米袋,对准一只空碗倒了满满一碗,随即哈哈大笑。

七

深秋的一个夜晚,虽满天星星却也丝毫不能改变黑暗,山峦、村庄、河流一切都隐秘在墨黑之中。

八路军129师将士抢渡沁河。

这是一个极其壮观的冬夜。

沿沁河两岸十几里的河边,火光冲天,战马嘶鸣。

木船穿梭于河上。

八路战士牵马抬炮上船。

是夜,千军万马竟能保持没有大的声响,只听见刷刷的脚步声震撼着寂静的山野。

沁河东岸,四乡八村的百姓涌来,他们端着水,提着馍。

在这里,赵树理、王春、刘光第三位老同学重又相逢,自然是喜不自禁,他们一边说着话,一边跟随要崇德、桂承志和民兵们蹚进水里,每当一船战士渡过来,他们就一拥而上肩顶木船朝岸边使劲推。

在这里,赵树理又一次见到刘黑孩。

这年刘黑孩已有二十五六岁。火光照耀下,这位高大威猛的青年,赤膊袒胸,浑身淌汗,奋力撑船。

刘黑孩忽然发现身在水中的赵树理,他不禁又惊又喜,发出一声大喊:"赵树理,你来了!"

赵树理:"噢,黑孩呀。"

八

大军东去,隐没在黑暗里。

刷刷的行军声震撼着沁河两岸。

岸边,一个木杆撑起的窝棚里,燃着一堆火。火边,要崇德、桂承志脸色凝重,正与赵树理进行一场严肃的谈话。

要崇德:"赵树理,你1927年入党,后来断了关系。我们考察了你脱党后的经历,你住过反省院,但没变节,也没有出卖同志和党的机密。现在,国难当头,民族危亡之际,党领导人民起来抗日救国,正需要千千万万的同志加入革命队伍中来。你有什么打算?"

赵树理显得非常激动:"其实,我的心一天也没有离开过党、离开过组织。在我到长治上学期间,读过了进步书籍,特别是列宁的《国家与革命》,为我指出了人生的前途。我的家庭、我的父亲母亲、我的妹妹、我的乡亲们,他们苦难的生活也告诉我,只有共产党,才能让天下穷人翻身。可是,我有一段不光彩的经历,那就是在长治'四师'学潮还未完全结束时,和王春一起出逃。这虽然不是叛变,却也是脱了党,至少说明我政治立场不坚定,共产主义信念不坚定。所以,这些年里,这件事一直压在我心上,很沉重,我感到很对不起党,感到没脸面再回到党内来。"

桂承志:"这个事不要再提了,王春同志也已重新入党,就看你的态度了。"

赵树理听了这话顿时握紧拳头:"只要党还相信我,我坚决同意!"

要崇德:"好,赵树理同志,我代表组织接受你第二次入党的要求。我和桂承志同志是你的介绍人,无预备期。"

刘黑孩钻进窝棚,一把抱住赵树理:"我也是党员了。"

赵树理:"噢?"

刘黑孩："我现在是嘉封村农救会主任。"

九

入冬不久，降下一场大雪。

这雪真叫一个大！

猛烈的北风裹着大朵的雪花飘飘扬扬洒下，顿时白天白地，世界变得耀眼。

就在这种天气下，日本战机一群群飞来，呼啸着扑向县城，扔下一串又一串炸弹，登时火光冲天。

机枪疯狂扫射。

人群喊叫奔逃……

满城大乱，到处冒烟。

也是在这一时刻，阎锡山公然撕去伪装，露出狰狞面目，在全省发动"十二月政变"，向牺盟会、抗日武装和共产党人举起屠刀，疯狂捕杀。阳城情况更为惨烈，当地所有反共势力向牺盟会发起围剿，要崇德、赵树理、王春、刘光第带领战士冲出，抬着受伤的人向城外跑。

傍晚时分，队伍撤到龙王庙。

桂承志带着一支队伍匆匆赶来："同志们，情况紧急。现在不只是鬼子，卫立煌的三十旅也开进县城，公道团、三青团的头头正在开会，阎锡山孙楚部紧急集合，这些家伙要趁火打劫，对咱们下手。"

要崇德："快，赶紧烧文件。"

龙王庙顿时陷入紧张之中。

十

深夜，旷野一片黑暗。

时有激烈的枪声传来。

庙外战壕里，战士们抱着枪趴在雪地上。

黑暗中，赵树理的眼睛睁得老大。

忽然枪声大作。

战士抓枪扑向战位，开枪抵抗。

赵树理一骨碌爬起抓过手枪。

机枪扫来，有战士倒下。

桂承志大喊一声："手榴弹！"

一排手榴弹飞出，在敌群中炸开。火光顿时腾起，四面八方都是敌人，已将龙王庙包围。

"老桂。"要崇德急忙命令，"形势紧迫……"话未说完，忽然一骨碌滚在赵树理脚边，显然他已经中弹。

赵树理大喊一声抱住要崇德喊道："老要。"

黑暗里，桂承志大声说道："快撤，从庙后冲出去！"

战士们一跃而起，推倒庙后一截院墙，一拥而出。

十一

太阳升起来，一抹清辉撒向大地，山野顿时一派雪白纯净。

通往东北方向的一道山岭上，战士们抬着要崇德的尸体，搀扶着伤员迤逦而行，向上党腹地撤退。

桂承志也挂了"彩"，用布片吊着一条断臂。

这一场"血染龙王庙"损失惨重，赵树理后来曾多次提道："差一点把我'染'进去……"

又走了一个多时辰，大家人困马乏，停下来修整。刚坐下喝水吃干粮的当口，突然南面山沟里响起枪声，远远地可以看见黑烟冲天，大家吃惊地一跃而起。

王春："不好！那是东王庄，是咱们陈先生的家。"

赵树理连忙说道："走，去看看。"

十二

东王庄靠山面水，有二三十户人家，村前有一条小河。

一小队日本鬼子伙同一群伪军，包围了陈清家的楼院，开枪放火。

高高的院墙上，陈清一家人奋勇拆下砖石，拼命砸下。

陈清凛然大骂:"倭寇,倭寇!"

一阵枪响,陈清先生的一个儿子中弹,栽下院墙。

赵树理、王春、刘光第出现在附近山头,见状立刻卧倒。赵树理拔出手枪挺身欲冲,却被王春一把按住。

王春:"敌人人多,就咱三个……"

赵树理:"你说怎么办?"

大火烧着了房子,浓烟滚滚,院墙头又有人中弹。

鬼子杀人性起,哈哈狂笑。

而陈清依旧奋不顾身地抛砸砖头,裂眦大呼:"倭寇,杀人的倭寇!戚继光何在?"

枪声突然停止。

世界变得出奇的安静。

随着一阵隐约的声响,村东路上,一队战马飞驰而来。马上军人呐喊着,一片刀光闪闪。片刻之间冲过来,为首一人大刀砍下,鬼子的脑袋滚落,一股血喷起数尺。

赵树理发现,领头的马上军汉竟然就是阎大顺!只见他骂着,吼着,抡着大刀,真如凶神恶煞。

"有救了!"赵树理奋不顾身扑了下去。

王春、刘光第提着枪紧随其后。

鬼子拼命抵抗,边打边撤。

阎大顺狂喊:"杀呀!给老子通通砍光!"

数十骑战马杀进敌群,大刀闪处,血光飞溅,惨叫声不绝于耳,霎时鬼子一个接一个倒在血泊中。

阎大顺砍死最后一个鬼子,勒马过来,指着跪在地上的一群伪军,恶狠狠地朝部下举刀一挥:"尿毛,这些没骨头的货,留着干啥?砍了!"

顿时一把大刀举起……

一个小小东王庄,瞬间躺下二三十具尸体,那情景也真骇人。

鲜血染红雪地,竟如盛开的花。

院门打开,陈清满脸鲜血地被家人扶出来,他左肩上的一个血洞不停往外淌血。赵树理、王春、刘光第急忙上去扶住陈清,轻唤道:"老师……"

阎大顺跳下马,大皮靴踩着血过来,忽然看见赵树理,就嚷道:"哎呀,赵树理,咱俩真是有缘。"说着在陈清肩上拍了一巴掌,"尿毛,你这老家伙真是个硬骨头,是个好中国人!咱给你敬个礼吧。"说着猛地趴在地上,朝陈清"咚咚咚"磕了三个头。

忽然一个满脸络腮胡子的黑脸军汉跳下马,几步踉跄着过来扑在陈清面前:"对不起,先生,我们来晚了。"

陈清一把搀起他,疑疑惑惑地瞧着……

赵树理一眼认出那汉子:"李家骥!"

"哦呀,家骥,家骥。"陈清颤抖着捉住李家骥一只手臂,"真是你吗?"

"是我,恩师。"李家骥的眼泪哗哗地流着,他别过脸来冲赵树理、王春一笑:"那年太原别后,我潜回村一把火烧死财主全家,投奔了阎营长。"

此时的李家骥浑身戾气,竟也豪气逼人。

赵树理眉头皱了一下。

"尿毛,李副官跟上俺不吃亏!"阎大顺忽然嚷道:"现在他杀人就当切菜,是俺们的张飞。"

"好,好,好!"陈清动情地看着自己的学生,不停地点头赞道,"你们人各有志,报国有门,不枉我器重你们一场。"

第十五章

一

中山头村位于长治市郊,坐落在一面山坡上。由这里远眺,长治、上党门赫然尽收眼底。第五专署机关驻扎在这里。

夜戏即将开始。木头搭成的台子上,亮着两盏汽灯。台下,百姓拥挤,笑着嚷着,伸着脖子朝台上看。赵树理挤在人堆里坐着,怀里抱着根树枝,笑眯眯地吸着旱烟,间或转头朝身旁的庄稼汉对个火。

"血染龙王庙"后,阳城县牺盟会遭到破坏,赵树理留在第五专署机关担任"民宣"科长,负责宣传和戏剧工作。

开场锣鼓打得一阵热烈,忽又停下。大幕掀开一条缝,里面蹦出来个庄稼汉,他朝台下鞠一个躬,就打响竹板说起来:

我是辽县李存才,
今天黑夜跑上来。
空着台,闲着灯。
我给大家瞎圪喷。

人们听了哈哈大笑。

赵树理充满欣赏地看着他。

鬼子打进潞州城，
烧杀抢掠真是凶。
在城里，城里乱，
快到乡下去逃难。

后生们叫嚷着吹口哨，为他加油。

一逃逃到死娃沟，
搁下麦子丢了秋。
不用收，不用打，
鬼子割去喂洋马。
乡亲们，想想吧！
不打鬼子没国家……
我是抽空瞎叨叨，
不能误了把戏瞧，
演员已经化妆好。
我得赶快往下跑。

说完一扭身'哧溜'一声钻进后台。

赵树理笑着为他鼓掌。突然，由此他竟想起了河顺。

这时，演员出来报幕："烽火抗战剧团，今晚演出上党落子《大战平型关》[①]。"

正戏开场。赵树理来了精神，和着台上的音乐用手在膝盖上一下一下打着节拍。

[①] 1938年春天的这场《大战平型关》带给赵树理的启发是深刻的。这位从小就喜欢戏剧的农民艺术家，不但从中更深地领悟了戏剧与农民的密切关系，更从中看到了中国戏剧改革的曙光。从此，他近乎痴迷地致力于上党戏剧事业的发展和探索达三十年。此间，他写下了《邺宫图》《韩玉娘》《万象楼》《焦裕禄》《十里店》等多个剧本及小戏，对许多传统剧目进行改编整理，为老戏新演赋予新的思想，新的品质。晚年，赵树理曾发感叹：我是生于《万象楼》，死于《十里店》。

"过门"音乐结束,一位威风凛凛的大将舞出来——绿靠、红脸、长髯、起霸、亮相。不料他念出的一句道白,却让赵树理吃惊地瞪大了眼睛:

"俺——总司令是也!"

"哈哈哈哈!"

"呵哈哈哈哈!"

百姓们看得乐不可支,嘻嘻哈哈,指指点点,笑得捂住肚子。

毕竟这事太新鲜,人民敬爱的八路军司令员突然扮成古代大将出现在那简陋到极点的戏台上,带给群众的感受,其新奇、其大胆、其可爱无比空前。人们发出开心的大笑。

在那个平凡的夜晚,上党山区的人民,就这样热烈而略显草率地迎接了中国戏剧改革的第一次尝试。赵树理显然比群众更强烈地意识到这一点。他兴奋而新奇,耳边不停地响着那句震古烁今的戏词:

"俺——总司令是也!"

接下来的戏更加有意味。

随着剧情展开,演员们扮成当时著名的八路军将领扎靠挂髯纷纷登场自报家门,群众的笑声就一浪高过一浪。

赵树理坐不住了,拨开人群朝戏台走去。

二

后台也吊着一盏汽灯。

演员们忙乱地化妆、着装……赵树理拄着棍进来,大家见他虽穿一身军装,却透着一股土气,就奇怪地看他。

赵树理拽住李存才:"后生,你叫李什么才?"

李存才:"李存才。"

赵树理:"哪个存呀?"

李存才:"我不识字,也不晓得哪个存,好像是存钱的存吧。"

赵树理:"你不识字就能把快板说得这么好!存才存才,我看你干脆改成李有才算了。你这本事可了不得!要好好学,好好说,最好能多认些字。"

李存才有些腼腆地答道："不敢不敢，你是……"

赵树理："我们村有个河顺，算起来是我一个叔，他也和你一样，张嘴就是顺口溜，触景生情，现编现说，全村人都爱听，他走到哪都是笑声，他也不识字。"

李存才："你是……"

赵树理："唔，只顾说了，我是来寻你们团长。"

这时，就有一个年长的演员过来说道："我就是团长，武金锁。"

赵树理极其兴奋地说："改得好，改得好！"

武金锁："什么改得好？"

赵树理哈哈大笑："俺——总司令是也！"

武金锁被弄得莫名其妙："你是……"

赵树理："哦，我是赵树理，专署民宣科的。"

武金锁："哦呀，接到通知了，你就是赵科长？"

赵树理："唤我老赵吧，我看你们这样改戏很有意思。"

武金锁忙就给赵树理介绍其他演员："这是郑大锤。"

赵树理："噢，大名鼎鼎，如雷贯耳，上党'黑头'郑大锤。"

武金锁："这是葛巧云。"

赵树理："噢，'端起碗，放下盆，不要误了"七岁红"！'上党戏当家花旦。"

说着赵树理和大家一一握手。

赵树理："从今儿起，咱们就在一起，把上党戏好好搞一搞。"

这时，外面突然传来隆隆炮声。

人们一拥而出，只见上党古城火光熊熊，已是一片火海。

三

时值孟春，阳光明媚，一派清新。

通往远方山庄的一道岭上，剧团正在转场。几十号人赶着驴骡，抬着戏箱，沿一条大路迤逦而行。有一队民兵护送，也都背着些道具。

赵树理嘴里叼着烟袋，哼着戏，傍着一头黑驴不紧不慢地走着，那驴除了骨架大些，活脱脱就是赵家当年的那头黑驴。

有人喊道："赵科长，快把缰绳牵住，小心驴乱跑。"

赵树理："不用，它不会跑。"

李存才："不会跑，驴能听你的？"

赵树理："是呀，它听得懂我说话。"

人们一起大笑，以为他说笑话。

"怎么，你们不信？"赵树理低头冲驴嘟哝一句，又摩挲几下驴脖子，那驴忽然就四蹄抵地，站立不动。这举动太过神奇，大伙就都围过来看，嘴里叽叽喳喳地议论着。赵树理又叨念一句，在驴耳朵根上用指一弹，那驴就把头一仰而起，长嘴一张，嘶啦嘶啦吼起来。

旷野中这一阵驴叫，长一声短一声传得老远。

赵树理把手在驴肚上轻轻一拍，黑驴就"嘚嘚嘚"跑起来。

"赵科长，真有你的！"人们不禁哈哈大笑。

四

又一个夜晚，又一个村庄，又一台夜戏。

杨献珍、赵树理、周云林挤在人堆里，等待演出开始。

杨献珍："树理，我们接到群众反映，你这个民宣科长当得很出色。尤其是负责戏剧工作，推动戏剧下乡，做了大量工作，群众很满意。你很善于和群众打交道，大家都喜欢你。听说你还对上党戏搞了一些小改革，有什么收获和体会？"

赵树理："呵呵，收获可是不小！最主要的是，我这个从小就是上党梆子戏迷，终于逮到这么好的一个机会，天天跟着剧团圪转，和演员泡在一起，真正从骨子里弄懂了这个古老剧种，生、旦、净、末、丑，曲牌、唱腔……这么说吧，除了不会上台演出，别的我都研究了一番，学会了一点。"

周云林："哦，了不起！都说你一身全是本事，学什么一学就会。"

赵树理："是，我父亲外号'万宝全'，我继承了他的本事。"

赵树理说完这番话，三个人会心地笑起来。

赵树理："还有一个更大的收获是我明白了，戏剧是老百姓最喜欢的一种文艺形式，也是最能宣传群众的。这个问题我以前体会不深，直到当了这个宣传科长，才渐渐悟到。三十年代，瞿秋白、鲁迅先生发起关于文艺大众化的三次大讨论，我是参加了的，当时在太原还写过几篇这方面的文章。现在看来，那时候我对大众化的认识还是肤浅，只是站在群众这边提点意见，远不如这次带着剧团下乡这样实际感受老百姓对文艺普及的要求。现在我们有些新文艺作品，立意是很不错的，但它们进不了村，入不了户，接近不了群众。为什么？因为首先语言这第一关就过不去。"

杨献珍："说得太对了！树理，你发现了一个非常大的问题。我们党领导千千万万群众进行抗日斗争，文艺担负着宣传群众、发动群众的重要任务。可是，现在的新文艺作品，恐怕不是你说的只是有些，而是绝大部分，根本就不能走进群众中去。小说也罢，诗歌也罢，写得再好，老百姓却看不懂，不喜欢，又能起到什么作用？所以，文艺普及这个工作，真应该引起重视，认真解决了。"

周云林："树理，你能这样想就很不容易，不妨在这方面试试，为老百姓写点他们欢迎的作品。"

赵树理："我确有这方面的一点野心。"

杨献珍笑起来："那我们想到一起了。我这次来，除了想看看你的《邺宫图》，还有一件事是代表组织正式通知你，调你到《黄河日报》社参与编辑工作。这也是我个人的提议。树理呀，你很能写，调到报社直接从事文字工作，更能发挥你的特长，或许这对你是个机会。你要努力呀！"

第十六章

一

群山中的平顺县川底村,坐落在一面比较平坦的坡上,四周大山环抱,望去尽是贫瘠的坡地,黄巴巴的。坡下是一条山沟,沟底有一条清澈的小河,河水湍急。

当时的《黄河日报》社就隐藏在这里。

1940年初冬的一天上午,赵树理拄着木棍背着一只小包走进村子,立即感受到这个小山村的赤贫,村子太破败了。

村里静悄悄的。进了中街,迎面矗立着一座老大的院子。红漆大门,左右各有两个石墩子,墩中间插着一根旗杆,用石头夹着——只是遇上过节或喜庆时,才在杆顶挂出或红或黄的旗子。

赵树理驻足看了半天,正要走,忽然门里扑出一只黑狗,把他吓了一跳,这狗追着他狂吠。一个精壮后生扛着扁担路过,抡起扁担就砸,黑狗打了一个滚,哼叫着窜回大门。

赵树理:"去拾柴呀?"

那后生:"是,你是新来的?"

赵树理:"对,我找《黄河日报》社。"

那后生:"报社在南头窑院,我领你去吧。"

赵树理:"谢谢,你贵姓?"

那后生:"不敢,免贵姓郭,郭玉恩。"

二

在这里,赵树理意外地见到了王春,这让他俩都感到又惊又喜。

王春:"嘿,树理,你怎么来了?"

赵树理:"杨主任派我来干编辑。"

王春:"太好了,咱们终于又可以在一起了。"说着领赵树理进了排字间,介绍他与大家一一认识。

当时是石印出报。

王春:"这位是柴翔,这位是刘松年"——柴翔很年轻,十八九岁的样子,胖墩墩的。刘松年四十来岁,戴着眼镜。

王春:"这位是诗人廖一萍。"

廖一萍还年轻,长发油亮,眼睛细长,白多黑少,只是略略抬头看了赵树理一眼,就去看稿子了。赵树理伸着手,很是尴尬。

柴翔:"你别介意,廖诗人就这个德行。"

廖一萍忽然仰头吟诗:

这里太冷,
留不住人。
我要走了,
去找北方的春。

在场人听了无不哈哈大笑。

三

赵树理接手《黄河日报》路东版副刊《山地》的编辑工作。

这是赵树理命运中的一次关键性转折,从此他成为一个职业写家,为其后来不久在文学创作的迅速崛起铺平了道路。

一孔窑洞里,赵树理守着火炉坐在小板凳上,嘴里叼着一根三寸长的小烟袋,手指不住地在炉边敲打……这是赵树理构思作品的习惯,他一辈子就这样。敲着敲着,他忽然跳起来爬上炕,伏在一只小桌上,提笔就写——写完看一遍,觉着满意,就拿了稿趿着鞋兴冲冲走了出去。

四

当时条件太过艰难了,所谓编辑部,只是另外一孔较大的窑洞而已。

王春、柴翔、刘松年、廖一萍几人在这里办公。

赵树理推门进来,大家就笑。

刘松年:"老赵肯定又有新作品了。"

赵树理憨厚地笑着把稿递给王春。

王春接过看了,抿嘴一笑,又递给廖一萍:"小廖你看看。"

廖一萍一把推开:"对不起,他写的东西我不看。"

赵树理一下僵在地上。

"你不看拉倒。我喜欢。"柴翔劈手夺过,大声念起来:

呸呸呸,汪精卫,
枉枉活了几十岁。
数数你的脚印儿,
究竟你算哪一类?
怕抗战,怕吃苦,
领上你的小妈离国土。
到安南,到香港,
去替日本打边鼓。
投日本,告艰难,
又温柔,又可怜。
日本念你娇,
为你掏腰包,
每月四百万,
叫你去招摇。
狐有伙,狗有群,

有了儿子不愁孙……

廖一萍一拍桌子，吼道："这是什么玩意儿？赵树理，你真给文艺家丢脸！这也是诗吗？这能算是文艺作品吗？小儿科，小儿科嘛！随便一个老百姓，也能写出你这种东西。"

一屋子人顿时愣住。

赵树理的自尊心受到伤害，脸色由尴尬转为生气，就反唇相讥道："我写的是小儿科，你廖诗人写的是大洋马。——哦，这里太冷呀！留不住咱这个人。哇，我要走了呵，去找北方的春！你这东西弄到农村里去念，老百姓不把你当成疯子也当傻子。"

廖一萍听了气极败坏地吼道："不准你诬蔑，不准。"

赵树理："诬蔑不诬蔑咱俩说了不算，不信现在就把咱们写的这东西贴到村里去，看老百姓喜欢哪一个？"

廖一萍："老百姓没文化，看不懂我的诗。"

赵树理："可我的诗是专门为没文化的老百姓写的！"

廖一萍轻蔑地笑一下："我不屑跟你说，咱们不是一路人。"

赵树理："不是一路人咱就各干各的，凭什么你糟踏我？"

廖一萍气恼："我再说一遍，本诗人瞧不起你写的垃圾。"说完踢门出去。

赵树理追了几步，却被大家拉住。

五

廖一萍气坏了，他摔门出来在街上气哼哼地走着，脸色黑一阵红一阵。北风凛冽，把他潇洒的长发吹得一飘一飘。

前面，一群村民背着柴火挤成一堆，仰着头朝墙上看，不时地哈哈大笑。郭玉恩也挤在中间。

廖一萍走过来，见他们正看的是一张《黄河日报》，报纸贴在墙上，有个人起劲儿地念着：

布谷鸟，夜夜叫，
鬼子强把壮丁要。
大哥跑进太行山，
二哥离开平汉道。
邻家哥哥没有跑，
就叫鬼子绑了票……

村人笑着嚷："这一准又是老赵写的。"
"哪个老赵？"
"报社那个瘦高个子吧。"
"对，就是他，他时常在村里串门，好说个笑话。"
廖一萍困惑地看着，搞不懂他们为什么会为这种玩意儿高兴。

六

赵树理兀自气愤，他操着火箸一边用劲地捅火炉，一边发火："这个廖一萍……"

王春："你不该生这个气。"

赵树理："是他气我。"

王春："记得在'四师'时，有一年暑假回家，你给乡亲们念鲁迅先生的《阿Q正传》，他们听不懂，不耐烦……"

赵树理："嗯，我记得，是有这事。"

王春："当时我们曾就此讨论，新文艺怎样才能走进农村，走近农民。当时你说，将来如果写文章，就一定写得叫你的父亲和乡亲们看得懂、喜欢看。"

赵树理笑起来："对，我还说文坛太高，咱上不去，就做个地摊文学家吧。"

王春："树理，你现在做的，正是你当年想的啊！"

赵树理："……"

王春："今天你和廖一萍争吵的，不正是当年我们讨论的问题吗？其实廖一萍是个很好的青年，只是脾气怪一点。他今年才二十岁，已经出版两部诗集。早年他在武汉参加青年记者学会，在大后方重庆、桂林一带很活跃，名气不小。后来，因为他看不惯国民党腐败、倒退，才一赌气跑到太行山来。"

赵树理："噢，这小孩挺有才气呀！"

王春："树理，我一直在关注着你的写作。我感到，你正在走两千多年前唐代诗人白居易的路子。白居易写诗，要念给老妇听，不懂就改，直到她们听懂，才满意。所以，文艺大众化问题，早在白居易时代就已提出来了。这个问题，中国文艺界至今没有引起真正重视，更谈不到解决了。"

七

油灯昏黄，炉火熊熊，屋里暖融融。

报社的人全挤在这孔窑洞里，热烈地讨论着。

王春："我们的国家农民是大头。如何发动农民大众、宣传农民大众，尽快地、深入地把我们党的主张告诉给农民，让他们懂得快、懂得透，这就需要加强宣传工作。而宣传，用什么样的语言和手段，就不只是一个技术问题，而是一个政治问题了。所以，文艺大众化、宣传工作大众化，就显得非常紧迫。普及问题再也不能拖了！现在，晋冀豫边区党委已经注意到这个问题。129师邓小平政委也对此有指示。估计不用多长时间，将会组织一个讨论会，专门就此研究。树理，你的路子很对，大众化、通俗化、普及化，你要坚持下去，不要怕别人讽刺，不要怕别人不承认。"

刘松年："一萍，你以为如何？"

廖一萍："本人就此没有想过这个问题。"

赵树理："小廖，我知道我写的东西很土，你看不上眼。这可能是由于咱们出身不同，经历不同，理解也就不同。我出生在沁河边上的一个小山村，那里风景倒是挺美，可那个穷啊，真是没法说。全村五十多户，一多半靠押地举债过日子。我从十四岁上，就开始替村人写契，每年要写十几份。老百姓生活的那种穷苦、那种凄惨，我是亲身经历过的。为了供我念书，我父亲差不多就是把我一个妹妹卖了，才凑够学费。农民之辛酸、之艰难,我是有切肤之痛的。他们不但生活赤贫,日子过得没有一天是舒心的,精神上更没有什么享受,因为都不识字,陪伴大家打发愁苦的只是听说书看戏。个别识字的人,读的也是《说唐》《三侠五义》这类东西,五四以来的新文学在农村根本就没有任何影响。所以,当我后来决心投身'文学救国',开始写作时,就抱定一个宗旨:用农民的话,写农民的事,写得要让他们看得懂、喜欢看。"

廖一萍:"可你写的那些不是真正的文学。"

赵树理:"我知道你说的那个真正的文学,欧化嘛,这个五四以来很流行。当年我也下过很大功夫的。当时在师范上学,我把图书馆里所有的中外文学书都读了不止一遍,狄更斯、大仲马、莎士比亚、歌德、但丁、雨果、托尔斯泰……怎么,你不信?不信我给你背一段。"

赵树理拉过一条板凳坐下,不假思索地,把头一扬——

"那是个静谧的夏天早晨。太阳已经高悬在明净的天空,可是田野里还闪烁着露珠。苏醒不久的山谷散发出阵阵清新的幽香。那片依然弥漫着潮气,尚未喧闹起来的树林里,只有赶早的小鸟在欢快地歌唱。缓缓倾斜的山坡上,自上而下长满了刚扬花的黑麦。山顶上,远远可以望见一座小小的村落。一位身穿白色薄纱连衣裙,头戴圆形草帽,手拿阳伞的少妇,正沿着狭窄的乡间小道向那村庄走去,一名小厮远远跟在她后面。"

一屋人顿时沉浸在赵树理浑厚的朗诵中,随即又为他鼓掌。

廖一萍听后说道:"屠格涅夫的《罗亭》。屠格涅夫,俄罗斯伟大的作家。"

赵树理:"不错,《罗亭》的开头部分。瞧人家这语言,真是美透了。"

廖一萍根本想不到眼前这个土头土脑的人,会有如此深厚的文学功底,不由得眼里登时溢满钦佩之色。

赵树理:"等等,我再背一段。"

"青翠的小草,仿佛刚刚浴罢,雨珠留在草木叶上,被夕阳照得荧荧闪烁。堤上的垂柳,一株株整队的平平的排成一列,垂着微尾无力的轻俏的拂打……"

廖一萍:"这谁的作品?没读过。"

赵树理："鄙人的呀！这是我早年一个小说里的一段开头。怎么样？也还洋气吧。"

廖一萍："这是正经的文学语言。"

赵树理："可惜这种东西拿到农村去念，老百姓最多听上三五句扭头就走。唉！"

王春："看起来现在农村需要的不是欧化，而是大众化。"

刘松年："的确是这样。"

廖一萍欲言又止，忽然叹了一口气。

王春："一萍你想说什么？"

廖一萍："我、我没想好……"

柴翔："赵树理你记性真太好了！"

赵树理："不是记性好，是爱之深，切之痛。"

八

廖一萍捏着一柄小锤和赵树理蹲在窑洞门口，看他摆弄一只日本鬼子的煤油桶。只见赵树理切边、钻孔、穿铁丝，一阵敲敲打打，一只小巧好看的桶做成了。赵树理捧起来，摇一摇，又瞧一瞧，就笑了："用这吃饭挺美吧。"

廖一萍出奇地看着赵树理的一双大手。

这时郭玉恩跑了进来："老赵老赵，快走。"

赵树理："噢，啥事？"

郭玉恩这年十九岁，身材精瘦，体魄强壮，十分聪明。虽是大冬天，却剃着一个光头："庙圪崂的范宝成要到旗杆院借点钱，叫你去帮忙写个契。"

"行。"赵树理把铁桶往廖一萍怀里一推："送给你。"

说着与郭玉恩搂肩搭背笑哈哈地走了。

廖一萍抱着桶，两眼尽是迷茫。

九

赵树理、郭玉恩和愁眉苦脸的范宝成走出来,背后红漆大门就"哐当"一声关上了。

赵树理:"宝成,刘老五要的是三厘五的利息,不算高。早年我父亲借财主的钱,利息是'八当十',还得押地。"

郭玉恩:"这家伙以前也是'八当十',现在八路军来了,他老小子才不敢再放高利。"

范宝成:"老赵,麻烦你跑这一趟。"

赵树理:"这算甚,从前我父亲借债就是我写契。"

范宝成:"你也是穷家出身呀。"

赵树理:"和你差不多吧,'川底村,谁最穷?庙圪崂的范宝成。'"

范宝成、郭玉恩就笑了。

赵树理:"穷不了几天啦,打跑日本鬼子,共产党坐了天下,穷苦人就该翻身了。"

郭玉恩:"但愿这一天快些到来,我也不用再给财主受苦。"

范宝成:"到时候我借的这三十块大洋,还用不用还给人家?"

赵树理:"还他个鬼,旗杆院的土地、财产都是从穷人身上搜刮去的。到时候统统都得分给穷人。"

范宝成:"真的?"

这时,一个妇女披头散发迎面嚷着跑来:"老赵,老赵,了不得啦。快去看看俺老汉,下巴掉下来了。"

这女人叫郭采芹。

十

穷家小院。院里有棵歪脖子柳树。

堂屋里,郭采芹的丈夫刘七成的下巴掉下来了。这是个五十多岁的汉子,被人扶着靠在坑上的被垛旁,嘴大张着合不拢,那口水就哗哗地流下来。

郭采芹领着赵树理、郭玉恩、范宝成进来。

"让开点。"赵树理过来伸手端住刘七成的脑袋，上下左右晃动几下，突然伸掌朝他脖颈里一砍，脚踩住炕沿，一手扳住后脑，一手端住他下巴"哼"一声往上一抬，只听"咔巴"一声，七成的下巴就安上了。

刘七成疼得大叫一声。人们吓了一跳，没两分钟的时间，七成却笑起来嚷："好啦，好啦，口水不流了。"

赵树理："七成，你动动嘴。"

刘七成就张了几下嘴，还真的是彻底好了。

郭采芹兴高采烈地端来一铜盆热水，冲着赵树理道："快洗手吧，老赵，今儿多亏有你。"

赵树理边洗着手边说："掉下巴虽说不是什么大病，但掉几次以后就会经常掉。你们看，七成的嘴是不是有点歪？"

人们细看去，就点头。

郭采芹："呀，真是歪的哩，这咋办，咋办？"

赵树理："这可是中风的先兆，医书上叫面瘫，来，我给他扎两针。"说着从身上摸出一个小布包，解开来抽出几支长长短短的银针，左手食指量准穴位，右手连连挥动，只听"嗖嗖"几声，七八根银针已扎进刘七成的嘴角、腮边和头顶。

人们看了发出一片惊叹声，刘七成发出轻轻的呻吟。

范宝成："老赵你一身本事呀！"

赵树理笑着不停地捻针："七成家的，玉恩说你叫小芹，这名字怪好听呀。"

人们轰地笑起来，郭采芹也羞涩地笑了。

赵树理："不过，你老汉的名字可不咋样。七成，七成八不成，恐怕是不足月就急着出娘胎了。是不是？"

那七成就咧着嘴点头。

十一

赵树理、郭玉恩背着大捆柴火朝村里走。

杨献珍带领几名战士策马而来，赵树理慌忙让路，身子一歪倒地，那捆柴就骨碌碌滚下山沟。

杨献珍急忙勒住白马："对不起，老乡——赵树理，怎么是你？"

赵树理从地上爬起来："噢，杨主任，你来啦。"

杨献珍："你拾柴干什么？"

赵树理："我怕冷，烧炕用哩。"

杨献珍笑起来："快来，我正有事找你谈。"

赵树理惋惜地看着沟里的那捆柴："玉恩，你帮我把柴弄回来。"

十二

杨献珍："树理，我们研究了你发表在《山地》副刊上的所有文章，你果然没有辜负大家对你的希望。在咱根据地，你是头一个尝试用老百姓的语言写作的人，这很了不起。《新华日报》社那边有项特殊任务，我想来想去还是你最合适。现在，调你过去工作。你看……"

赵树理："行，哪里也行。"

杨献珍："《新华日报》社在武乡县安乐庄，中共中央北方局也在那一片。"

赵树理："好，我去。"

杨献珍："北方局的代号是'巴黎'，《新华日报》社的代号是'敦刻尔克'。你去接头要说暗号，现在是战争时期，一切要保密。"说着拿出一张纸条，"这是暗号，你把它记在脑子里。"

赵树理接过来念了几遍："巴黎，敦刻尔克。"笑着把纸还给杨献珍："行了。"

杨献珍把纸丢进炉火："你背一遍。"

赵树理："巴黎，敦刻尔克。"

杨献珍："好，路上小心，万一被敌人抓住，宁肯掉脑袋，也不能暴露暗号。"

十三

听说赵树理要调走,报社的同志和村里人都来送他,把个窑院挤得满满当当。

郭玉恩:"路上小心些。"

范宝成:"你还来不来?"

郭采芹:"我老汉的下巴……"

赵树理:"放心吧,不会再掉了。"

赵树理和他们握握手,热情告别道:"都回吧。"

廖一萍没有出来送他,却在屋里趴在窗户上,透过一个破洞纳闷地看着。

第十七章

一

冬天的太行山区,苍凉而寂寥。

山路上,赵树理边兴冲冲地走着嘴里边低声默念着:"巴黎,敦刻尔克。"

他不紧不慢地走了几个时辰,终于到了武安县,找见了安乐庄。

赵树理兴冲冲地进了庄,见路旁有一小院,就径直拐了进去。

院子不小,有七八间房,其中一间房门开着,赵树理站在门口往里一看,青年画家刘平正在作画——那是一幅宣传画,画上八路军骑兵战士正高举战刀砍杀日本鬼子。画面色彩明鲜,场景雄壮,登时把站在门口的赵树理吸引。忽然他想起了阎大顺、李家骥。

不料脑子里这么一乱,却把暗号忘得一干二净,赵对理的耳边不停地响着杨献珍的话:"去了接头,你要先说暗号。"这一刻把他急得额上冒出细密的汗珠。

刘平转过身去看到赵树理,他打量着面前这个高个子,只见他穿着一件灰不拉叽的大衣,戴一顶棕色毡帽,背着一卷铺盖,眼珠子骨碌碌直转。刘平问道:"你找谁?"

赵树理忽然放低声音,显得神神秘秘地答道:"我……这是《新华日报》馆吗?"

刘平立即警惕地反问:"什么?新华肥皂厂?这里没有。"

赵树理:"噢,我可以进来吗?"

刘平不置可否，赵树理却已斜着身子走了进来。

赵树理："请问，我有点小嗜好——可以抽烟吗？"

刘平睁大眼瞪住他问道："你抽大烟？"

赵树理笑着答道："不是，是这个。"说罢笑着掏出一支小烟袋。

刘平被赵树理怪异的举止搞糊涂了，认定他不是好人，就不露声色地端起一盆清洗颜料的水，装着出门去倒。出了院门，立刻飞跑而去。

二

铺盖卷儿扔在炕上。赵树理蹲在地上，他的脊背抵着炕，苦着脸又有些急躁地吸着烟，耳朵里依旧不停地响着杨献珍的话："说暗号，说暗号……"

三

刘平领着史纪言与几名战士冲进来，指着赵树理："就是他！"

赵树理一下子站起来，还没弄清怎么回事，史纪言早张开双臂过来把他抱住："树理，是你呀。"

赵树理也认出史纪言："哦呀，哦呀，纪言你也在这里。"

两个老朋友握手大笑，倒把刘平和战士们闹愣了。

史纪言："这是赵树理，我的老同学，通俗文艺作家，调咱们这里来工作的。"

刘平："……你怎么不对暗号？"

赵树理："我倒是背得熟熟的，可是看见你的画，想起两个人，又被你一瞪眼，就慌得全忘啦。"

大家听了他的话不禁都被逗笑了。

史纪言："要不是我来，就把你当特务抓了。"

赵树理忽然大叫："想起来了！巴黎，敦刻尔克。"

四

史纪言："树理，杨主任给你说了吧。咱们《新华日报》准备出版一份专门向敌占区发行的小报，是给敌军士兵和群众看的。报名叫《中国人》，十六开，四版，每周出一期。这个任务，就交给你了。"

赵树理："就我一个人？"

史纪占："嗯，就你一个。"

赵树理："行，一个人就一个人。反正我是编辑世家出身，我家三辈人都当编辑，我爷爷和我父亲编簸箕，我编报纸。"

史纪言听了赵树理的话就笑了："中青也来了，在129师政治部，离咱们这里不远。"

赵树理得知这个消息非常高兴："是呀，抽空去看他。"

五

依旧在刘平那间屋子里。

刘平作画，赵树理编报。二人各干各的，各得其乐。

一张表面粗糙的大桌旁，赵树理趴着又编又写又画又刻又印，忙得不亦乐乎。桌角摊着一堆堆纸张，纸质极其粗劣。一期期《中国人》报就这样被他鼓捣出来。

终于又印出一期。赵树理嘴里哼着戏举着报翻来覆去地研究着，觉得还比较满意，就笑着冲刘平说："刘平，我给你来一段鼓词怎么样？"

刘平笑着过来："你老赵一肚子玩意儿……"

于是，赵树理便唱起来：

> 有个老头本姓王，
> 家住太原南肖墙。
> 自从来了日本鬼，
> 弄得家破人又亡。
> 他的妻炸弹以下先送命，
> 他的子鬼子拉去把兵当。

六

长治火车站。

日本鬼子扛枪牵狗来回游走。站在房门口,一群人仰头看着墙上的《中国人》①报——有人低声念:

老鸽子,咕咕咕,
鬼子又来抓民夫
……

七

开封,那个曾给赵树理留下沉重心理创伤的黄河渡口,一群人挤上木船,秘密传看《中国人》报。

传到哪里,哪里就有笑声。

八

南京,伪总统府外也发现了这份《中国人》报。日军军官蹙着额头看着,一把抓住撕碎报纸。

警哨吹响,鬼子带着宪兵搜查……

九

赵树理抱着一大捆报纸走出院子,迎面碰见杨献珍带人骑马过来。

杨献珍勒住马和他说道:"树理,《中国人》报办得好!它是一把匕首,刺入了敌占区,插入了敌人的心脏。彭德怀副总司令看后很高兴,他

---

①1939年至1943年初,赵树理在晋冀豫边区,前后参与了三种报纸的编辑工作,发表近一百万字的作品。这些作品包括语言生动活泼特别通俗的小小说、诗歌、快板、杂文、鼓词、小话剧、相声、寓言、笑话、民间歌谣等等,极大地宣传鼓舞了群众,受到老百姓的欢迎。在这期间,赵树理文学个性趋于成熟,更加坚定了文艺大众化的决心。

对你很感兴趣，向我询问你的情况。"

突然受到赞许，赵树理有点不知所措，他憨厚地笑着问道："杨主任，你这是去哪儿？"

杨献珍："我已调来北方局工作，在圪隆峧村，你有空过来坐。"说完催马就走。

赵树理正目送杨献珍离去，却见他拨转马头跑回来又说道："华北占领军发动'九路围攻'，调集五万兵力向我根据地大举入侵，形势非常危急。树理你要特别小心。"

十

这年，日军发动的"九路围攻"在中国抗战史上，是一个非常大的事件。当时，华北地区驻扎的日军调动五万余兵力，向我晋冀豫边区扑来，疯狂进行"大扫荡"，杀人放火抢掠。

《新华日报》社的人马撤进山沟，分散躲避。

刘平把赵树理推进一个山洞，低声吩咐道："你就在这里猫着，有情况会有人来带你转移，不来人你可千万别动。"赵树理嘴里答应着钻进洞里。

刘平飞身爬上一个山坡，伏身史纪言身旁观察。却不料他伏下身不久，赵树理也悄悄地爬过来了，还捏着嗓子悄声问："鬼子来了没有，鬼子来了没有？"

刘平生气地答道："你快回去，不叫你不准出来。"

史纪言也冲他说道："快去。"

赵树理只好应道："好，好。"

这时，远处传来激烈的枪声。

洞口，赵树理伸出脑袋，神情紧张至极。但他终又忍不住从洞里钻出来，爬到史纪言、刘平身边问："接上火了，是不是？"

刘平训斥他道："你怎么搞的，又出来了。"

史纪言："树理你快回去，不叫你别出来。"

赵树理："好，好。"

过了一阵,哨兵吹响哨子,警报解除。

史纪言:"好,撤吧。"

人们纷纷从藏身处走出。队伍集合,却不见了赵树理。

刘平喊着赵树理的名字跑进山沟,却见赵树理趴在洞口,像只小鸡一样声音压得低低的答应:"我在这儿哪。"

刘平:"叫你怎么不答应?"

赵树理:"我答应啦,可你们没听见。"

刘平:"你就不能大声点?"

赵树理:"我怕敌人听见。"

刘平:"警报解除了,你没看见大家已都出来了。"

赵树理:"我在洞里怎么看得见?"

刘平被赵树理的样子逗得哈哈大笑,忙把他拽出山洞。

十一

2月的太行山,北风料峭。

1942年的河北涉县曲园村,一个后来才更深刻地认识到其重大意义的大事件正在发生。这就是中共太北区党委和129师政治部联合召开的"太行区文化人座谈会。"

清漳河畔,搭起一个巨大的木棚,数百文化人聚集这里。参加单位有根据地二十二个文化团体和附近敌占区的开明绅士,以及八路军总司令部、129师师部、太行军分区、冀南军分区、边区政府、太行区六个专署、二十八个县、《新华日报》社、华北新华社、太行抗战学院、鲁迅艺术学院等机关的代表,可谓群贤毕至,精英荟萃。这是抗战以来太行山区最大规模的一次文化聚会。

在热烈的掌声中,邓小平起立做报告,对根据地文化事业的发展提出四点希望。会上进行了热烈的讨论我们的文化和文艺工作如何适应当前形势,去更好地服务抗战、服务群众……"人群中,赵树理、王中青、王春、史纪言、周云林、柴翔、刘平挤坐在一起。

赵树理叼着小烟袋,眯起眼听得很认真。

廖一萍靠着一棵树站着，孤傲地昂着头。

十二

这时《新华日报》社已转移到河北涉县赤岸村，距离曲园村两公里。

排字间里，赵树理、王春看着新出版的日报，上面密集发布了有关文化人座谈会的消息。这天引起他俩注意的是一篇围绕文艺提高与普及发生争执的文章。

赵树理："我看这两天的座谈会没开到正经路子上，跑题了。"

王春："唔……"

赵树理："开幕会上，邓小平同志给咱们讲了四个方向、一点希望。要求大伙每人到一个村做做调查，了解摸清群众文化上面的要求，然后适应群众特点去写作品，努力配合当前的政治任务。可是，讨论了两天，还没有讨论到这个正题上，倒反在文艺形式的新旧上打转转。"

王春："是，我也有同感。这次座谈会要解决的问题是如何改变当前文化宣传工作中脱离实际、脱离群众的局面，提出对敌斗争的实际任务和具体措施。"

赵树理："我特别不满意新华书店的那个吴明。他说文艺就是文艺，不受政治摆布，文艺家的任务就是写出伟大的作品。你说这是什么话？眼下战争越打越凶，八路军每天都有好多战士牺牲，老百姓成百上千地死——这种时候，还净想着写什么伟大的作品，这不是残忍是什么？"

王春："对！"

赵树理："明天我要发言。"

王春："好，我支持！"

赵树理："我很少在大庭广众上说话。但明天，一定要说道说道。"

十三

赵树理背着那只灰黄色帆布袋子走上会台。

他一身不伦不类的打扮，登时把人们逗笑了。

赵树理对台下的哄笑声充耳不闻，抖开袋子把一堆书"哗啦啦"地倒在桌上，拿起一本就高声朗诵起来：

> 观音老母坐莲台，
> 一朵祥云降下来。
> 杨柳枝儿洒甘露，
> 拯救世人免祸灾。

会场里顿时笑翻天。

赵树理崩着脸，一本一本拿起书认真介绍道：这本是《太阳经》，这本是《秦雪梅吊孝》，这本是《老母家书》，这本是《玉匣记》，这本是《洞房归山》。

人们愣怔了，不知道他要干什么。

赵树理把那几本书举着，说道："会开两天了，咱们还在讨论什么是'华北文化'。依我看，这些才是在群众中压倒优势的'华北文化'，其所以是压倒的，是因为它非常普遍，俯拾皆是，无孔不入，而且其思想久已深入人心。"人群中的吴明摇摇头。

一些人轻蔑地看着他，更多的人在议论、询问。

廖一萍的眼神有点飘忽。吴明终于忍不住站起来指责他道："赵树理，今天讨论的是新文艺运动，不是你这些破烂。"

赵树理："你以为这是破烂？可这破烂比你们写的那些玩意儿，更让老百姓喜欢。不信回去看看你们的马夫、勤务员的手上，拿着的是你们写的1—2000册呢，还是这种小本本？这些书，就是我从他们那里随便找来的。因为家家都有，他们一到驻地就能借到，这些破烂代表的才是真正的'华北文化'、群众文化，它像敌人的'挺进队'一样，沿太行山爬上来，毒害着我们的人民。我们应当起而应战，挤进它的阵地，打垮它、消灭它。但在形式上，还要向它学习，因为它是老百姓喜闻乐见的。"

会场上一些人明显地不满这种观点。

吴明："评价新文艺作品，不能只看老百姓喜欢不喜欢，这不是唯一的标准。中外文学史上，一些伟大的作品真正能懂的人并不多……"

赵树理:"你这话不对,一篇文艺作品,无论小说、戏剧、诗歌,如果千百万人民看不懂、不愿看,听不懂、不愿听,那还有什么社会效果呢?文艺的宣传和教育作用又在哪里?对人民又有什么用处和好处呢?你写的作品群众不欢迎,只能说明你这个写家白吃了人民的小米饭。"会场上"火药味"渐浓。

一位戴眼镜的人也站起来:"赵树理,你这种观点,代表了小农意识,是保守的、落后的。别林斯基说……"

赵树理最恼火有人看不起农民:"不管你什么'鸡',是公鸡还是母鸡,它都要给老百姓下蛋。不下蛋,农民留着没用,就会把它杀了。"

这句话登时把一些人激怒了。

吴明:"赵树理,照你这么说,群众是衡量一切事物的唯一标准,是不是?"

赵树理:"不错。"

廖一萍:"可群众是落后的。"

吴明:"我问你,鲁迅先生的作品,如《阿Q正传》,村里的百姓看得懂看不懂?"

赵树理:"看不懂,也不愿看。可是早在1930年,鲁迅就已鼓吹文艺的大众化。他说,'应该多有为大众设想的作家,竭力来作浅显易解的作品,使大家能懂、爱看,以挤掉一些陈腐的劳什子'……"

廖一萍:"我敢断言,用群众语言写不出伟大的作品。"此话一出真是语惊四座。

赵树理眼神伤感地看着廖一萍说道:"我搞通俗文艺,从没想过伟大不伟大,我只是想用群众语言,写出群众生活,让老百姓看得懂、喜欢看,受到教育。因为,就按你们说的群众很落后,可他们是大多数呀。离了这个大多数,就没有伟大的抗战,也没有伟大的文艺。"

十四

散会了,人们向四面八方走去。

杨献珍、赵树理并肩走着。

杨献珍："树理，你的发言很好，很精彩。边区党委和129师的领导同志，非常欣赏你，赞同你的观点。"

赵树理："我只是不吐不快。"

杨献珍："组织临时决定，座谈会结束后，你和王春同志调北方局党校调查研究室工作，专门从事调查研究，去搞你的通俗创作。"

第十八章

一

　　五月的太行山。

　　虽是战争年代，千山万岭依旧桃花红梨花白，一簇一簇点缀在万绿丛中。梯田里，农民们忙着播种。清漳河畔，羊群悠闲地吃着草。

　　根据地的春天，一派祥和。

　　在辽县即现在的左权县，一个农家院子里，赵树理叼着小烟袋，一边熟练地摇着纺车纺棉花，一边和一些老汉老婆说笑着。

　　老大娘："老赵呀，家是哪的？"

　　赵树理："沁水县尉迟村。"

　　老大娘："村大不大？"

　　赵树理："不大，五十来户。可村子美呀！村东靠着河，村西靠着山，村南一片滩地，那可都能水浇。"

　　老大娘："家里地多吧？"

　　赵树理："不多也不少，十六亩。可惜一半成财主的啦。"

　　老人们听罢发出一阵叹息。

　　老大娘："唉，看起来你也是个贫寒人。成家了吧？"

　　赵树理："成啦，我都三十七岁了，还能没媳妇？我的媳妇还是个好媳妇哩！听说给我生了个娇闺女。"

　　老大娘："怎么是听说，你的闺女你还能不知道？"

　　赵树理："真的，我都八年没回去了。"

老大娘："甚，八年没回家啦？"

赵树理："是，整整八年。"

老大娘就把嘴一瘪："不像话，真不像话！你这么不顾家，就不想老婆和娃？"

赵树理："想呀，怎么不想？想我大，想我妈，还想我媳妇。"

老人们听了这话就笑得更开心。

这时，一位年轻妇女领着个六十来岁的老汉走进来："赵同志，这是我舅舅，横岭村的，姓岳。"

说着吩咐那老汉："舅，这是赵同志，人好哩，你说吧。"

那老岳口没开泪先流："赵同志，我是来告状的呀，我孩子死得冤屈哦。"说着就要给赵树理下跪。

赵树理一把拽住他，说道："根据地不兴这样，快不要哭，慢慢说。"

二

山中一条路，赵树理和岳老汉结伴而行。

赵树理："老人家，咱这里是根据地，有边区政府做主，由不得坏人欺负好人。你说说看，你孩子是怎么死的？"

岳老汉："我孩名叫岳冬至……"

赵树理："噢，冬至生的？"

岳老汉："是，那年过冬至时生的。我孩儿精干哩，在村里当自卫队队长哩。可是……"

三

傍晚，一抹霞光投在岳家小院。

一个后生跑到院门口，冲着院子里喊："冬至，岳冬至。村长叫你哩。"

随着院里的一声答应，就有个青年背着枪出来——他就是岳冬至，十九岁，虎彪彪的。

岳冬至："村长叫我什么事？"

后生:"不晓得,只说叫你快去。"

屋门口,岳老汉跟出来吩咐:"快去快回呀,明天一早拾掇地。"

夜已深,鸡叫声有些刺耳,有些怪。

屋里炕上,岳妻一骨碌醒来,点亮油灯,拍了身旁老汉一巴掌:"快醒醒,孩儿还没回来,不会出事吧?"

岳老汉:"能出什么事,他成天就是开会,开会。"

岳妻叹口气。

天刚亮,岳老汉进牛圈给牛上料,却猛然见儿子吊在棚梁上,吓得他狂喊大叫。岳妻披头散发跑来,抱住儿子哭得晕过去……

四

赵树理:"你说你孩子死时脚还搭着地?"

岳老汉:"可不是,我孩儿死得不清不楚呀。可人家满村里放话,说我孩儿是自杀。我孩儿年轻轻的,怎么会寻短见?"

赵树理:"谁这么说?"

岳老汉:"能有谁?人家村长一伙吧。"

赵树理:"村长是谁?"

岳老汉:"村长姓石,石三贵,还有农会主任石玉贵,青救会主席石明贵,人家三个是本家,在村里说一不二。"

赵树理:"哦……"

来到岭上,就看见了横岭村。

那村子还不小,有上百间瓦房、糊积房坐落在一片还算平坦的沟地上,这里树木茂盛,庄稼地多在坡上,看上去应算是个好村子。

下坡路走得轻松,也快了些。

赵树理:"老人家,你家孩子到底因甚惹上麻烦?"

岳老汉:"他不该爱上一个闺女,那闺女姓蓝,人是长得真好看。"

赵树理:"怎么不该?"

岳老汉:"冬至有媳妇呀。"

赵树理"什么,你孩儿有媳妇?"

岳老汉："在他六岁上，我就给他买了个三岁闺女在家养着。"

赵树理："噢，是童养媳。圆房啦？"

老汉："还没，冬至不待见她。我孩儿这小东西鬼迷心窍，说是要娶就娶蓝英英。"

赵树理："蓝家那头愿意吗？"

岳老汉："蓝英英也看上了我家冬至。"

来到村外的坡顶，岳老汉说什么也不走了，说着说着就蹲在路边："赵同志，你先去吧。我实在不敢和你一块进村，叫人家看见，咱家的日子可就不要想再安生了。"见岳老汉这么怕事，赵树理就笑了一下，顺着坡下弯路大步走去。

五

进了村公所，村长石三贵正和石玉贵、石明贵一边下棋，一边不时训斥一旁站着的一位豁嘴老汉。

石三贵："李福成，你的胆子真够大。"

李福成："……"

石三贵："既然收了人家二马的彩礼，你家小兰就是人家的媳妇啦。凭甚反悔？"

李福成："唔，唔，我家闺女不愿意呀。她嫌二马长得不好看……"

石三贵："好看不好看又不能当饭吃，你家小兰毛病也真多，吹了灯哪个男人不一样？"说着就猥琐地笑了。石玉贵和石明贵也很暧昧地笑了。

石三贵："告你说，咱横岭是边区模范村，不允许你胡来，彩礼不能退，回去准备嫁闺女吧。"

李福成："可是……"

石三贵瞪眼看着李福成，他就不敢再说什么了，只是弯着腰站着不肯走。

"将！"石玉贵走了一步棋。

石三贵招架不住，就要反悔，三个下棋和看棋的人就嚷嚷起来。

赵树理等得不耐烦了，问道："哪一位是村长？"

石三贵抬头看，见赵树理一身打扮很土，神色就不以为然地反问道："从哪来的？"

赵树理："边区政府。"

石三贵："到这里干什么？"

赵树理："做些调查。"

石玉贵不耐烦："快走棋吧。"

赵树理："你们忙得很，等一会儿闲了再说。"说完把行李扔在地上，坐下掏出烟袋。

李福成局促地瞅瞅他。

石三贵感到有点不对劲："你真是边区政府来的？"

赵树理冷冷地掏出介绍信。

石三贵接过看了，就换上了笑脸："鄙人就是村长，这是村农会主任石玉贵，这是青救会主席石明贵。赵同志，你来调查什么事？"

赵树理："听说死了一个人，看看到底怎么死的？"

石玉贵、石明贵显得有些紧张，石三贵也慌张了一下："你说的是岳冬至？他是搞流氓做下见不得人的事，自家上了吊。"

赵树理："你说的是一面之词，我还要听听别人怎么说。"

石三贵："行，行，你去听吧。不过，快晌午了，先去咱家吃饭。"说着笑笑过来拉赵树理。

赵树理："还是兑些米到老百姓家里吃吧。"

石三贵笑着硬要拉他，却被赵树理挡住："这是制度，不能随便破坏。"

石三贵就很尴尬，他眼珠子转着，忽然神色转阴，瞪住豁嘴老汉："李福成，既然这位同志坚持吃派饭，就把他带你家吧，好好待承。"

六

李福成家在村东头。

这是一处窑院，院门用柴棍编着，院墙是用黄土夯成。

李福成拨开柴门，恭恭敬敬地把赵树理让进院子，把一群鸡惊得乱叫。

窑洞里出来一个后生和一个闺女。那闺女十六七岁，生得俊美壮实。那后生竟然就是李存才。

李存才："哦呀，赵科长你怎么来了？"

赵树理："存才，这是你家呀，怎么不唱戏了？"

李存才："剧团放假半月，回来春种。"

见他们认识，李福成就放松了些："快请进吧，赵先生。"

赵树理："快不要叫先生，我姓赵，叫我老赵吧。"

李福成："不敢，不敢。小兰，快叫你妈擀面。"

那小兰却不走："爹，事情说的怎么样？"

李福成："没说成，彩礼不准退。"

小兰："不准退我也不嫁他二马。"

李福成："由了你！"

李存才："不由我妹由谁啦？"

李福成："少说，没你的事。赵先生快进屋。"

赵树理："我听明白一个大概。边区政府去年一月颁布了《妨害婚姻治罪法》，规定恋爱自由，结婚自由，不准包办婚姻、买卖婚姻。你们村没有传达？"

小兰："真的？"

赵树理："千真万确，只要你不愿意，任何人不准强迫你嫁给谁。"

小兰忽然笑起来，一把抢过赵树理肩上的行李，冲窑洞里喊："妈，快擀面。"

七

李福成："赵同志，你说的什么婚姻什么法，真这么定的？"

赵树理："那能有假？当时边区政府明确指示，要求各村传达学习。你们村怎么没搞？亏你们还是模范村哩。"

小兰忽然说："模范不模范，从西往东看。西头吃烙饼，东头喝稀饭。"

赵树理来了精神："准是你哥编的。"

小兰："是哩，还编了好多。"

李存才嘿嘿地笑。

赵树理："编得好，看起来你们这个模范村是假的。"

李存才张嘴就说："横岭出了三个贵，一村百姓受了罪……"

李福成端来面，瞪住儿子把嘴一咧："就你长着一张巧嘴。"说着恭恭敬敬地递过饭，"吃吧，赵同志，咱家穷，没啥好的。"

赵树理："老汉你这样可不好，咱们吃一锅饭就对了，为什么还要另做？"说着拿了碗自去厨房里舀饭。

李福成："使不得，使不得……"李存才"哈"一声笑起来。小兰也抿着嘴乐。

赵树理端着一碗山药蛋出来冲李存才说："存才，再说几段。"

八

李存才从此成了赵树理的好朋友。

这时他一边说着笑着，一边踢着街上的石头蛋蛋，领着赵树理朝村东走去。

远处，石玉贵探头探脑地跟着。

李存才："老赵，你看出来了吧，我们村里的房子……"

赵树理："哦，村西头都是好房子，村东头全是烂房子。"

李存才："西头吃烙饼，东头喝稀饭。横岭村穷人全住东头。"

赵树理："噢，你们村就没来过边区政府的工作员？"

李存才："来过呀，可是一进村，就让村长领到家里去了。烙饼一吃，小酒一喝，他还能再说什么，吃了人家的嘴软。"

赵树理："哼，工作这么不实在，看来你们村问题不小。"

李存才："你算说对了，这几年石家三兄弟掌权，真把一村人糟害苦了。幸亏有个岳冬至，人正派，又当自卫队长，有时候还敢跟他们扛扛。"

赵树理："可惜他自杀了。"

李存才："什么自杀，鬼话！是石三贵吃人家的干醋，看见冬至和蓝英英好上了，他也想沾人家女娃娃些便宜……"

九

村东岳老汉家也是个破烂小院。岳冬至停尸院中。

岳母抚子尸首号啕，一群女人在旁边劝着。

屋门口一个姑娘抹泪——这是岳家的童养媳环环。

见赵树理进来，岳母过来一把拉住他，哭诉着："赵同志，冤枉呀！我孩儿死得屈呀！"赵树理想劝没法劝，就径直去看尸体验伤。

小院登时安静。

赵树理钻进牛圈，蹲着看了半天，忽然对岳老汉说："给我拿把尺子来！"

李存才"哦"一声钻进屋里。

十

赵树理和几个洗衣女人在河边拉呱。

女人们七嘴八舌地说着。

"冬至这孩儿甚也好，就是不该再去勾扯人家闺女。"

"他是有媳妇的人呀。"

"环环也不错哩。"

"一点不比蓝家那个小狐狸精差。"

十一

春种时节，人们都在田里忙。

一块坡地里，赵树理和环环正在点玉米。

环环泪流满面地说道："我是三岁上卖给岳家的。自从进了门，冬至哥对我是真好！可他只把我当成亲妹妹，这我知道。他心里另外有了人，这我也知道。他不想娶我，我不怨他，咱没这福分。可是，我哥决不会自杀，不会……"

十二

村西一座青砖院门口，赵树理被主人礼貌地送出来。

那主人四十来岁，神情躲躲闪闪地对赵树理说："赵同志，村里的事咱甚也不清楚，你还是去别的人家问问吧。"

十三

灯光荧荧。

赵树理、李存才两人睡在一个被窝里。土炕上一边一个脑袋，枕着一块圆木头。赵树理趴着抽烟，李存才说得正在兴头上。

五月大扫荡。

鬼子清乡，扑进横岭村。

岳冬至带领民兵掩护乡亲们转移。

边区政府开大会。

岳冬至披红戴花，上台接过政府奖励的一支三八枪。

山路弯弯，岳冬至背着枪，拉着蓝英英的手跑着。

李存才一伙后生淘气地悄悄跟在后面。

一棵老柿树下，岳冬至猛地把蓝英英朝怀里拉。

伏在石头后面的后生们跳出来哈哈大笑，拼命吹口哨。

赵树理："存才，明天你带我去蓝家。"

说完"噗"地吹灭灯。

十四

蓝家的门可不是好进的。

赵树理拍着院门上的铁环，好半天，院里没一点动静，"人不在？"赵树理心里想着。

李存才："在哩，只是不开门。"说着朝赵树理挤挤眼，示意他躲在一边，接着他用一只手指捂住一只鼻孔，把门环连拍六下，又捏着嗓子对住门缝低声喊："花花，花花呃。"

果然院里一阵脚步声，随即响起一个女人发嗲的俏骂："短命鬼，怎么才来……"院门打开后，露出一张眉毛细弯涂满厚粉的脸。

赵树理忽然想起土根嫂。

李存才嬉笑着挤进院子。

那女人就骂："存才，你个小草灰……"忽然她转头看见赵树理，问道："这是谁？"

李存才："边区下来的赵同志。"

那女人薄嘴唇里挤出一串奇怪的声音，她伸指头捅住赵树理的脸："噫，是你呀，看你一身叫花皮，倒会成心损弄人。这两天你在横岭东窜窜西窜窜，把我闺女的名声快败光啦。出去，爬出去。"

赵树理浓眉一沉："我不找你，我找蓝英英。"

院子一角，一间柴房里隐隐传出人声。

那女人脚一跺："她不在，岳冬至那草灰羔子死了，跟我闺女有啥麻搭？你走，你走。"

赵树理："我是边区政府派来的，你给我放稳重点。"

说着拨开那女人，拔脚就朝柴房走去。

女人立刻慌了，操着小碎步跟过来："赵同志，赵同志。千万别把我闺女拉扯进去……"

柴门打开。蓝英英被捆着扔在干草堆里，嘴里塞着一团麻。

赵树理忙就解开蓝英英身上的绳索，扭头训那女人："私自捆人是犯法的。"

十五

春风拂柳，村外这条小河水流湍急。

赵树理坐在岸边一块石头上抽烟。

蓝英英眼里流着泪，一边喃喃自语，一边拿着把木梳撩起河水梳洗——片刻，她脸上的污渍尽除，果然明眸皓齿，黑发如瀑，露出一副美人胚子。

蓝英英："我不是花花亲生的，她是我后妈……"

傍晚，蓝英英扛着锹回到院子，听见正房里石三贵粗着嗓子笑，立刻眉毛竖起，恨得一口细牙咬紧。把锹"哐当"一声扔掉，就去追打一只花公鸡，嘴里骂着："你个骚鸡，骚鸡。大天白日就出来偷吃……"

院子里这一搅，石三贵就虎着脸出来了，他嗓音低沉地说道："英英回来了。"见英英不理他，便悻悻地兀自走了。

花花可不干了，她出了屋站在门口叉住腰，拉着脸问："你打鸡哩还是骂人哩。"

蓝英英："谁偷吃我骂谁。"

"还反了你。"花花扑上来就开始追打蓝英英。

十六

一片山洼里，高粱红似火。

蓝英英只穿着一件小红衫，仍汗流不止地锄高粱，把个成熟的身子亮在秋天里。

石三贵突然钻出来，猛地把蓝英英抱住撂倒。蓝英英和他厮打着，在他脸上狠抓一把，石三贵登时满脸流血。

石三贵："小母狗，我治不死你！"

蓝英英哭着叫喊："来人呀，救命呀！"

一阵脚步声传来。

岳冬至扑进高粱地，一脚把压在蓝英英身上的石三贵踢了个狗啃泥。

石三贵打了几个滚，爬起来凶狠地瞪了岳冬至一眼，不声不响地走了。

蓝英英扑在岳冬至怀里。

蓝英英："从那以后，我就和冬至好上了。没想到我爹不同意，我后妈更不用说，就连村里人也反对。反对就反对吧，我不害怕，有八路军哩，有边区政府哩。我俩光明正大，怕它甚？我只想冬至能早一天娶了我，让我快些离开那个家。"说到这里蓝英英已是泣不成声。

赵树理长叹一声："唉——"

蓝英英几乎是在吼喊："冬至不是自杀。前几天，我俩还商量准备结婚，他怎么会上吊？他是叫人害了，一定是那狼不吃的石三贵！"

赵树理："你有证据？"

蓝英英："没证据。可我敢打保票，冬至不会上吊。"

十七

过了几天，赵树理交给李存才一封信："存才，麻烦你把这封信送到边区政府，交给司法科科长赵大山。"

十八

入夜，村公所屋里点亮马灯。

步枪上的刺刀闪着寒光。

边区政府司法科科长赵大山带领战士赶来，连夜突审石三贵。赵树理坐在桌旁记录。面对正义和刺刀，石三贵终于坦白了罪行……

那夜，村公所，岳冬至跑着进来："村长，今晚开什么会？"

石三贵："开什么会？开你的会！"

岳冬至："我怎么啦？"

石三贵："你搞破鞋。"

岳冬至："你胡说。"

石三贵："你已经有媳妇，为什么还跟蓝英英胡缠？"

岳冬至："我没有媳妇。"

石三贵："你家环环是谁？"

岳冬至："她是我妹妹，是我爹给我买的童养媳。我不承认。"

石三贵："说得轻巧，你不承认就不是啦？不给你一点教训，你小子要上天啦。"石三贵猛拍桌子吼道，"捆起来！"

当下早有石玉贵、石明贵拿着绳子扑上来。

岳冬至奋力反抗。

石三贵也扑来，双方厮打在一起。石玉贵飞起一脚踢在岳冬至裆部，岳冬至大叫一声向后倒下……

后半夜，石三贵、石玉贵、石明贵抬着岳冬至的尸首悄悄溜进岳家牛圈，手忙脚乱地吊在棚梁上。

十九

太阳升起来的时候。

石三贵、石玉贵、石明贵被五花大绑地押解出来,顿时惊动了一村人。人们压低着声音议论纷纷,他用复杂的眼神看着石三贵一行人上了村外高坡。

墙根底下,赵树理和几个老汉蹲着抽烟。

蓝英英、小兰、环环抱在一起又是哭又是笑,一群村里的姑娘围着她们。

这地,人群里一位大婶的话很刺耳:"说成甚冬至也有不是,他是有媳妇的人,还去勾引人家闺女。村长教训教训不过分,就是不该把人打死。"

赵树理听了这话眉头一下子拧紧了。

二十

这是一个普普通通的山村之夜。

赵树理开始创作他的传世名篇《小二黑结婚》。

土炕上,李存才睡得正香,他的鼾声与众不同,不是"呼噜呼噜"那种,而是像公鸡打鸣一样,半天在嗓子眼里憋着气咕咕响,忽然一下放出来,就形成奇怪的节奏:"咕——耳,咕——耳。"

就在这种奇特的鼾声里,赵树理伏在小炕桌上,把油灯花儿拨大,摊开了麻纸。

夜,越来越静,只听见钢笔尖儿摩擦着纸的声音,像蚕食桑叶一样发出沙沙响。

赵树理写作从不记笔记、打草稿,他总是构思好了,提笔就写,一气呵成。可这次,他写得并不顺利。

院子里,几只公鸡叫起来。

赵树理嘴叼烟袋,抱膝沉吟,团团烟雾在他头上滚动。

这一夜,他或许想起来太多太多往事:

赵和清算卦……

赵和清借债,"社长恩典……"

土根嫂跳大神……

小翠抗婚……

吴老八:"可是我的钱呢?十五块大洋呀!"

"二黑"追着驴车跑……

土根嫂骑骡过来,河顺指着她说:"快看她的脸,真像驴粪蛋蛋上下了霜"……

村人开怀大笑……

赵树理莞尔一笑,磕灭烟袋,伏首一阵急写,终于又写不下去了。他的双手食指轻敲桌沿,敲出一阵锣鼓点。于是就提笔写下一段话。却又扯了揉成一团扔掉。

鸡又叫起来时,他披衣走出窑洞。

一弯淡月,几点寒星。五月清晨的风冷飕飕的,院子里两株槐树的枝叶簌簌抖着。远处山坳里,传来阵阵鹧鸪叫。

他慢慢踱着步。

二十一

一缕晨光射进来,投射在地上的一团团麻纸上,投射在李存才嘴边流着的哈喇子上。

赵树理终于写完最后一个字,巨大的喜悦袭来。

赵树理吹灭油灯,伸了一个大大的懒腰,他兴奋得不能自已,操起一把笤帚,在地上转圈、走台、起霸,嘴里轻轻哼着上党梆子。然而,极度的快乐仍不能完全释放。他终于忍耐不住,去摇醒沉睡的李存才:"存才,存才,醒醒。"

李存才迷迷糊糊地说:"不要乱。"

见他不醒,赵树理只好抱住他的头把他拽起来:"存才,我写了一个故事,想不想听?"

李存才:"哄人呢吧,你会写?"

赵树理："会，还写得不赖哩，你听——"接着就念起来，"刘家蛟有两个神仙，一个是前庄上的二孔明，一个是后庄上的三仙姑……"

那是一种浑厚的男中音，一种带磁性的声音，透着快乐，透着喜悦。

二十二

到了饭时，小兰端着碗进来送稀粥，推开门突然惊叫一声，急退出来。

窑洞里的炕上，李存才光腚抱臂蹲在小桌旁，正笑着听赵树理念故事，他还不时地把光着的屁股一拍："妙、妙哩，哈哈哈……"

就这样，那个极其普通的早晨，庄稼汉李存才以这种特殊的方式，成了《小二黑结婚》的第一位读者。

第十九章

一

作品捧在王春手中时,赵树理已几易其稿。

王春一口气读完,手捏眉心沉思,忽就笑起来:"树理,我一时还没法评价你的这个东西,但我有一种感觉,你成功了!写出来一个了不起的作品。"

赵树理也很兴奋。

王春:"但书名不大好吧,《神仙故事》——太直白,不含蓄。我看,干脆改成《小二黑结婚》,怎么样?"

赵树理:"好,改得好。"

二

杨献珍笑吟吟地看着抽烟的赵树理:"树理,看了你的《小二黑结婚》,我真是难掩欣喜之情,就推荐给了彭总夫人浦安修同志。她看了,很喜欢,又推荐给彭总看。彭总看了,不但很高兴,还亲自为你的书稿题了字。"说着他拿出彭德怀手书念道:

> 像这种从群众调查研究中写出来的通俗故事还不多见。
>
> 彭德怀

赵树理激动地磕灭烟袋。

杨献珍："功夫不负苦心人，祝贺你取得初步成功。但是，后面的路还很长。希望你不论遇到多少困难，一定要坚定信心，沿着大众化的道路走下去。"

三

金秋九月。

书稿转到华北新华书店，立即开机印刷。一本本装帧简单的《小二黑结婚》单行本印出来。

工人们一边守着机器一边看着书，不时发出哈哈大笑。

四

四乡群众赶来麻田村，挤在书店门口争相购买《小二黑结婚》。

书店的同志看着眼前这种景象，既感到高兴又有些困惑。

吴明："真想不到啊，一本薄薄的书，一个我们从来看不起的作品，竟然这样受欢迎。赵树理不简单呐，也许我们对他的认识还不足。"

刘松年："其貌不扬，其文灿灿。难得，难得呀！"

刘平："看来文艺大众化实在值得重新探讨。"

五

长治"四师"校园里，学生们纷纷传阅《小二黑结婚》，他们惊讶于写这本书的人居然就是他们的学长赵树理。

六

在上海，《新文化》杂志全文转载《小二黑结婚》，市民们争相购阅，印刷厂连夜加印。

七

这一天黑夜，在赤岸村，烽火抗战剧团上演改编新剧《小二黑结婚》。村边打谷场搭起大戏台。

打谷场里百姓云集，人山人海。

八路军战士列队走来，一些首长也出现在人群里。

大幕后面，郑大锤拨开一条缝朝台下看，忙又合上，对葛巧云说："我唱了一辈子戏，头一回见这么多人。"

八

在圪隆峧村北方局党校，王春、赵树理却为一个不幸的消息悲伤：廖一萍牺牲了。

山野，廖一萍随队转移，突然与一队日本鬼子遭遇，双方登时展开激战。最后子弹打完，廖一萍砸断步枪，扑进敌群，与敌人展开肉搏战，敌人的刺刀捅进廖一萍的肚子，鲜血喷出。

赵树理："可惜了！"

王春："这是从他的遗物中找到的。"说着他把那只赵树理送给廖一萍的铁皮小饭桶推过来，"小廖死得很壮烈！"

赵树理默然揭开饭桶，从里面取出一本诗集、一支钢笔和一枚铁皮五角星。翻开诗集，一张白纸掉出来，展开看是一幅赵树理头部的钢笔素描：赵树理头戴毡帽，脸部皱纹深刻，边上写着几行没有写完的诗：

> 也许吧
> 这顶落满尘土的破毡帽
> 遮盖着一个不普通的头脑
> 也许吧
> 这几条蚯蚓似的皱纹
> 掩藏着泥土一样的诗情

瞬间，泪光在赵树理眼里闪烁。

九

笑声如潮，震撼山野。

戏台上,葛巧云把个"二诸葛"演绎得活灵活现。

"三仙姑"跳神,悄声说"米烂了!"

小二黑背枪上场。

"九岁红"扮演的小芹纯朴而柔情。

李存才扮演流氓金旺,他把角色拿捏得很准。

一曲不朽的爱情传奇乐章,征服了根据地的群众。①

十

耳畔传来隐隐约约的歌声:

  清凌凌的水,

  蓝格莹莹的天……

灯光照着墙上廖一萍的遗作:赵树理头像素描。

书桌边,赵树理默然摊开纸,提笔写他的另一经典之作《李有才板话》。

十一

印刷机再次高速运转……

单行本《李有才板话》的出版带给那个时代的是震撼效应,几乎轰动了所有大城市的书店,上海、北平、大连、沈阳、石家庄、济南、重庆……

连香港都受到震动,海洋书店火速加印《李有才板话》,供市民争相购买。

孔圣堂门口贴出《小二黑结婚》的戏剧海报。

---

① 七十年前的这个夜晚,上千名根据地的群众和战士,沐浴在《小二黑结婚》带来的春风中。今天的我们,已经无法真切地感受当时的新奇和喜悦了。然而,人民艺术家赵树理在中国社会黎明时期唱响的这支情歌,却至今在中国大地回响。并由此,他大踏步走进了中国文学史。

在延安，《解放日报》连载《李有才板话》。

不久在太原，《李有才板话》在《晋绥日报》刊载。

《群众》《长城》等杂志纷纷跟着刊发。

《东北画报》率先把《李有才板话》改编为漫画。

一批当时最有影响的作家、评论家纷纷对赵树理的作品做出评价。

李大章：介绍《李有才板话》

冯牧：《人民文艺的杰出成果》

茅盾：关于《李有才板话》

远在敌占区的郭沫若在《文汇报》也发表文章，用他诗一样的语言写道：

由《小二黑结婚》到《李有才板话》，再到《李家庄的变迁》，作者本身就像一株树子一样，在欣欣向荣地、不断地成长。赵树理，毫无疑问，已经是一株大树。这样的大树在自由的天地里面，一定会更加长大，更加添多，再隔些年辰会成为参天拔地的大树林子的。

十二

麻田村，赵树理、王春背着行李走进华北新华书店。

吴明带领书店职员欢迎他俩重返岗位。

这是赵树理于新中国成立前在根据地的最后一个工作单位。

他们终于可以坐下来促膝谈心。

赵树理侃侃而谈："毛主席的《在延安文艺座谈会上的讲话》传到根据地了，有两万多字，我背了三遍。我没有见过毛主席，可我觉得毛主席是那么了解我。十几年来，我和人们不停地争论文艺大众化问题，但始终得不到大家的同意。现在，毛主席在《讲话》中说了，文艺要为工农兵服务。文艺大众化成了提倡的、合法的东西了。我心里有一种说不出的高兴……"

十三

这一天，在黎城县，赵树理来参加"太行区杀敌英雄劳动英雄战绩展览联合大会"，被会场门口站岗的哨兵挡住："哪个单位的？"

赵树理："新华书店，来会上采访。"

哨兵："证件。"

赵树理："没证件，是吴社长带队来的，他们先进去了。"

哨兵再次打量面前这个人：腿上是一条棉军裤，裤脚用布条扎着；上身是一件黑色对襟小棉袄，肩上搭着烟袋，背着一只挎包，头顶一只棕色小毡帽，脸色灰黄，怎么看怎么别扭。

哨兵就笑了，不再理他。

赵树理不得不和哨兵据理力争，哨兵就晃了一下手里的枪，赵树理惊得突然倒退几步，耳朵支棱起，眼睛瞪得老大。一刹那间，他仿佛又回到了开封黄河渡口，被国民党兵搜身，几个大汉凶恶地盯着他……

这时，杨献珍走来："树理，怎么不进去？"

赵树理兀自惊惧："他、他……"

杨献珍明白了，就对哨兵说："看过《小二黑结婚》吧？"

哨兵："报告杨主任，看过。"

杨献珍："知道是谁写的吗？"

哨兵："知道，赵树理。"

杨献珍："这就是赵树理。"

哨兵一下子睁大了眼睛……

杨献珍哈哈大笑，拉了赵树理就走。哨兵醒悟过来，突然朝着赵树理的背影"啪"地立正，敬了一个礼。

十四

终于等来了那个伟大的日子——1945年8月15日。

鞭炮炸响。

锣鼓喧天。

灯笼火把染红了天空。

麻田村的街上、粮场、野外，根据地的百姓、战士、干部、学生、士绅涌来……

人们奔走相告：小日本投降啦！

喜极而泣的人们。

拥抱欢笑的人们。

又跳又唱的人们。

男女老少扭起秧歌。

这是个不眠的狂欢之夜。

根据地的人民庆祝抗战胜利！

人群里，赵树理笨拙地扭动着高大的身躯开心地笑着。

十五

东方既白。

八路军129师将士开拔。

数不清的队伍出现在四面八方。

铁流滚滚。

一夜狂欢的人们挤在路边，欢送队伍出征。

赵树理目送大军远去。

十六

深秋将尽，万木萧疏，一行大雁叫着向南飞去。

村外的一片菜地里，赵树理、吴明几个抡着镢头刨萝卜。

赵树理："种萝卜的关键是下籽不能太深了，太深了出芽过程长，茎块埋得深，不易发大。萝卜不像白菜，不能过多浇水……"

他讲得头头是道。

大家听得津津有味。

王春挑着箩头赶来，手里扬着一张报纸："树理，上党战役胜利了！你老家沁水解放了。"

赵树理接过报纸仔细看了,眼神忽然变得悠远而深邃,他喃喃自语:"我该回家了。"

第二十章

一

在这个 11 月的天气里，赵树理身穿细布黄军服，背着那只大帆布袋子，兴冲冲地出现在故乡村北那条让他魂牵梦萦的土路上。

沁河滔滔。

庄严的尉迟庙。

魁星楼檐角上的铁铃依旧叮叮响着。

战争给尉迟村留下了创伤，村边的几所房屋被火烧毁，村边一株大树只剩下一截树身，黑乎乎的。然而，这里毕竟获得了解放，新的生活就要开始。民宅的墙上，就有了鲜红的标语：

　　翻身不忘共产党！
　　毛主席万岁！
　　把土地改革进行到底！

村里的街道上，一群人正摆弄一辆自行车——在当时，这可是新鲜的交通工具。

赵树理走来。

村人就都怔住，愣愣地看着他。

是河顺最先认出了他，就喊道："那是得意呀！"

人们"呼啦"一下全跑过来。

河顺："得意，你这一走就是八年，都说你死啦。"

水旺："又听说你在八路军里当了大官。"

铁锁："你写了一本书，叫《小二黑结婚》，是吧？都说你把土根老婆写进去了，她是'三仙姑'，你大是'二诸葛'。哈哈哈。"

人们七嘴八舌地说着，笑着。

赵树理握住狗剩的手："听说要'土改'了？这好呀！天下百姓，终于等到这一天。"

二

村人拥着赵树理走进自家院子。一进院，赵树理声音有点发颤地喊道："大，妈——"

喊声刚落，苍老且视力不济的王金莲拄着拐杖颤颤巍巍地走出堂屋："是谁呀？太湖没回来。"忽然她认出了儿子，当即眼泪就哗哗涌出，张开嘴却什么都说不出。

赵树理一把抱住母亲："妈，是我。"

王金莲痛喊："得意，人家说你死了。"

这是一场令人心痛的见面。

王金莲抬袖擦去泪水，仔细打量儿子，忽又笑起来："你八年不回家，怎么连个信也不捎？"说着就把头伏在儿子胸前，大声地哭起来。

人们赶紧过来劝说。

这时，一大捆"柴火"移进院来——柴捆太大，掩埋了关连中瘦小的身子，跟着一个小姑娘跑进来，她是赵广建，乳名小芬。小芬帮妈妈放下柴火，突然愣住。

关连中满头柴草，她抬手擦汗时认出了丈夫："你回来了！"

赵树理："回来了。"

关连中连忙就把小芬推过来，"这是你大，快唤吧。"

小芬缩在母亲腿旁，只是睁大眼睛看着赵树理。

赵树理一把抱起女儿："小鬼，你这么大了！"眼睛却在院子里搜寻："妈，我大呢？"

王金莲悽惨地哭着说道："你大死啦……"

三

尉迟村炸开锅了，狗剩、铁锁、水旺等民兵背着枪边跑边喊："快跑哇，鬼子来了！"人们纷纷跑出院子，四散奔逃。

狗剩大叫："往西跑，往西跑，进山呀！"

赵家堂屋，赵和清把三枚铜钱掷在桌上——他在认真算卦。

王金莲："快跑吧，要命哩，还算什么？"

赵和清："慌甚！"说着取出卦书，闭眼掐指计算一阵，忽然睁开眼："行了，紫宫水旺，青宫土厚，二十八宿都休息了。今天日子凶，看起来北面安妥些。"

赵和清提着一罐蜂蜜出了院子，村人已都逃去，村里静悄悄的。他抬头看一眼太阳，拔腿朝村子北口跑去。

沁河的水哗啦啦地流淌着。

赵和清慌慌张张跑来，忽然惊恐地大叫一声站住——迎面，大队日本鬼子、伪军扑来。赵和清掉头就逃，几只狼狗窜来把他扑倒，赵和清凄惨地大叫着。

望川村，火光冲天，枪声不绝。

村街茅坑口，鬼子的刺刀捅进村人的身体，然后又被鬼子揣进茅坑口。接着鬼子把木柴、石灰倒进茅坑，再泼进汽油……

登时大火和浓烟从茅坑口腾起。

惨叫、哭喊、叫骂声从坑里闷声传出，不久又渐渐沉寂。

遍身是血的赵和清夹在人群里被押来，轮到他时，鬼子握着刺刀从他的后腰扎进，最后他又被一脚踹进茅坑。

四

泪水模糊了赵树理的眼睛。

村人唏嘘不已。

女人们轻轻地抹着眼泪。

这时，狗剩、铁锁等一群村干部走进来，他们默默地站着，不知该说点什么安慰的话。

半天，赵树理缓过劲来，嗓音低沉地说道："都不要哭了，这一切都过去了。"他转头招呼狗剩，"'土改'工作安排了？"

狗剩："是，明天动员，后天执行。"

河顺："狗剩现在是党小组组长、村农会主席。"

赵树理："好，我的组织关系带回来了，明天起参加村里工作。"

狗剩、河顺几个这才激动地和他握手。

五

次日，赵树理开始遍村家访。

他仍旧叼着那根小烟袋，这家出来那家进去，所到之处甚为欢洽。不料敲开土根家的门，却被土根嫂一口痰唾在脸上，还大喊大叫地把他推出来："赵得意，你害人哩！我怎么就成了'三仙姑'？"

六

他很自然地加入了村农会工作，和狗剩、铁锁、水旺等当年一帮穷伙伴，成为领导"土改"运动的核心。

"土改"摸底开始。

接着在尉迟庙召开村民动员大会。

赵树理进行激情四溢的讲话。

最激动人心的日子到来了！

一村人涌进田里，高兴地看赵树理、狗剩领着人丈量土地……

于是，那"八音会"重又奏响。

赵树理兴致勃勃地敲着鼓板。

七

半夜，村南树林里亮起一片灯笼火把。

这里挖了一个大坑。愤怒的人们嚷着骂着，拽起死狗一样的张富贵扔进坑去,准备铲土掩埋。

赵树理敞着怀急急忙忙地跑来,他喘着粗气大声呵止:"停!停!停!千万不能这么干!"

狗剩:"群众要求和他清算。"

河顺:"这家伙坏事做绝了。"

铁锁:"驴日的活埋了各轮。今天不能便宜他。"

村民们纷纷乱嚷:"弄死这个坏种。"

赵树理:"乡亲们,你们听我说。张富贵跟上杨如珍干尽了坏事,祸害咱村多少年。要说恨,我最恨他!当年他带人抓我,要活埋我,差点要了我的命。可是,咱们现在不能这么干。因为甚?因为有了共产党,有了人民政府,有了法令。'土改'有政策,不能随便杀人打人,咱们就要按规定办事。张富贵的罪行肯定是要清算的。但如何惩治他,得由政府说了算,要审了判了,才能执行,现在不能蛮干。"

人们依旧吵吵不休……

八

太湖一身军装回来了。

这年太湖二十岁,他身材高大壮实,英气勃勃,已参加了八路军地方干部训练团。

在墓地,赵树理吊祭完父亲、前妻,方才拉起跪着哀泣的儿子,替他拂去膝头上的土:"好,好,太湖,你长大了,出息了!总算没有辜负你妈的希望。"

太湖兀自抹泪。

赵树理:"不要哭了,男儿有泪不轻弹,你妈也愿意看见你坚强。"

"大!"太湖一把抱住父亲。

赵树理摩挲着儿子的头:"大明天就要走了,全家都走。你奶奶留下,把你三姑接过来照顾她。你有时间也常回来看看,但是不要耽误工作。"

太湖哽咽着答应。

赵树理:"你已参加革命工作,就留在地方上好好干。孩子,你要永远记住你爷爷、你妈是怎么死的,永远记住没有共产党就没有穷人翻身,没有咱们家的今天。"

九

天蒙蒙亮,一辆马车拉着赵树理的妻子关连中和女儿驶出村子。

村口,赵树理和狗剩、铁锁、水旺等村领导一一握手,再三叮嘱他们:"同志们,一定要遵守法令,执行政策,不要有私心,一碗水端平,把'土改'工作搞好啊!"

十

天空飘着小雪。

河北武安县赵庄。

一个农家院子里,王中青带着杰克·贝尔登和翻译进来:"老赵,老赵。"

赵广建应声跑出屋门,突然看见一个洋人,登时吓哭了。

贝尔登:"OK,小姑娘,漂亮!"

这时关连中也出来了,指着院子一角的屋子说:"老赵在他办公室哩。"

十一

这是一间鬼子扫荡时烧毁的小屋。

屋顶一角塌了一个窟窿,用草盖着,于是就有昏暗的白光泻下——一盘土炕上,放着一张三条腿的破桌子和一个粗笨的木凳。桌旁生着一盆炭火,淡淡地冒起青烟。

赵树理正伏桌疾书。

桌高窗低,一面小窗户正好就在赵树理小腿高度的地方。

贝尔登进来,惊讶地瞪大眼睛。

在这个奇特的环境里,杰克·贝尔登开始了采访。

炕上,他们围坐在炭火边。赵树理身穿一件黑棉袍,头戴一顶小毡帽,在火炉旁烤着手,朝贝尔登腼腆地笑着。

王中青:"这是美国记者杰克·贝尔登。"

贝尔登友好地与赵树理握手,说出一串英语。

翻译:"贝尔登先生说,在中国的解放区,除了毛主席、朱总司令,就数你赵树理的名气大了。"

赵树理局促地搓着手。

贝尔登又说了一串英语。

翻译:"你的作品出过多少版?"

赵树理:"我不知道,反正哪儿都出。"

翻译:"你得到多少版税?"

赵树理:"没有版税,也没有稿费。"

翻译转头译给贝尔登听,贝尔登双肩一耸。

翻译:"贝尔登先生说,如果在美国,你最少是个百万富翁了,这是在剥削你。"

赵树理笑了,他眉宇间的柔情溢出:"这不是剥削。抗战前,出书得先付押金,没钱就别想出书。关于群众运动的书就更不能出了。而现在,我想写的东西,政府都帮助出版。再说,在这种时候,我赚钱干什么?有志愿战士,就有志愿文化人。我甘心无偿地为人民写作。"

贝尔登不解地眨眼。

翻译:"难道你就没有任何物质方面的要求?"

赵树理:"我的物质生活已经比以前好多了。除了写作,我还在新华书店当编辑。我们有自己的生产组织,能纺花织布、能种地。大家共同劳动,共同分享劳动果实。出版社每天发给我一斤半小米,半斤菜;还给我一些医药费,因为我身体不好。我每年领一套棉衣、一套单衣。抗战前,我只有一条薄毯子,几件单衣,所以我总受冻。过去我从来没有钱买炭烧火,现在我有木炭烧。出版社还给我钱,供我女儿上学。我现在简直没有什么负担了,可以自由地从事写作了。"

贝尔登认真听着翻译译完,兀自不解地说着什么。

翻译:"你期望成为大作家吗?"

赵树理："我不想做大作家，也不想做大富翁。我是农民的孩子，我写书只是想让老百姓喜欢看、买得起。过去，我使用的语言和现在不一样，我的东西只有少数知识分子看。后来我想到，农民文化都不甚高，他们能看到的书净是些封建迷信那一类书。我想，我应该向农民灌输新知识，同时又使他们有所娱乐，于是我就开始用农民的语言写作。又因为成千上万的农民都不识字，所以我就写能为他们演出的剧本。这样，从前只有少数知识分子看我的作品，现在连穷人都能普遍地看到了。"

贝尔登好像理解了，笑着又问了一句。

翻译："你对你的创作有信心吗？你是否准备当一个专业的作家？"

赵树理："我不想当什么专业作家，我有我的革命工作。现在最重要的事情是搞土地改革，以后大概是搞工业化。我要跟上革命的各个阶段，决不能脱离人民、脱离群众。"

十二

赵树理的另一代表作《李家庄的变迁》一经问世，再一次引起轰动。好评如潮。

远在延安的周杨在《解放日报》发表《论赵树理的创作》。

陈荒煤发表《向赵树理方向迈进》。

这两篇经典评论，对赵树理创作的第一个高潮做了深刻的剖析和总结，在理论上升华到非常高的程度。

十三

之后，赵树理以极大的热情投入当地的土地改革工作。

深夜，"土改"工作队、村农会的同志开会。

赵树理宣读《土地改革大纲》。

地头，赵树理和几个农民老汉蹲着抽烟，热烈地交谈。

赵树理盘腿坐在炕上，嘴里叼着烟袋，和村里的一群女人们说笑……

十四

会场上堆满浮财,树桩上拴着牲畜,桌子上撂着地契。

会场上,

穷人跳上台控诉……

赵树理叼着烟袋,眼神既欣喜又有点茫然。

开始分浮财了!

工作队员按花名册点名,人们兴高采烈地抱着被褥、衣物去看分到的房子。

赵树理满脸喜色地牵过牛来,把缰绳塞到满脸笑容的农民手里。

更大的欢乐是在田野,分到土地的穷人厘清地界。

赵树理笑眯眯地扶着界桩石,一个壮实后生抡锤把它砸进地里。

十五

赵树理伏案写作。

这一时期他把主要精力用在"土改"工作上,在报纸上发表了一系列相关文章:《我们执行土地法,不许地主富农管》《穷苦人要学会当家》《休想钻法令空子》《土地法的来路》《谁也不能有特权》《中农不要外气》《发动贫雇要靠民主》《从寡妇改嫁说到扭正村风》。

十六

又一个夏天到来了。

午饭的时候。一棵老枣树下,村人挤在一起吃饭。人堆里,赵树理左手端着大碗,碗底用小指头勾着一碟咸菜,右手搂着才两岁的儿子二湖,一边给儿子喂饭,一边与人说笑。

赵广建也端着碗圪蹴在父亲身边。

他像一盆火,走到哪里,哪里就有笑声。

忽然有一个村民跑来,气喘吁吁地对赵树理说道:"老赵老赵,快走快走。吵起来了,快打起来了。"

十七

街上，一群人嘻嘻哈哈地围着两个吵架的女人看热闹。

这俩女人一老一少，她俩拍屁股跳脚，骂的话都很难听。骂着骂着就朝一块凑，欲伸手撕扯对方，围观的人们忙就把她们二人分开。

老女人："你个小饿色鬼，离了男人一天也不能过。"

小女人："你那腿叉叉里的货也闲不住。"

老女人："你男人为甚一天到晚没精神？是你从天明到黑夜圪趴在他身上不下来呀。"

小女人："那是我有本事，你呢，想圪趴也没劲了呀。"

老女人："是，是，你本事大哩！前半夜把你汉子弄乏了，后半夜又溜进你公公炕上。你怪忙哩嘛！"

小女人："你好，你好。偷了人家的玉茭，你还夹在裤裆里，别人逮住了，你说你是弄上玉茭挠痒痒哩。"

人们听了这些话不禁哈哈大笑。

村人领着赵树理赶来，就欲上前劝架，却被赵树理拉住："不要急嘛，又没打起来嘛，咱再看看，听听人家怎么吵。你听，语言多生动。"

有人大喊一声："老赵来了！"

两个吵架的女人看见赵树理来了，就满脸委屈地上来一边一个拉住他，叫喊道："老赵，老赵你给咱们评评理。"说着一把鼻涕抹在赵树理的袖子上……

十八

燕赵大地。

火车呼啸着北上。

车厢里，赵树理、王春等奉命赴京。

赵树理靠窗坐着，嘴里叼着烟袋，眯着一双大眼就那么深情地看着窗外复苏的大地。

第二十一章

一

十月，北京一年里最好的季节。

新中国的首都一派祥和。

赵树理独自出游，他迈着大步，流连于名胜古迹，徘徊在大街小巷。

新中国成立之初的几年，是赵树理一生中精神最为舒展的一段时光。那些日子里，他仍旧朴素如老农，心态也并未因进入大城市而发生大的变化。他气宇轩昂，精神勃发，如孩子一样纯真、乐观。他为天下农民翻身解放而斗争、而喜悦、而放歌——这一宏大抱负，随着五星红旗在天安门广场冉冉升起而实现了。一切都让他感到新奇。

街边，他抿着北方的"烧刀子"。

小店，他品尝老北京豆汁炒肝。

北京，这座牵动着中国近代历史和命运的都市，庄严、朴实、博大、宏伟，使多半辈子钻在山沟里的赵树理敬仰之情顿生，又让他兴奋不已。

故宫，使他肃穆。

前门，使他庄严。

天坛，使他更懂得农业之重要。

颐和园，让他窥见统治者生活之极尽奢华，更想起山沟里老百姓的艰难生存。

圆明园，让他体味民族屈辱，国弱如此，不衰落没有道理。

二

富丽堂皇的北京饭店，周扬会见赵树理，他们把手紧紧握在一起。

周扬目光锐利，仔细审视面前这位"乡巴佬"，随即就笑了："真是百闻不如一见。树理，你果然文如其人啊！"

赵树理只是憨厚地笑。

会见文坛泰斗茅盾。

与丁玲会面。

会见邵荃麟。

三

1949年7月2日，北京怀仁堂，"中华全国文学艺术工作者代表大会"在这里召开。这是一次盛大的文化大会。

来自全国各地的著名文化界人士、作家、诗人、理论家聚首一堂，笑语声喧，意气昂扬，一派春意盎然。

跻身这群星光闪烁的精英人物中，赵树理无论穿着打扮，还是气质风度，都显得那么朴实无华。

他入选九十六人主席团，又被指定发言，他讲话的题目是：《我的水平和宏愿》。

这是赵树理平生第一次站在如此重要的主席台上抒发情感，一如他的文章，真诚、踏实而又极其谦虚："我的'文化水'是落后的，'文学水'似乎高一点，但那只是老前辈拖的捧的。'政治水'稍好一点儿，但还需要提高。'社会水'呢，我是家庭农业大学毕业，不过对乡村还不能说是太熟悉，进到城市以后对工人更是生疏……旧文艺阵地还很大，上海有小人书作坊约八十家，作者约有一千个，估计能影响八十万人。旧的阵地还这样的大，我们新文艺工作者应该以最大的努力来夺取它！"台下突然响起雷鸣般的掌声。

毛泽东、周恩来和其他一些国家领导人出现在主席台。代表们起立欢呼。赵树理激动得脸色通红。

毛泽东发表讲话："同志们，今天我来欢迎你们。你们开的这样的大会是很好的大会，是革命需要的大会，是全国人民所希望的大会。因为你们都是人民所需要的人，你们是人民的文学家、人民的艺术家，或者是人民的文学艺术工作的组织者。你们对于革命有好处，对于人民有好处。因为人民需要你们，我们就有理由欢迎你们。再讲一声，我们欢迎你们。"

四

1949年10月1日，天安门举行开国大典。

东观礼台上，赵树理兴奋地看着国旗冉冉升起，聆听毛主席历史性的庄严宣告："中华人民共和国中央人民政府，今天成立了！"

礼炮鸣响。万众欢腾。

赵树理情不自禁，热泪夺眶而出。

这年他四十四岁。

五

新中国刚成立时的天桥，一切还来不及改造。

这里是旧北京出名的文化娱乐一条街。小戏园子、大席泥棚、露天书场……几乎集中了中国北方民间艺术的所有形式，集中了各种行当的名角和人物——摔跤的、跑马的、抖空竹的、变戏法的、走钢丝的、练气功的、唱小曲的、说评书的、唱评戏的、说相声的、拉洋片的、捏泥人的、淘古董的、唱鼓书的、卖布头的……

赵树理走来，立刻被这景象震撼，被它吸引。

他孩子一样好奇地在人群里钻来钻去。

刘宝瑞的单口相声已把这门艺术发挥到极致。

王尊三的西河大鼓让他迷醉。

"万盛轩"戏院，他偕老舍去看新凤霞演出的评剧《小二黑结婚》。

小吃摊，赵树理站着一口喝干二两北京"二锅头"，卷了一张煎饼。

六

进城后,王春担任了《新大众报》(《工人日报》前身)社副社长兼总编辑。

见赵树理进来,王春问道:"圪遛去了?"

赵树理:"是,去了天桥,那地方真叫热闹!"

王春说:"又来劲了,是吧?"

赵树理笑道:"我可能就是人常说的那种下里巴人。见了说书的、唱戏的就走不动啦。"

王春说道:"北京的旧文化人海了去了,像张恨水、翁偶虹、关焕孙等,唱评戏的就有很多流派,小白玉霜、新凤霞等,说相声的人更多,论名气侯宝林不是最大的,但他的段子更有文化味儿。这些人没有一万也有八千。"

赵树理:"好家伙,这么多呀!这些人才是真正的民间艺术家,在下层群众中影响很大。想个办法把他们组织起来,成立一个什么'会',改造他们的旧思想,鼓励他们写新作品,这对文艺普及是不是大有好处呢?"

王春很敏感:"树理,你想的这个问题可是不小。不妨去找周扬同志谈谈,听听他的意见。"

赵树理:"好,我去谈。"

忽然,王春有些犹豫地告诉他:"王广铎去世了。"

赵树理感到很突然,顿觉悲痛袭来,他大张着嘴说不出话。

"人生得一知己足矣!"在赵树理生命中,王广铎是个难得的朋友,每当他遇到危难,甚至事关生死之时,总是这位"换帖兄弟"伸出援助之手,帮他摆脱困境,渡过难关。

王广铎死于"土改",固然有其政治原因。但作为朋友,赵树理不避嫌疑,不掩饰哀伤,证明他爱憎分明,有一份真性情。

七

他果然找了周扬,并请示了北京市委,而且得到了肯定和授权。于是，进北京的头两年，赵树理几乎是使出了吃奶的劲儿，一头扎进至今还没有人认真研究过的一件事情中：改造旧北京文化、改造旧北京文人、艺人。这位长期钻在山沟里，基本上没有太多社会组织经验的人，居然挺身而出，去啃这块硬骨头。

他干成了三件大事：第一件，成立中华曲艺改进会。

7月20日，中山公园的来今雨轩，举行这个曲艺改进会的筹备、成立会议，赵树理被选为常务委员。这一天，当时活跃在天桥的一些曲艺行当的头面人物都来了。这是新中国成立后首次把民间艺人集中起来，进行全新的组织、改造、规划的一次盛会，其意义非同一般。

在会上，赵树理深情地说："在旧社会，咱们这些说书的、唱小曲的、说相声的，是没人看得起的。现在，新社会了，一切平等，都要讲为人民服务。相声要为新社会服务，鼓书也要为新社会服务。怎么服好这个务？只有组织起来，改造旧艺人，创作新节目，才能适应新形势。这个想法，我和周扬同志谈了，也请示了北京市委。北京市委把前门箭楼批给了咱们使用。这个组织该叫个什么名堂呢？我看就叫'曲艺'比较合适。咱们这支队伍很大，有说西河大鼓的、说评书的、唱二黄的、说相声的……各有各的曲调，但又都是老百姓喜欢的艺术。所以，'曲艺'二字，面儿盖的就大了……"是赵树理发明了"曲艺"二字，长久以来，一个无法命名却又普遍存在的文艺行当，被他精确地概括。后来成立的中国曲艺家协会，即据此而来。

第二件，成立北京市大众文艺创作研究会。

时间是在10月15日，地址在前门箭楼。这次的研究会比曲艺改进会规模更广、重视程度更高、组织力度也更大，几乎涵盖了旧北京长期以来沉积的群众文艺的精华，并吸收了相当数量的工人、学生。当时，包括周扬在内的文艺领导层人物都出席了，田汉亲致贺词。

在会上，赵树理被选为主席，发了言。其最著名的一句是："我认为中国的文艺只有两种，一种是说的，一种是唱的。说的是散文，唱的就是韵文，这是中国文艺的正统。概括起来不外四个字：说说唱唱。"

第三件，成立中国民间文艺研究会，被选为常务理事。

进京后的赵树理热情奔放,奔跑张罗,致力于中国曲艺艺术的组织和改造工作,这与他的文艺主张和志趣是吻合的。因此,他乐呵呵地忙着,先后发动了改造宝文堂书局、整顿旧北京出版业等一系列项目,促成《说说唱唱》杂志的创刊。

这时间的赵树理可谓春风得意,风光十足。

他的政治职务是全国政协代表,并出席首次中国人民政治协商会议。

他曾自述当时的心情:"文艺界能够派出自己的代表参加这一开国盛会,参与组织自己的政府,参与制定自己的共同纲领,这是历史上空前未有的大事。"

他的行政职务是文化部戏剧改进局改进处处长,工人出版社社长。

他还担任众多社会职务:中国保卫世界和平大会委员、北京市文职理事、《说说唱唱》主编等。

八

1949年10月26日,赵树理与丁玲、沙司夫等一行十五人,组成中国工会与文化工作者代表团,赴苏联参加十月革命三十二周年纪念活动。

这是赵树理首次出国,也是国家给予他的更高的政治礼遇。

北京站,国际列车即将开动。

软席车厢里,赵树理穿得厚实如熊猫,把同行的人逗笑了。

"老赵,又是棉衣又是大衣,捂这么厚干什么?"

赵树理:"我这辈子有三怕:一怕冷,二怕兵,三怕警察。听说莫斯科比北京还冷,就多穿几件。"

列车徐徐开动。

赵树理趴在车窗上,兴奋地与来送行的王春、柴翔等挥手告别。

九

雪后的莫斯科,一切都被大雪覆盖着,唯建筑物上的红旗,在这银白色的世界里猎猎飘扬。微弱的阳光下,东正大教堂金碧辉煌的圆顶在隆冬的静谧中闪闪发亮,一切都新奇而陌生。

克里姆林宫里，赵树理仰着头左顾右盼。

红场上的列宁墓，瞻仰列宁遗体，他的神色极为肃穆。

莫斯科大剧院，欣赏芭蕾舞《天鹅湖》。

集体农庄，参观苏联农民的住宅、农田，兴致勃勃地研究联合收割机、康拜因拖拉机。

苏联作家协会，法捷耶夫等苏联作家为欢迎中国作家代表团举行了联欢会。

赵树理吼着上党梆子，起霸……

"老毛子"鼓掌叫好。

宴会上。赵树理笨拙地拿着刀叉，他先看看别人怎么吃，才学着扎起一片面包，抹上黄油。扭头对身旁的人说："这面包没啥吃头，不如我老家的窝头。"

十

没想到晚上又遇到麻烦。

在"十月"宾馆的一个房间，赵树理只穿着一件衬衫，靠着一张席梦思大床坐在厚厚的地毯上，一面吃着带来的烧饼，一面转着头打量这间豪华的客房。

房间一角，堆着他的一堆棉衣。

他对苏联人的暖气严重估计不足。

这房间装潢之高档让他吃惊。

瞧那吊灯。

瞧那壁布。

瞧那油画。

瞧那落地大窗帘。

吃完饼，他又抽了两袋烟。也不知几点了，然后就爬上床——却辗转反侧，不能入睡。床太软了，弄得他很难受。后来实在不行，他索性翻身下床，靠床躺在地毯上，扯了条毛毯蒙住了头。

十一

窗外飘着雪。

全国文联为庆祝新年和欢迎老舍先生归国举行联欢茶话会。

京华顶级文人、名人翩然而至。

周扬笑着:"树理,在莫斯科睡地板了?"

赵树理:"那床太软,睡上去好像被活埋了。"

周围的人就"轰"地笑起来。

老舍走过来与赵树理握手。

他们两人形成鲜明对照:老舍西装革履,洋派十足;赵树理朴素木讷,形同老农。然而,他们一见如故,后来成为莫逆之交。

赵树理:"舒先生,早就听说你了。"

老舍:"老赵大名,如雷贯耳!"

十二

赵树理忙碌而快乐,心情十分惬意。

他的确干了不少事。

但一个作家终究是要以作品说话的。

满族人老舍从美国回到北京可谓如鱼得水,陆续写出《茶馆》《正红旗下》等传世之作。而赵树理的如椽之笔似乎举不动了,写不出东西了。

他肯定也意识到了这种危险。

1950年8月的一天,他来到前门外一家制造农用喷雾器的工厂,准备在此住一个时期,开始描写工人生活。他是很认真的,按时上下班,与师傅们同吃同劳动,详细地了解生产的每个环节,很快他就和工厂的师傅们混熟了。车间里,赵树理饶有兴趣地观看着,还动手学习使用工具,不时询问工人师傅一些问题。

赵树理:"造这么一个家伙得多少钱?"

工人:"净成本十五块钱左右。"

赵树理:"卖给农民多少钱?"

工人："二十多块吧，供销环节还要挣些。"

赵树理："那农民可就吃大亏啦！"

这次下厂，赵树理无功而返。他太熟悉农村了！离开葱绿的麦田，离开茁壮的玉米地，他只能一事无成。描写工人生活的打算也就告吹。

这之后不久，一连串重创和打击接踵而至，奇诡变幻的政治变化把赵树理猝不及防地抛进一个又一个旋涡。

与共和国的"蜜月期"很快也就结束了。

十三

全聚德饭庄，北京赫赫有名的烤鸭店，全国文联宴请苏联作家代表团的活动正在进行中。

一桌美食摆在面前，赵树理却高兴不起来。他的眼前晃动着李存才家大锅里煮熟的山药蛋……

烤鸭端上来时，赵树理心情越发烦乱。

这一次的宴会真把他折磨坏了，他如坐针毡却又不得不微笑、敬酒、碰杯，恪尽地主之谊。

那时候，遵照组织要求，赵树理在北京买了一处院，霞公府15号。

多年的离散从此结束，总算安下一个家。

桌上一台交流电收音机，正在播评书《罗汉钱》。

关连中端着一锅和子饭刚走出厨房，就被二湖、三湖一人抱住一条腿，举着手中的小瓷碗嚷着要吃。

这年赵广建十六岁了，正趴在桌上听广播。

关连中又笑又气地说道："急甚，急甚哩，都是饿死鬼托生的。"说着又喊叫女儿，"广建，你快把他俩弄开。"

赵广建："没看见人家正听广播呢嘛。"

关连中："成天守住个收音机，有什么听头？"

赵广建："这是评书《罗汉钱》，是我爸写的《登记》改的。"

关连中："管他什么登记，快把三湖先给妈弄开。"

赵树理推门进来，见状就冲妻子笑道："哈哈，两个小伙子把你治住了吧。"说罢过来接过关连中手中的锅。

关连中便给孩子们舀饭。

赵树理:"给我也舀一碗。"

关连中:"你不是去吃烤鸭了嘛。"

赵树理:"去了,没吃饱。"

关连中:"咋不多吃些?"

赵树理:"心疼,吃不下。我看那一桌饭,抵得上咱尉迟随便一户两年的收入。"

关连中:"你说你也是,公家请你白吃哩,又不要你出钱,你心疼什么?"

收音机里正播放着女高音独唱歌曲。

赵树理不耐烦地摆手:"关了,快关了。"

赵广建:"爸,这是女高音……"

赵树理:"什么女高音,想听爸给你买只公鸡杀杀,比这好听多啦。"

一句话说得全家笑起来。

十四

书房里,赵树理仰头靠在椅背上,两眼发呆地盯着挂着墙上的三弦,他已经很久没有操弄这把琴了,其实赵树理的内心一点也不快乐。

当时一身荣耀的赵树理是头顶着光环进北京的,所到之处,高朋满座,灯红酒绿,无不是热烈的掌声和钦佩的目光。而在政治上,也受到党和政府的厚待,给予一连串令人羡慕的礼遇。可时间不长,他就发现,自己难以适应这种环境。面对令人眼花缭乱的都市,置身纷繁错杂的人际关系,陷在是是非非的文人圈里,尤其是波涛汹涌的政治运动……使他如一叶扁舟。而眼下,他至少已遇到三件绕不开的麻烦。

其一,是《说说唱唱》发表了《武训问题介绍》,正被严厉追查;

其二,是无形中陷入东西总布胡同两派文人之争;

其三,是进京几年,除了发表了引起不小轰动的小说《登记》,再也没有写出其他什么好的作品,他的创作陷入停滞状态。

放眼京华，似乎只剩下一个王春可以和他说说真心话。

想到王春，他一跃而起，披衣走到外间，这举动把老伴吓了一跳。

关连中问道："去哪？这么晚了。"

赵树理低声回道："去看老王。"

十五

病房，雪白的日光灯把病床上王春的脸照得如白纸。肝癌将王春击倒，他整个人缩小了一圈，眼窝深深地塌陷进去。

赵树理拉把椅子坐到床边，眼神甚是关切地问道："今天怎么样？"

王春："你不要天天来看我，这是肝病，传染哩。"

赵树理："怕甚，我一天不见你，心里就空得慌。"

王春眼里含着泪光，突然抓住他的手："树理，我恐怕不行了。"

赵树理："瞎说，我还准备拉你去天桥逛逛呢。"

王春惨然一笑："万一挺不过去，我家里……"

赵树理："……有我，有我哩，你放心治病，大事小事，统统没事。"

关于赵树理和王春，可说的实在太多了。这两个相互提携的挚友，牵手走过了长达三十多年的漫漫岁月，结下了一段可歌可泣的深厚友谊。在赵树理的心目中，王春始终是他的"领路人"，一个赏识者，一个可遇不可求的知音。然而在文章、性格、为人等方面，两人自然存在许多差异。1929年，王春置尚在流亡且不时接济他的赵树理于不顾，独自回到"四师"弄到了毕业证，由此当上"骑驴、吃面、游山、逛水"的联合校长，领上一月三十块现洋的干薪。不过话说回来，如果当时他顾及赵树理也拿到毕业证，可能后来的中国文坛就没有这位名震中外的大作家了。不过，人情世故，这件事总有所亏欠的。但赵树理一生从未对别人提起过这件事，足见他的厚道、大度。

王春："最近在干什么？"

赵树理："入部读书。胡乔木同志批评我写的东西不大、不深，写不出振奋人心的作品来。就把我调到中宣部，进了中南海，住在庆云堂。又为我选了几十本外国小说，叫我甚也不要干，专心读书。什么《战争与和平》，什么屠格涅夫、契诃夫……"

王春沉默了。

关于这次"入部读书"，实际上，应视作是对赵树理创作的一次重创，或曰否定，这一举措深切表明了文艺高层对他写作现状的担忧与焦虑，甚至含有"怒其不争"的意味。尤其胡乔木批评他"作品不大、不深，"显然已是对赵树理作品的一种否定。要他多读一些西方和俄罗斯十八九世纪的文学经典，也指出其创作的缺陷与先天不足。

不知赵树理当时是否意识到了这些，以他一贯坚持的文艺主张和做人乐观善良的宗旨，他似乎并未把这件事看得多么严重，仍旧向老朋友滔滔不绝地讲述自己不太认同这次安排。

这使王春也不好把问题点透，只是劝他："补补课也好，你这方面的确有差距，多看看外国经典，可以开阔眼界。"

赵树理："眼界倒是开阔了不少，问题可也就来了。人家这些人，都是很厉害的大作家，随便掂出一个，都在世界上响当当的。可我呢，从来就没产生过要当大作家的野心。我心里老早就只有一个念头，文坛太高，咱上不去，只想摆个地摊，写几本老百姓看得懂、买得起的小书书，也就实现了平生愿望。契诃夫描写俄罗斯大自然真是太绝了，咱中国恐怕没一个作家能超过人家。可我要用这办法写，我敢说没一个农村老乡会欢迎。所以，我这次入部读书，恐怕要让领导失望了。"

王春："也说得是，道不同不相为谋。"

赵树理："唉，我这几年是荒废了，成天不是吃喝就是开会，只写了一篇《登记》，就再也写不出好东西。"

王春："是啊，应该好好找找原因……"

赵树理："找哩，用劲儿找哩。有人说我是江郎才尽，进了城写不出东西了。我不服气，跑到北京喷雾器厂蹲了几天，想写点反映工人生活的作品。可是，机器弄清楚了，生产摸住了，可一个字也写不出来。"

王春笑起来："这一块你根本不熟悉。"

赵树理："是呀，咱从来就没接触过工人生活，硬憋是憋不出来的。"

王春:"还是毛主席说得对,生活是文艺的源泉。"

赵树理:"还有人批评我不会写英雄人物,这我更不服气。我跟他们说,生活中哪有那么多英雄。人就是人,油盐酱醋,吃喝拉撒,生儿育女,春种秋收,考虑的都是现实问题,谁也不那么崇高。农村是不生产共产主义的。"

王春:"我同意你的看法。"

赵树理:"再一个要我命的是,自从进了城没有一天不别扭。咱们在根据地时,人与人之间多么单纯,大家一门心思谋工作,只为了一个共同目标,尽早把日本鬼子赶出中国去。可自从进了北京,好传统快丢光了。人也变得华而不实,再不说真话。北京文人圈子水太深,咱这个土老帽适应不了,我真是一天也不想待了。"

王春会心地笑了:"树理,你的根扎在农村,离开农村,离开农民,你是写不出作品来的。走吧,回太行山去,回咱老家去。"

第二十二章

一

北京站，列车鸣笛待发。

赵树理肩上搭着烟袋，挎着那只灰黄色帆布袋子挤进车厢。

二

长治，地委大礼堂，正召开长治专区试办农业生产合作社动员大会。

会议还未开始，礼堂里已坐满人。

主席台上，领导已经就座，张新和赵树理亲切地交谈着。

台下前排正中，郭玉恩胸前别着一枚金星奖章，和九位同样挂着奖章的农民坐在中间。他疑疑惑惑地盯着赵树理半天，终于确认他就是当年那个又黑又瘦又爱戴个毡帽，提着烟袋在村里东家出西家进的老赵，就兴奋地把手扬起——但赵树理正与张书记说话，根本未看见。坐了一阵，他忍耐不住，蹦起来喊："老赵，老赵。"

会场上的人一下子全朝赵树理看。

赵树理也认出郭玉恩，笑着向他招手。

"同志们，咱们开会吧。"张新笑着站起来，"说正事之前，我先介绍一下咱们的大作家赵树理，老赵，从北京回来了。"

人们报之以热烈鼓掌。

赵树理起立致谢。

掌声平静下来后，会议转入正题。

张新说:"根据省委指示,咱们专区先拿出十个村做试点,建立农业生产合作社。这十个村都是互助组搞得比较好的先进村。他们是武乡县的窑上沟,长治县的南天河,平顺县的川底村……农业生产合作化是一项新的伟大工作。在苏联,人家搞的是苏维埃集体农庄。在中国,咱们就是要通过建立农业生产合作社,把农民引导到集体化的道路上来。"

三

郭玉恩背着帆布袋子,和赵树理一路说笑着走回川底村,来到在村外的山坡上,他放开喉咙喊了一嗓:"老赵回来了。"

赵树理也显得很激动,这个抗日战争中他曾生活、战斗数年之久的山村,一切都和过去不一样了。

时值夏末,麦子收获了,秋庄稼正在疯长。烈日下的川底村,青山绿水,树木葱茏,村庄周围山坡上的梯田,一层层如绿毯似的展开。

乡亲们迎出来,把赵树理团团围住,七嘴八舌地问这问那。

"老赵你回来了?"

"老赵你可回来啦!"

"老赵,走了十一年了吧?"

"王春呢,在北京哩?他也好吧?"

"那个小后生廖一萍呢?对,廖一萍。什么?他早就牺牲啦?哎呀,那么年轻……"

这光景,让赵树理依稀想起当年送他离开时的情形,还是这个地方,还是这些乡亲,只是,岁月在他们脸上刻下了沧桑。

他认出了范宝成:"宝成,翻身了吧,日月过得怎样?"

范宝成:"过好了,过好了!托毛主席的福。"

忽然有人说:"人家不叫范宝成了,叫'翻得高'。"

人们哈哈大笑。

就有几个小孩唱起来:

庙圪垯,范宝成,

闹"土改"，私心重。

河滩地，他看中，

六间房，手不松。

范宝成听了有点生气，扭头走了。

四

旗杆还在，换了主人。

当年地主刘老五的这所大院，如今成了村党支部办公的地方，还有供销社、小学、民校也都挤在院里。

还是那棵老椿树下，或蹲或坐，十六七个村民开会，他们都是郭玉恩互助组的全体组员。

赵树理掏出"大前门"，给大伙一人一支散了一圈。

郭玉恩："除了范宝成，咱们互助组的十七家全来了。"

赵树理："范宝成是怎么回事？"

"人家不干了""翻得高了""扑闹自家日月哩"……众人七嘴八舌地议论着。

郭玉恩："这个人私心重，'土改'的时候他倒是很积极，斗地主更积极。因此群众选他当了村头。可是轮到分果实，他就操上坏心了，甚也要。河滩的好地，他要了六亩，好房子分了三间，还拉了一头好骡。群众有意见，可他是头，大家也没办法。去年秋天，他说要去河南办事，把组织关系开了带上，回来却说弄丢了，就这么脱了党。"

赵树理心情沉重地叹了口气。

郭玉恩："好了，咱不说他了，说咱们的事吧。"他掏出一个小本本接着说道，"我这次去长治开会，领回来一个任务，就是在咱们互助组的基础上，建立川底村农业生产合作社，专区把咱这里定成了试点……"

五

鸡叫了两遍。

旗杆院大屋里的灯一直亮着。屋里，赵树理、郭玉恩等几人仍在研究事情。

郭玉恩说："咱们建社，困难不少，头一个就是没文化。十七个党员没一个识字的，你说这……"大伙听了全笑了。

郭玉恩接着说道："要建社，先得有些章程吧。还得有个会计，总要记记账，进行核算。可这些，咱都不会呀。"

有人说："有咱老赵呢嘛！"

赵树理笑着说："行，我就给你们当个参谋，出出主意。另外我算盘打得还行，可以培养一个会计。只是当会计要掌握钱财，这个人要选好。"

郭玉恩说："我看就叫明明干。明明年轻，也实诚。你们说呢？"

大家纷纷点头说："行。"

郭玉恩说："天不早了，散吧。明天都不去地，盖库房。"

六

库房有三间，地基已经打好，门框也支到位置上。

吃过早饭，互助组的人就全来了库房工地，搬砖、和泥、筛石灰，干得很起劲。

郭玉恩和赵树理两个人负责砌墙。赵树理很是内行，他操着瓦刀，熟练地刮灰、摆砖、轻轻敲打实，捋缝。

过了一阵，区里下来两个人，一个是任区长，还有一个干事。

郭玉恩忙就打招呼："任区长来啦。"

任区长惊讶道："呀，老赵还会盖房子！"

有人就应道："是个把式哩。"

七

赵树理手把手教明明打算盘。

明明十六七岁了，一看就是个老实孩子。

赵树理嘱咐他道："当会计其实就两样事情，一是记账，二是拨拉算盘。打算盘没甚诀窍，多打就行。你还要把九九乘法表背会。"

这时，一位个子不高、瘦脸大眼、嘴唇薄薄的小脚老婆婆走进院子来："老赵，老赵呀。我是七成家里的郭采芹，今天的晌午饭派在我家，你可来呀。"

屋里，赵树理连忙答应一声。

八

当年刘七成的农家小院。

堂屋里，靠墙摆着一张条几，条几上方的墙上贴着些立功喜报、奖状和照片。

赵树理叼着烟袋正看镜框里装着的全家福照片——老汉老婆身后站着两个年轻军人和一个戴鸭舌帽的男孩。

午饭是煮疙瘩。

郭采芹端着满满一大碗过来，笑着说道："没好的，将就些吃。"

赵树理夸赞道："你有三个好孩儿呀。"

郭采芹笑起来，指着照片上的人一一介绍说："这是我大孩儿，在昆明哩，当了军官；这是二孩儿，也在部队上，去年提拔了连长；这是三孩儿，在长治当工人。"

赵树理："好事呀，都是挣票票的。"

郭采芹笑得更开心："好事好是好事，可惜我老汉没福气，大前年中风，半身不遂，挺了一年多，走啦。"

赵树理："当年我就说七成是中风病的底子。"

郭采芹："可不是，全叫你说准啦。老赵，问你一个事吧。"

赵树理："问吧，什么事？"

郭采芹："都说你写的《小二黑结婚》里头有个闺女叫小芹，跟我的名字只差一个字呢。"

赵树理就笑："是咧，当年我就说你这名字怪好听的。后来写书，就用上啦。你不会不高兴吧？"

郭采芹高兴地说："我郭采芹进了书咧，只是你书里的小芹，比我这个小芹又年轻又漂亮。"

九

中南海，菊香书屋，毛泽东召见陈伯达。他湘音浓浓地说："农业合作化是个新问题。保定这个座谈会，你们一定要请赵树理同志参加，他可是中国农民问题的专家噢！"

十

半夜，电闪雷鸣，暴雨骤至。

那雨下得真大。

炕上，赵树理一骨碌醒来，戴了一顶草帽跑出去。

库房的墙已砌成，只是还没封顶，房里积了水。

赵树理跑来察看，拾了一只灰桶，跳进去就往外舀。

郭玉恩打着手电跑来，见状就喊："老赵，看把你淋着了。"

赵树理："快掏吧，墙快泡塌了。"

十一

秋蝉鸣响时，建社工作筹备就绪，这一天挂牌成立。

鞭炮炸响，锣鼓敲起来。

院门口，赵树理、郭玉恩扯去蒙在木牌上的红布，那亮闪闪的黑字就亮起来：金星农业生产合作社。

赶来祝贺的区里、县里的干部和群众热烈鼓掌叫好。

还有记者正忙着拍照。

十二

赵树理要走了，川底人又来送他。

郭玉恩："老赵，一定再来呀，咱们离不了你。"

郭采芹："不敢不来呀。"

赵树理："都回吧，我去开完会就来。"

十三

河北保定，农业合作化问题座谈会在宾馆小白楼举行。

这次会议规格很高。来开会的全是省、区有关部门的领导。

人们纷纷发言，大家众口一词：农业合作社好！

轮到赵树理发言，大家鼓掌。

赵树理说："前不久我回山西农村住了一阵。看到的农村，庄稼长得还像当年那样青绿，乡土饭吃起来还是浓郁的乡土风味，只是人民的精神要比以往活跃得多——因为我们有了中央政府，老乡们都以胜利者的姿态来欢迎我这个回来的老熟人。不过，对于建立农业生产合作社，他们是有想法的。实话实说吧，老百姓翻身有了土地，是真心拥护共产党、感谢共产党的。但眼下，他们并不急着交出土地走合作化道路，都愿意一家一户，自由自在地好好经营几年，然后再走集体化……"这真是语惊四座。会上的人们无不噤声侧目。

赵树理却浑然不觉，依旧不紧不慢地说着："农业合作社，最好缓几年再搞。"

十四

会议结束时组织参观。

冀中平原，村外的田里，农民们扬鞭催马闹秋耕。

铁犁深深插入土地，顿时土壤辟开，泥土翻飞，犹如波浪。

几辆汽车驶来停在田边。

"乒乒乓乓"一阵车门响，人们走过来。

赵树理几乎是凭本能发现这里的地犁得又快又好，就过来看看——这是一种新式犁，犁铧很大，犁面的角度设计与传统犁铧区别很大，这种犁铧不仅吃土深，而且因切入角度好，牲口拉起来反倒省劲。赵树理饶有兴趣地看着，蹲下来叉开手丈量土深。

他很兴奋，急着问："这犁在哪买的，哪里有卖的？"

第二十三章

一

赵树理拎着一条破麻袋,一头汗水地进家来,他把麻袋丢在地上,发出"扑通"一声。

二湖、三湖喊叫着跑过来,以为是父亲买了好吃的东西,忙解开麻袋,不料竟是一个铁犁铧。二湖噘嘴嘟囔着:"不能吃。"三湖就咧嘴欲哭,赵树理忙把他抱起来哄。

关连中又气又笑地埋怨着:"你买这做甚?想在天安门种地呀?"

赵树理笑道:"这是新式犁,给郭玉恩他们买的。"

关连中:"人家犁地你掏钱……"

赵树理听了这话就不高兴了,便只顾抱住三湖用胡子去扎儿子胖胖的小脸。

关连中忽然想起件事,连忙对赵树理说:"快去王春家看看吧,他不在了。"

赵树理一听大惊失色,猛地把孩子塞到妻子怀里。

二

是夜,悲切的三弦琴声响起。

那是上党梆子的一支曲牌。

琴声时而舒缓,时而急骤,缠绵凄恻,如泣如诉,后又拖出一个长长的尾韵,便像一个人深深的叹息。忽然,琴声转为急切,千回百转,铿锵有力——那气势豪迈雄浑，如大河奔腾一泻千里，又如大军出征金戈铁马，号角雷动。

关连中听了不禁叹息抹泪。

二湖、三湖两个小家伙趴在书房门上，偷偷地从门缝朝里看。

三

一家人正吃早饭。

赵树理意绪萧然，他缓缓地吃着一碗小米稀粥，忽然对关连中说："老关，从这个月开始，给王春老家每月寄上三十块钱，你不要忘了。"

关连中答道："人家有遗属补助，公家给钱。"

赵树理听了这话有点生气地训斥道："我答应了王春照顾他家，就要说话算话。再说他的几个孩子正上学，那点补助够干什么？"

关连中："行吧行吧，你说寄咱就寄。寄到什么时候？"

赵树理："只要咱家有钱就不能叫断了。"

四

春节在大雪中到来。

赵树理神情落寞地蹲在院子里，嘴里叼着小烟袋，眯着眼看孩子们堆雪人。

广建、二湖、三湖姐弟玩得开心，稚嫩的笑声盛满了小院。

五

四月，春回大地。

太行山区，山花烂漫，耕牛遍地。

通往川底村的山路上，赵树理肩上担着一根棍，一头挑着麻袋，另一头挑着一只农用喷雾器，乐呵呵唱着戏走来。

数月的"整风"，赵树理的心灵遭遇前所未有的触动。充满压抑的日子终于结束了，他呼吸着山里清新的空气，把心里的憋气一股脑释放，连歌声也变得清爽：

萧银宗打败仗情愿和好，
到三关践盟约刻日离朝。
她聘我焦光普来做先导，
趁此时回故国喜上眉梢。
……

六

春天的川底村热气腾腾。

此时，郭玉恩领导的金星农业社经过一年多的努力、巩固和发展，从原有的十七户扩大为六十四户，成为山西省农业合作化运动的一个先进典型，受到省、区、县领导部门的重视和新闻部门的关注，北京新闻电影制片厂十几号人马开进川底村拍电影。

村里的街道上，摄影机架起来，工作人员忙碌地拍摄着，吸引了全村老少看稀罕。

小孩子像过年一样高兴。

赵树理兴冲冲走进村子。

阔别大半年，这个小山村快让他认不出来了。

街道整洁了。

青石板铺了街面。

不少旧房翻新了。

家家院子里堆着南瓜，墙上挂满玉米棒子、红辣椒。

赵树理开心地东瞧瞧西看看，他没有惊动街上的人，径自奔旗杆院而去。

七

院门口停着几辆吉普车。

这里正在开会，院子里挤坐着村干部和上级部门来的人。

地委书记张新正在讲话。

郭玉恩在一个小本子上记着。

这时，人们发现了赵树理，就全"哗啦"一声站起来，和他家长里短地问候着。

郭玉恩接过他的担子。

张新激动地握住赵树理的手说："来也不打个招呼，派车去接你嘛。"

赵树理："不用，一百多里路，走起来不费啥劲。"

张新："老赵你来的正好，咱们正在研究扩社，有许多工作离不开你。"

赵树理："好，我尽力。玉恩，我给你带来两个好东西。"说着解开麻袋，掏出那个犁铧和喷雾器。

"呀，这是新式的呀！"郭玉恩惊喜地说道。

"没见过。"张新凑上前说道。

八

这一天试验新犁。一村人基本全来了。

一匹大骡拉着铁犁轻松地走着，褐黄色的土地就被劈开，波浪一样向犁的两侧翻滚，人们欢声叫好，一些人跟着骡跑。

地边一道堰上，赵树理边抽着烟边和郭玉恩说话。郭玉恩拿着小本子说道："去年秋收打了六万四千斤玉茭、两万斤谷。分配下来，十七户社员家的收入比单干户高出一大截。人们尝到甜头，愿意入社了，年底计划增加到六十四户。"

赵树理："不错，看来农业社的优越性还真是不少。最主要的吧，是能集中劳力，合理安排生产。过去一家一户干，想搞个大一点的工程，也是不容易的。"

郭玉恩："对着哩，不管农业社还是什么社，总要叫群众得到好处。没好处人家入你这个社干什么。"

赵树理："群众看不到实惠，是不会有积极性的。"说着接过郭玉恩手中的小本子，"你这写的什么？"

郭玉恩笑着说："我从小没上过一天学，农业社事情多，我兜里装个本本，把当紧的事情记在上面。可又不会写字，只好在本本上画记号。"

赵树理听了莞尔一笑。

九

赵树理进来时，范宝成正在给骡添料。

赵树理走过去掰开骡嘴看了看，冲着范宝成说道："好骡，才六岁半。是你土改分的果实？"

范宝成却冷冷地说道："老赵你不用费唾沫，农业社我是不入的。"

赵树理："你不愿入社，谁也不能强迫你，今天我是来朝你要钱的。"

范宝成："什么钱，我不欠你的呀。"

赵树理："你忘了，四〇年秋天，你去旗杆院借钱，是我写的契，我不能白给你担保。"

范宝成听这话脸色一下白了，忽然想起当年那个情景⋯⋯

旗杆院，财主家。一身褴褛的范宝成和郭玉恩看着赵树理写借契。

地主刘老五举着一根长烟袋，看了看借契说："宝成，我的日子也不宽裕。不过看在赵同志的面子上，有他作保，这钱我不借也得借。你画押吧。"范宝成在借契上摁上指印⋯⋯

赵树理："宝成，你良心不好，忘本了呀。"

一句话说得范宝成蹲在骡槽边，双手搂头再不吭气。

赵树理也蹲下来，点着一锅烟递给他。

十

麦收开始了，川底村一派繁忙。马车拉着麦捆驶进粮场，人们七手八脚地开始卸车。碌碡飞快地转着，赵树理甩着木锹扬麦。金黄的麦粒儿小山一样堆起。

入夜，场边窝棚门顶的汽灯亮起。夏粮分配开始了，人们拎着口袋等待分粮。

汽灯下，明明噼里啪啦地拨拉算盘，赵树理忙着记账。

郭玉恩指挥人过磅、装麦。

场上腾起阵阵欢声笑语。

十一

回到北京，赵树理一头钻进书房，开始创作《三里湾》。

深夜，赵树理闭着眼暝想着，两手快乐地敲着桌沿。

十二

中国文协，赵树理、丁玲谈话。

丁玲："老赵，欢迎你正式调来中国文协，担任《人民文学》的编委。"

赵树理："我来是要跟你说件事，是关于作家待遇的问题。"

丁玲："前段时间评级定薪，党组同意定你为行政八级，但你坚持只定十级，也算高干了。"

赵树理："我不是来说个人问题。我感到目前中国作家的待遇太高了，大大超过群众的收入了。"丁玲听了沉默不语。

赵树理："像我吧，每月工资近三百块钱，这是个什么概念呢？农民种一亩小麦能打二百来斤，每斤统购价一毛二分，就算他种十亩地，能打两千斤，全卖了才二百四十块钱。而我，一个月的工资差不多就顶农民一年多的收入。一个农民，他要辛辛苦苦劳动二十年，才能挣够我一年的工资，另外咱们还有稿费，你说这差距有多大。"

丁玲："你的意思……"

赵树理："咱们作家不能享受双重待遇。要么只领工资，要么只拿稿费，不能两头占便宜，否则对农民太不公平。另外稿费也偏高，我主张取消版税，修改稿费制度。"

丁玲沉吟："老赵，你提的这个问题太大了，而且牵涉面实在广。你可以这样想，但别人不一定同意，我不能马上给你答复。"

赵树理："我不管别人怎么想，这个月开始，我就不再领工资，出差的路费、住宿费也不再要公家报销。"①

十三

1955年1月,北京通俗读物出版社。

印刷车间,机器高速运转。

普及本《三里湾》大批印成。

赵树理神情愉悦,他拿起一本翻阅,又看看定价,说道:"价钱还是有点高,印了多少本?"

出版社社长答道:"第一次三十八万册,现在各地书店纷纷寄来订单,要求加印,准备加印一百万册。"

赵树理:"再印时书价能不能降低一点?"

社长:"老赵,其实你这本书交给人民文学出版社,稿费会比我们这里高很多。"

赵树理:"我不是光为了稿费。你们这里书价定得低,销路也广,农村人少花一点钱买得起。"

十四

《三里湾》使赵树理再次名声大噪。

《解放日报》率先发表评论:《读〈三里湾〉》。

接着《工人日报》《北京日报》《新民晚报》……纷纷跟进,《三里湾》好评如潮。

赵树理再次攀上荣耀的巅峰,他出席了第一届全国人民代表大会第三次会议,出席了中国共产党第八次全国代表大会,做了《供应群众更多更好的文艺作品》的发言。这种规格的安排,可以说是级别很高了。

从祖国各地寄来大量读者的信。二湖、三湖抱着一捆捆信进来,嚷着:"爸,你的信。"赵树理开心地拆信,一封封读着。关连中说:"这么

---

①1953年,赵树理成为作家中第一个不领工资的人,直至1958年有关方面做出规定,而且当时稿费逐渐被取消,他才恢复领取工资。

多信哪年才能看完?"

十五

赵树理从北京寄来一大包《三里湾》。郭玉恩一本本发给大伙,脸上带着笑说:"好家伙,老赵把咱村写进书里去啦。"

十六

北京香炉营15号,这是赵树理新买的一处院子,里外三进,大小十八间房。

初夏的一天,河顺跟着广建、二湖、三湖姐弟下了公共汽车,一路东瞧西望着走来,就见赵树理和关连中早在院门口候着,就咧嘴笑起来对他两口子嚷道:"得意,这北京真是大!"赵树理也笑:"开眼界了吧,看完病我陪你到处转转。"

进了院子,河顺一下子把眼瞪得老大,吼着问:"这么大的院,全是你的?"赵树理笑着答道:"是,组织上动员在北京的作家买房子,我就掏钱买下了。"河顺满是羡慕地说道:"发达了呀,得意。"赵树理听了这话笑笑。一家人欢欢笑笑地把河顺迎进家。

赵树理把河顺安顿着坐下,对他说:"你这次来京看病,花销都是我出,你安心住在家里,医院我来联系。"

河顺听了感动地说道:"这、这……"

赵树理:"不用见外,有什么不方便,就和老关说。"

不一会儿关连中端着饭走了进来,是家乡的小米粥。河顺一看略略感到失望:"得意,你这么有钱,还吃这种饭呀。"

关连中:"你光说他有钱,有钱。钱是不少,可硬叫他不当回事白扔了。交党费,人家一次交十块二十块,他一次就交五百、一千。每个月还要负担他的老朋友王春家里……"

赵树理拦住老伴,对河顺说:"不要听她哭穷,其实是我吃不惯别的饭。进北京这几年,国宴我也吃过,什么样的山珍海味没见过?可就是没嘴福,吃进肚里总觉得不妥。回来喝上一碗和子饭,心里才觉熨帖。"

河顺说道:"你大过去给你算卦,说你一辈子穷命,倒运圪脑。"

赵树理听了哈哈大笑。

十七

赵树理陪着河顺逛街。

北京的一切,使第一次进京的"乡巴佬"河顺处处感到惊奇,感到新鲜,他像个孩子似的东张西望。不小心撞在一位穿裙子的外国女人身上,就把他吓了一跳。河顺惊讶地说:"得意,她眼睛是蓝的,头发是黄的,是不是上了颜料?"

走着,走着,赵树理忽然俯身给一个小男孩擦鼻涕:"来,伯伯给你擦擦。"小孩吓得哇哇大哭。孩子的母亲瞪住他:"神经病。"

赵树理很尴尬,便转头问河顺:"入了农业社,日子好过不好过?"河顺说:"快不要提了,入了社只有一样好处,就是再不用操心今年该种什么,明天该不该去锄地。生产上老百姓省心了,可别的嘛,实在不敢说。"

赵树理:"说说也不坏什么事。"河顺:"还是不说吧。"赵树理:"说吧,你跟我还生分?"

河顺:"……那,头一个是口粮不够吃。一年按人头分三百八十斤口粮,还是粗粮;每月三十来斤,孩子多的人家顾不住嘴,像我这光棍汉都不够吃;二是缺草,牲口都吃不饱了;三是缺钱,这几年社里没多少副业收入,群众手头缺钱呀!旧社会肯出利息就能贷到钱,现在就是出高利也没地方贷;四是管得太死。你说种个棉花吧,一定要规定全村今年种多少多少亩,少了半亩也不行。牲口老得不能用了也不准卖……"

赵树理:"看起来问题不少呀!"

他俩说得来劲,竟都蹲在了金水桥一侧,脸对着脸边抽着烟,边说着话,过往的游人好奇地看着他俩。

河顺忽然不高兴地说道:"得意,你带我出来逛北京哩,咋净打听这些事情,叫人累得嘴酸。"

赵树理就笑道:"不说了,咱去逛故宫。"

十八

入夜，河顺躺在书房临时搭的一张床上呼噜山响地酣睡。

赵树理伏案疾书，他心事重重地执笔给长治地委写信。

"……试想高级化了，进入社会主义社会了，反而使多数人缺粮、缺草、缺钱、缺煤、烂了粮、荒了地，如何能使群众热爱社会主义呢？

"我觉得有些干部的群众观念不实在——对上级要求的任务认为是非解决不可的，而对群众提出的正当问题则不认为是非解决不可的。又要群众完成任务，又不给群众解决必须解决的问题，是没有把群众当成'人'来看待的。"

十九

赵树理拿着推子边给二湖、三湖理发，边嘱咐他俩："二湖，去了学校可不敢淘气。"

赵二湖："不淘气。"

赵三湖："二哥和小皮球打架……"

二湖伸脚踢三湖。

赵树理笑："谁是小皮球？"

三湖："宋叔叔家的胖孩子。"

赵树理冲二湖虎住脸："君子动口不动手！"

二湖"扑哧"一声笑出鼻涕。

二十

赵树理背了帆布袋子准备出门，跟关连中说道："我走了，去山西。"

不料他却被关连中拉住，阻止道："你不能走，广建下个月就要考大学了，你不能不管。"

赵树理："怎么管？书念得好，自然会考上。念得不好，想考也考不上。"

关连中："没见过你这么当大的，成天就是下乡、下乡，好像这个家是你的旅店。除了开会、写字，甚也不操心……"

赵树理："我十天半月不去农村，身上难受。"

关连中："老赵，我跟你在一起过了多少年了？"

赵树理："……二十年了吧。"

关连中："对着哩！二十年啦。结了婚第二年，你一抬腿走了，一去就是八年，八年呀！把一家老小扔下不管。那时候兵荒马乱的，你去闹革命，我能想得通。可现在到了北京，实指望能过几年安生日子，不想你还是三天两头往山里钻！一年倒有多半年见不着你的面。你说，你个大男人，把一群孩子丢给我，知道我受的什么罪？"说着说着就哭了。

赵树理也深感愧疚，他摸着老伴的脸说："哭甚，快五十了还像小围女。"

关连中破涕为笑，打开他的手说道："知道就好！你的好朋友老舍、柴翔，人家怎么不下乡？"

赵树理："这你就不懂了。老舍专门写北京人，不用下乡，柴翔写慈禧太后，更不用下乡。这样好了，我这次下去少住些日子，行吧？"

第二十四章

一

长治地委大楼办公室的沙发上，赵树理和地委书记张新正促膝谈心。

张新："上个月收到你的信，地委就布置了大调查，访问了一百多个村。情况确实如你信中所说，群众缺粮、缺草、缺钱，养蚕喂的桑叶不够，要到六十里以外的地方去拉。生产管理上，行政命令很严重，管得过多，卡得太死。我们不能把农业社当作军队来管理呀！这会伤害群众的生产积极性。专区准备专门开个会，以你的信为引子，让大家调查研究，展开讨论，最后形成一个改进意见，下发到各县去。"

赵树理："其实有些事一下子也不好说。农民吧，也挺复杂的！新中国成立前，社会乱，日子穷，他们发愁。新中国成立了，社会好了，日子过稳当了，他们仍然有不如意的。农民这本书呀，真叫人读不透。"

二

吉普车驶进川底村，停在旗杆院门口。

赵树理打开车门走出来，眼神热切地看着迎出来的郭玉恩和乡亲们。人们有笑有说地拥着他进了院子。

三

已是深秋。

赵树理推开屋门进来，见老伴苦着脸正在补一件衣裳。关连中见他进来了,用眼神示意他小点声,又低声对他说:"你可回来了,快去看看闺女吧,哭哩。"

赵树理也小声说:"没考上,是吧?"

关连中:"只差一点就够录取了。"

赵树理:"没考上没考上吧,也不是人人都要上大学。"

关连中:"看你说的,就不能想想办法,找人说说,照顾照顾。"

赵树理:"说的甚,这种事怎么照顾?"

关连中不高兴地说:"你看着办吧,闺女是你的……"

他俩的小声嘀咕赵广建还是听到了,她眼睛红肿着从小屋出来,一头扑到父亲怀里,眼泪哗哗流下来。

赵树理忙为女儿抹泪:"小鬼,小鬼,没考上怕甚,还有一个大学可上嘛!"

赵广建:"真的,什么大学?"

赵树理:"农业大学。"

赵广建:"哼,又叫我回农村,我不去。"

赵树理:"不去农村留在北京也行,当个服务员也挺好,电车上卖票的或者理发的……"

赵广建:"我不干,要是碰上同学来坐车,看见我卖票,那多丢人。"

赵树理:"丢谁的人啦?"

关连中:"亏你这么大个作家,把闺女弄到电车上卖票,败兴。"

赵树理听了这话不禁发火了:"卖票怎么啦,别人家的孩子能干,咱家的孩子就不能?不要看不起劳动人民。"

关连中也生气地钻进厨房,赵广建哭着钻进自己的小屋,赵树理看到这娘儿俩的态度长叹一声。

四

清早,赵树理被关连中推醒:"快醒醒,闺女不见了。"

赵树理一骨碌爬起,趿着鞋跑进小屋,赵广建果然走了,她在枕头上搁着一封信,赵树理抓起来看后就笑了,他如释重负地说道:"这小鬼去山西了，找她哥哥去了。"

关连中无奈地叹了一口气。

赵树理："这小鬼思想不健康啊，我得给她好好写一封信。"

五

赵树理伏案写信。

"广建，小鬼，爸爸的好女儿。你离开学校已经一年了。在这一年里，你换了三个工作岗位，最后总算接近了劳动人民……

"你有两个小小包袱：一个是高中学生，另一个是干部子弟。从旧社会传下来一些社会职业评价，认为读了书当了干部应该高人一等，认为参加生产和服务业的人是干粗活的人、俗人。这种与社会主义极不相容的旧观点，偷偷地流传到很多学生和干部子弟的头脑中。而你不幸也是接受了这份坏遗产的人。"

这封信后来被人偶然发现，推荐给《山西日报》公开发表，并加了一个题目：《愿你决心做一个劳动者》。不久《人民日报》转载，题目改为《愿你当个有文化的青年社员》。人们读了这封信后，纷纷给赵广建回信，于是，雪片一样的信从全国各地寄至北京赵家。

六

一辆"嘎斯"汽车驶进村里。赵树理、赵广建钻出驾驶室。迎候的村人围过来。

赵树理拉着狗剩道："我把广建交给你了。今天起，她就是尉迟农业社的一名社员。你们不能因为我是作家，就对她格外照顾，这不行！要对她严格要求，和大家一起劳动，记工分，让她在广阔天地里锻炼成长。"

小伙子们爬上汽车，惊叫起来。车厢里堆着半车裹着红花的锹、镢、锄、镰刀、扁担。

赵广建给大家介绍道："这些都是别人送的。"

七

这次回乡，赵树理顺便探视陈清先生。

吉普车停在院门口。

陈清的楼院依旧留着战争的痕迹，被火烧过的墙黑乎乎的。

陈清跛着一条腿送赵树理出来，他激动地对赵树理说："树理，我这一辈子，虽然没有参加革命，可也决不会反党反社会主义啊！我是从旧社会过来的人，清朝的统治我见过，袁世凯复辟我见过，日本鬼子我见过，国民党腐败我也见过。是共产党救了中国，救了人民！这个道理我懂。我拥护党呀！拥护新社会呀！现在，要把我定成右派反党分子，我怎么也想不通……"

汽车旁，赵树理握着老师的手安慰道："先生，你不要着急，我这就回县上去说。"

陈清急切地说："我怎么会反党呢？我爱咱们的国呀！树理……"

望着吉普车驶去，陈清拄着拐杖兀自喃喃自语。

八

1958年，这一年刚入夏天气已特别燠热。

中国作家协会的大会议室里热气腾腾，作协书记处讨论《文学工作'大跃进'三十二条》。

一百多位在京作家聚集学习，畅谈形势，抒发个人感想，公开创作计划。

新担任中国作协党组书记不久的邵荃麟说："同志们，咱们这个《文学工作'大跃进'三十二条》，是适应目前全国形势提出来的。我代表中国作家协会向全国作家发出口号：作家们！跃进！跃进！再跃进！争取今年在全国范围内掀起一个创作高潮，三五年内实现社会主义文学的大丰收。"人们热烈鼓掌。

邵荃麟："老赵今天到会了，他有意写《续李有才板话》，以反映当前的'大跃进'。"赵树理也显得很激动，他站起来谦虚地说："我准备写

《续李有才板话》的秘密已被荃麟同志揭破,计划写三部,第一部一个月左右即可完成。希望大家督促,但也不要挤得太狠;我要求大的东西不被挤破,小的东西也能挤出来。总而言之,我正想'跃进'一下!开完会就下去,到火热的'大跃进'生活中去。"人们为他鼓掌加油。

邵荃麟:"树理,你暂时还不能走,组织决定你到朝鲜民主主义人民共和国进行访问。"

九

入冬时节的平壤,中国驻朝大使馆院中的梅花如雪盛开。

汽车驶入,赵树理戴着黑色礼帽下来,向等候的文化参赞伸出大手:"来朝鲜快二十天了,天天是狗肉、凉面,吃得我直起鸡皮疙瘩。听说你是咱阳城老乡,就来蹭一顿和子饭。"

使馆的人听了他的话就笑起来。

第二十五章

一

一辆破破烂烂的红色大客车颠簸着沿侯（马）高（平）公路盘旋爬行，车厢里，旅客们齐声高唱着当时那首很流行的歌曲：《十五年内赶上英国》。

车厢后部，赵树理靠窗而坐，脑袋随歌声的节拍微微摇晃，手在车座上拍出节奏，脸色欢愉兴奋①。他的身旁是一位农民老汉，抱着个淘气小孙儿——男孩看上去三四岁，在爷爷怀里笑着蹦跳不停。

二

小男孩突然撒尿了，一股细小的水柱射向赵树理。

"往哪尿！"老汉猛拍孙儿一掌，孩子受惊，"哇"地哭起来。

老汉忙不迭扯下头上的毛巾替赵树理擦拭衣服："看这孩儿，看这孩儿，真是对不住咧。"

赵树理："没啥没啥，谁能不尿呀，叫孩子尿完，憋了尿可了不得。"说着去逗孩子，伸手在男孩小鸡鸡上一拨一捏："小鸡鸡不流水了？"

男孩破涕而笑，"哗"地尿出。老汉又是一阵忙乱。

赵树理和老汉拉呱道："走亲戚？"

---

①1958年冬，在"大跃进"的狂潮中，赵树理兴冲冲地离开北京，回到山西，挂职中共阳城县委书记处书记。像当时大多数中国人一样，赵树理也被频频升起的"卫星"和喜讯所激动、所陶醉。

老汉:"这一阵谁顾上走亲戚?大炼钢铁哩!孩子他大和他妈在曲沃上班,这几天进山砸矿,没人看孩,我只好把他抱回来。"

赵树理:"沁水人?"

老汉:"是咧,永安村的。"

赵树理:"我是潘庄尉迟村的。"

老汉:"哇,咱是老乡,哈,我姓刘。"

赵树理:"我姓赵。"……

赵树理:"今年收成还可以?"

刘老汉:"好哩!我活这么大头一回见这么好。可就是全烂在地里了,唉!"

赵树理:"怎么?"

前两排座位上,一个干部模样的小青年皱皱眉头,不满地回头看了他俩一眼。

老汉:"唉,怪事儿多咧!前一阵,我们村放卫星,小麦亩产四千多斤。你说怕不怕?"

赵树理:"真的?"

三

小青年越听越不是味儿,再也按捺不住,跳起来训斥:"干啥,干啥!老落后分子!"

孩子受惊,猛地抱住爷爷脖子。

老汉一下搂紧孙儿,嘴唇不停地哆嗦。

赵树理费解地看着那青年、那老汉。

四

天近中午,终于抵达沁水县城。

汽车停在省运输公司大院,赵树理抱着孩子下车,又扶刘老汉下来,把孩子交给他,随即拾起那只鼓鼓的黄帆布大袋子挎在肩上出站。

刚才车上的那青年困惑地看着走去的赵树理,追了几步,忽又站住——他无论怎么看,这个人都不像一个干部,更不像有甚文化。瞧他,上身穿一件灰卡其布半旧棉袄,下身一条黑裤,膝盖处磨得灰白;脚上一双厚棉鞋;左肩挎一只黄书包,包带上拴着白毛巾和茶缸。右肩吊着帆布袋,鼓鼓囊囊的。这是他的行李。

检票员秀苗姑娘检票。

旅客们从检票口鱼贯而出。

赵树理最后一个过来。

秀苗:"票。"

赵树理:"啊,是。"便在身上乱摸。右边口袋里,掏出一盒"绿叶"香烟;左边口袋里,掏出两包"大前门",一只又光又亮的小铁盒——这是只装过冻伤膏的圆盒,如今装了烟叶;别水笔的上衣口袋,插着一支旱烟袋。

赵树理浑身摸了一阵,抱歉地笑:"对不住,小鬼,票是买了……"

秀苗:"买了?"

赵树理:"可就是想不起装什么地方啦。"

秀苗弯了眉毛看他一阵:"哼,不老实。"

赵树理:"真的买了,小鬼。"

秀苗:"什么小鬼,走。"说着连推带搡地把他带到站长室。

五

汽车站长金水旺,这个赵树理当年的小伙伴,如今已变成胖墩墩的半大老汉,正趴在桌上写什么。冷不防门板"咣当"一声,秀苗推着赵树理闯了进来,吓他一跳。金水旺就抬头瞪眼地问道:"干啥呢,不能慢点?"忽然他认出了赵树理,立马叫喊一声跳起来:"哦呀,是意,来得正好,正好。哈哈哈,我正愁哩!来来来,坐坐坐。"说着笑着,接过袋子,把赵树理按到椅上,笑嘻嘻倒了一茶缸水:"今天是哪阵风把你刮回来了?"

赵树理:"哪阵风?我是骑着'大跃进'的马,乘着'鼓干劲'的风,才进沁水城,就叫你们这个小鬼捉住啦。"

秀苗:"站长,他逃票!"

赵树理:"这个小鬼真认真!"说着急忙把口袋里东西统统掏出放在桌上——一张硬卡片从"大前门"烟盒里蹦出:"哈,在这里了!来,小鬼,检查检查。"

秀苗欲查票。

金站长把手一挥:"查甚,查甚?你这闺女,成天叫喊要学赵树理写小说哩!现在赵树理坐到跟前了,反倒不认师父。"

秀苗又惊又喜,激动地问道:"啊?他?真的……呀?"说罢,红着一张脸扭头跑出。

六

城北梅河桥,是在这年十月刚刚建起来,这是一座石桥。

赵树理默默地坐在桥墩上,抽着一袋旱烟,深情地打量着插满红旗的沁水县城。

冬日熹微,北风轻扬。

几片枯叶飘落,在他眼前掠过。岁月匆匆,景物依旧。依稀中,他仿佛又看见了那座黑乎乎的城门……

1929年冬,那滴水成冰的天气。北风疯狂地卷着雪朝城墙砸去。

五花大绑的赵树理、霍启高由两名警察押着,踩着冰爬上杂草丛生的北岸。

赵树理回头张望,只见城门楼上飞起一群乌鸦,"呀呀"地叫着盘旋。

三五个行人匆匆走过,无不奇怪地看他一眼。

……

金水旺跑来:"哦呀,还在这里哩。"

赵树理:"唔……"

金水旺:"得……赵书记。"

赵树理:"什么赵书记,我是得意。"

金站长:"县委来电话说吕书记他们等你呢。"

七

这时沁水、阳城两县刚合并不久。

县人委院里，阳城县一班人欢迎赵树理。

吕书记握着赵树理的手，说道："辛苦了，辛苦了。"随即挨个给赵树理介绍班子里的人。

领导们的身后，刚才客车上训斥刘老汉的那个小青年，此刻吃惊地看着赵树理，惊讶得不知所措。

吕书记："接到省里通知，真把咱们高兴坏了。您是世界闻名的大作家、全国人大代表、党的八大代表，老革命了。您参加县委工作一方面是对咱全县工作的促进，另一方面我们可以从您身上学到许多宝贵东西，希望你多多指导。"

赵树理连连摆手："不要这么说，不能这么说。"

吕书记："昨天下午，我们就派通讯员去侯马接你，谁知在招待所没有找到您。小李，小李呢？"

那个姓李的小青年局促地走过来。

赵树理笑起来："小鬼，是你呀！"

吕书记："你们认识？"

赵树理："我俩坐的一辆车。"

吕书记："那小李怎么说没接到？"

小李："我、我看他……怎么也不像。"

赵树理："那你看我像什么？"

小李："……放牛的。"人们听了不禁哄堂大笑。

八

吕书记等人说说笑笑地陪着赵树理走进县后院。这时，一个胡子拉碴的汉子，两眼布满血丝迎面走来。

赵树理迟疑地问道："黑孩？"

那汉子一怔，也认出赵树理，疾步走上前握手："你回来了！"

吕书记："这是刘黑孩同志，农工部副部长。"

赵树理："好多年没见了。"

刘黑孩："我在后面阁楼上还有事，先走了。"

吕书记："这样吧，赵书记，咱们先吃饭，吃过饭我再向您汇报县里的情况。"

赵树理："快不要说汇报……"

吕书记："至于您的工作，我看了上一次书记会，研究一下您的分工。"

赵树理："用不着用不着，我这个书记是挂牌的，只是为了方便深入群众。"

吕书记："那不行，得按规矩来。既然组织上派您担任书记，就得参与县委工作。"

赵树理："……也好，我服从组织决定。"

九

这是一间相当简陋的会议室，几把老式椅子，两张方桌拼接在一起。

吕书记、赵树理面对面坐着，刘黑孩等陪同在周围，每人面前一只大粗碗。小李提着铁茶壶进来倒水。

吕书记："国庆节阳城、沁水两县合并，组成阳城县。县委搬到阳城办公，这里只留个办事处，到那时条件就差了，平时只能喝点白开水。"

赵树理："这好，这好！"

吕书记掏出一叠材料："咱们开始吧。我先把前一阶段全县工作的情况说一下。"

赵树理也忙摸出一只纸烟盒，拆开来摊平，摸出钢笔准备纪录。

吕书记："短短九十天，咱们就实现了人民公社化。全县二百五十八个高级社，合并成十四个人民公社，实行起三级管理，以队为基础的新体制……"赵树理费力地记下几个字。

赵树理："了不起呀！"

吕书记越说越兴奋。那简直是一串天文数字。赵树理再也无法相信。

刘黑孩拂袖而去。副书记刘光五瞪了离去的刘黑孩一眼。

赵树理低下头沉默不语，两滴清亮的泪滑过脸庞。

十

1958年的原沁水县人民委员会所在地还只是一片陈旧的瓦房。那时还是靠东关机械厂发电，电灯一会儿黄一会儿红。忽明忽暗的灯光下，赵树理盘腿坐在一把旧式椅上，抽着烟正苦思冥想，刚进城的兴奋劲儿一点也没有了。

这房间显然精心准备过了：靠墙一张板床，铺着厚厚的褥子，床前是只矮矮的踏凳，地上居然铺着一块说红不红说黑不黑的地毯，靠门边的铁炉炉火正旺。

房门推开，小李提着一簸箕炭块进来生火，赵树理一下子跃起来，过来接住就要生炉子。

小李："不要，不要，这活儿脏。"

赵树理："生火是我的拿手好戏，你看……其实生火的原理就是空气流通，空气通了氧气供应充足，炉子想不旺也不行。我过去一根玉米芯芯就能生着一盘火。"

小李："真的？"

赵树理："这可不是吹牛，不过现在是黑夜，不做饭，这火就要埋起来——叫它既不能燃旺，又不能灭了。这就需要技术……"

他居然讲得头头是道。

赵树理："小鬼，这房子挺高级呀。"

小李："可不是，吕书记亲自嘱咐要好好照顾你，那地毯是从阳城县招待所拉来的。"

赵树理："去，拿个尿盆咱早点歇着吧。"

十一

黑暗中烟头一红一暗，赵树理躺在床上辗转反侧，难以入眠。他索性起来，披衣轻轻走出屋子。

冬夜寂寞，幽静异常。

大院一角，阁楼上一扇小方窗亮着灯光，噼噼啪啪的算珠响夹着剧烈咳嗽声传出。

20世纪五六十年代的沁水县城，还没有真正的楼房出现。传统的建筑一般是两层：下层高大，用来住人；上层低矮，堆放粮食和杂物。窗户也很小，多呈方形。农工部长刘黑孩便在这种阁楼上办公。

墙上、床上、桌上、椅上到处都是工程施工图纸。

小电灯泡下，刘黑孩双腿盘在椅上，肚子上顶着一把砸炭锤子，锤把顶着桌子，他满头是汗，正吃力地拨着算盘。

赵树理推门进来。

刘黑孩："你回不回尉迟？"

赵树理："回。"

十二

天还黑着，满城的鸡开始鸣叫了。

客房窗外，吕书记倦意尚浓，他牵着一头灰毛驴走来，"砰砰"地拍打窗棂："老赵，老赵。"

小李趿着鞋踢里踏拉地跑来，推开门一看："哦呀，不在了。"

吕书记笑起来："他呀，就这脾气，我下乡了，把我的马留下，等一会儿赵书记回来，让他骑上回家吧。"

没等小李答应，吕书记已爬上驴背，吆喝着离去了。

第二十六章

一

山路弯弯,大雾弥漫。

初冬的山区又是一番景致。

赵树理有板有眼的上党梆子清唱伴着小李略显稚气的笑声,不时冲开浓浓的晨雾在山野里回响。

蹄声嘚嘚。

一匹枣红马在雾中闪出。

小李骑在马背,不时哈哈笑着。

赵树理一手执缰牵马,一手比画着歌唱,俨然一幅悠然快乐的图画。

二

太阳升起。

朝雾渐渐散尽时,他们来到一段宽阔的路段,迎面一群羊向他们走来。

放羊的汉子五十余岁的样子,光头赤脸,披一件羊皮大袄,不时暴躁地呼喝着。羊的身上统统搭着一条短绳,绳头系着两块黑红莫辨的东西。

赵树理大感兴趣:"伙计,你这是干啥去呀?"

放羊汉子:"送钢。"

赵树理:"这就是钢呀?"

放羊汉子:"不是你能吃了?"

赵树理:"……送钢怎么用羊,这才能拉多少?"

放羊汉子歪着脑袋答道:"你问我叫我问谁?"

一旁的枣红马突然一声长嘶。

羊群猛然受惊,拥挤跳窜地四散开去,顿将"钢疙瘩"洒了一地。那汉子慌忙拢羊,嘴里连连叫骂。

赵树理哈哈笑着,也帮着汉子拢羊。

三

羊群终于拢在一起。

赵树理和那汉子一身大汗,疲乏地跌坐路边。

放羊汉子:"看不出你还是个放羊的把式。"

赵树理:"小时候干过。"

放羊汉子点一锅旱烟给他:"我说哩!"

赵树理接住烟:"这到底弄甚呀?"

放羊汉子:"闹鬼!说是省里下来的记者要照相。咱支书就敢想敢干,马车不用,硬要羊拉——一清早起好容易弄住羊挂上这,现在又跌了。这叫我弄到什么时候?"

赵树理:"不怕不怕,咱们拴牢些。"

远处,小李牵着马,一脸不耐烦,不时抬头看看日头,又看赵树理——他正与放羊汉说得热火。

四

瞭远望见了魁星楼。

楼角下的风铃响着,"叮叮"的一声声传来。

沁河滔滔,绕村东画出一道碧亮的弧线,潺潺流去。

尉迟村依山傍水,风景秀美。

瓦舍一片,尽是老屋。

尉迟庙已显破败,但掩不住往昔的庄严。

人困马乏——赵树理骑在马上,招呼后面的小李,信马走进村子。

突然村口窜出一位姑娘，只见她披头散发，呜呜哭着。后面，一位衣着鲜艳怪异的老太婆拎着一只扫炕笤帚骂着追来。

赵树理见状急忙勒住马。

老太婆的鞋飞出，击中姑娘小腿，那姑娘"啊"地一声跌倒。小李急跑上来扶，却被那老太婆扑过来一把推开，她拾起笤帚，揪住姑娘就打："不听话不听话不听话……"

赵树理喝止老太婆："有话好说，不准打。"

姑娘举臂拦挡，笤帚忽然碰飞，击在马脸上。枣红马受惊一跳，赵树理差点从马上闪下来，他忙俯身搂住马脖子："小李，快把她拉开。"

"少管闲事。"老太婆搡开小李，瞪住赵树理，这才认出他来："是你？"

赵树理笑起来："土根嫂……"

"呸呸呸！"土根嫂狠狠剜了他一眼，扭身就走，迎面撞上赶来的胡土根，她便骂道："来死呀，回吧，遇上丧门星了。"

土根听她这话不禁愣住，片刻，乖乖地跟了老婆走去，却不时回头看看闺女，眼神甚是烦乱。

五

赵树理扶起那姑娘："你是小秀？"

小秀一头扑在他怀里，失声痛哭："伯伯。"

赵树理："不要哭不要哭，给大伯说，你妈为甚打你？"

"……"小秀突然捂脸跑向村外。

赵树理："小秀……"

这时，一个英俊小伙跑过来，神色迟疑地从赵树理身边闪过，又冲着小秀追赶而去。

赵树理见状也撒腿追去，跑了几步又回头盼咐小李："你把马牵回，告诉我家里说我回来了。"

六

河边的一棵大树下,小秀与那小伙相拥呜咽,神情极是凄凉。

赵树理远远走来看见这一幕,微微一笑,扭头上了西山。

七

土根嫂斜趴在炕边,任由丈夫为她捶腿,嘴里还不停地抱怨着:"今天清早起来我右眼就跳,这可真算是倒尽八辈子血霉!"

土根:"消消气。"

土根嫂:"闺女不听话,又遇上那个大坏种。"

土根:"你说得意?"

土根嫂:"什么得意,人家现在叫赵树理,满世界吃香哩。"

土根:"消消气。"

土根嫂:"自从他把我写成'三仙姑',我就眼皮也不睬他一下。坏家伙,糟蹋人了吧。"

土根:"人家不常回来。"

"哦呀。"她猛地坐起,"快去看看,八成小秀又和那个小杂种黏在一起了。"

土根一听这话便拔腿就走。

"回来!"她又一声吼,"我把话给你说清楚,小柿家是富农,咱小秀死活不能嫁给他家。"

土根:"闺女大了……"

土根嫂:"放你驴屁。"

八

不知不觉中,赵树理竟上了西山坡,他走进了赵家坟地。

这块地叫后盉,原是父亲多次典押又多次赎回的那十六亩地,现在种了棉花。

爷爷和父亲的坟上,蓬蒿纠缠,杂草老高,似已多时没有收拾打理,赵树理看到这番景象不免一阵唏嘘。再看落满一地的棉花，就又生了气。地头，几头牛正悠闲地觅食。看得出秋收时极其马虎，棉花秆儿还留在地里，秆上还挂着不少棉花，地里的棉花都已腐烂变质，放眼望去枯草满地。

"这种的是什么地？"赵树理嘴里不由得嘟囔道，把个地头放牛的小孩吓了一跳。

赵树理："你是谁的小鬼？"

小男孩："我是我大的小鬼。"

赵树理笑："你大是谁？"

小男孩："我大是陈狗剩。"

赵树理："哦，你叫什么名字？"

小男孩："我的名字叫白驴。"

赵树理："唔，白驴，回去告诉你大，说我回来了。"

"嗯。"白驴点点头，吃力地背起一捆柴火，仰头问："牛咋办？"

赵树理："我替你看着。"

"要操心呀，我大说牛是集体财产。"白驴说完走去，忽然又停住问道："你叫什么名字？"

赵树理就学白驴的样子说道："我的名字叫赵树理。"

白驴："噢。"

九

赵树理终于忍不住，动手收拾起这块地来，俯身将棉花秆儿拔起拢成一堆，又将秆上的棉花摘下，顺手拔去老高的枯草。一阵工夫，竟将一半的地块收拾得净光利索，而他这时已是满身冒汗。

忽然远处一阵震天的鞭炮炸响声，接着人们的欢叫声传来。

赵树理直起腰眺望，见西南边远处的山坡上一股黑烟冲起。

他拔腿就走，忽然想到白驴的牛。于是，他一声吆喝，挥着一截玉茭秆将牛撵上路，朝着冒黑烟的地方走去。

十

黑烟滚滚，人声鼎沸。

大凡坡如今成了炼钢工地。

一座土高炉旁，堆着一大摊铁器：犁铧、犁镜、铁锅、铁錾、铁火炉……这些东西，显然还能使用。二三十个尉迟村的男女青年，忙乱着将铁器扔进炉膛。

正指挥干活的赵广建发现父亲，大喊一声"爸！"就朝坡下飞跑，一头扑进父亲怀里。

赵树理抚摸着女儿的头："小鬼，你壮实了呀。"

赵广建："劳动锻炼人嘛！"

赵树理："好好好，你要下决心，在尉迟村做一辈子新式农民。"

赵广建："是，老爸。"

赵树理欣慰地笑起来："小鬼，你们在这里做甚呀？"

赵广建："炼钢呗！"

赵树理："炼钢？你也会炼钢？哈哈！走，看看去！"

十一

土炉旁，赵广建将伙伴们一一介绍给父亲："爸，我们这一伙是'小罗成'队和'穆桂英'队——这是小土、这是小青、这是铁蛋、这是小柿……"

赵树理："小柿？前晌见过了，你大是……"

小柿胆怯腼腆，局促得说不成话。

赵广建："他大是南头起圪针院……"

赵树理："张富贵？"

铁蛋："对，富农分子。"

小柿脸涨得通红，垂下头去。

人群中，小秀躲在别人后面——眼睛仍旧哭得红肿。

铁蛋："他大还有一个绰号'吃面肚就疼'。"

青年们"哗"地笑起来。

赵广建："铁蛋，就你能说。"

"怎么，不是？"铁蛋忽然把嗓子捏细，"我呀，一辈子就这毛病，见不得白面！吃面肚就疼——其实是节省过了头。"

小柿的脸"哗"地变得苍白。

赵树理见状，忙引开话头，拾起一只犁铧："这犁还能使嘛！"

铁蛋："这叫废物利用，就要进入共产主义了，还用这些原始工具干什么？"

赵树理又拾起一只铁锅："这也是废物？"

铁蛋："人们都吃食堂了，还要这干甚？把锅锅碗碗砸烂，人就只想共产主义了。"这时，地上的一只马蹄表铃声大作。

"出钢了！"有人大声喊道。

大伙儿登时忙乱起来……

赵树理不无欣赏地看着青年们。

炉膛的出铁口终于淌出一股红水，滴答滴答落在做好的砂模里，被风一吹，片刻凝结成一疙瘩看上去有些奇怪的东西。赵树理俯身去看，不免由高兴到失望，变成哭笑不得："这才是废物，你们把好铁炼成这，真是作孽啊！"

十二

赵广建一蹦一跳地拉着父亲走下山坡，踏上田间小路。

赵树理："小鬼，今天我才进村，就见你土根婶婶揍小秀。"

赵广建："又揍了？太不像话了！"

赵树理："咋回事？"

赵广建："因为小秀和小柿谈恋爱呀，他们已经谈了两年多了。"

赵树理："那是好事嘛！"

赵广建："可小柿家成分高呀！小秀挨打，起码有五十次了。"

十三

　　胡土根正在锯木头。
　　突然，院门"咣当"一声，小秀摔进院子，跟着土根嫂闯进来，劈手夺下土根手中的锯，一把拆了，抓住锯梁就朝小秀身上抽。
　　土根慌悚得不知所措，嘴唇一个劲儿哆嗦。
　　土根嫂打累了，冲小秀吼道："改不改，改不改，改不改？"
　　小秀漠然地睁眼看住她妈，仿佛痴了。
　　土根嫂突然扔掉锯梁，抱住女儿哭喊道："秀呀秀呀，妈是为你好呀，张富贵不是好人，富农家咱不能嫁呀！"
　　小秀："你打不死我，我还是跟小柿。"
　　土根嫂："啊？你，你气死我呀！气死我呀！"忽然拾起锯梁朝土根身上乱抽："看你养的好闺女，看你……"
　　院门被撞开，广建、铁蛋、小柿等一群青年冲进来，土根嫂见状突然愣住。
　　小柿喊着扑向小秀，将小秀紧紧搂在怀里。土根嫂大吼一声扑向小柿，冲他一阵撕抓，小柿脸上、头上登时鲜血淋漓。
　　人们急忙拉开土根嫂时，小柿的衣服已被撕裂。
　　这时候，张富贵，当年那个仗势欺人的家伙，此时已变成一个巴巴的矮瘦老汉，他悄悄进来，突然冲小柿跪下："小柿。大给你跪下了。"
　　小柿："大。"
　　张富贵："孩子，咱家成分不好，不要害了小秀。"
　　泪水涌出小柿的眼眶。

十四

　　广建说完，已是两眼泪花。
　　赵树理沉默不语，仰望夕阳西下，喟然一声长叹。
　　这时有人呼喊广建。
　　"爸，你先回。"赵广建说完跑了。

十五

进了村,天色已是一片苍茫。

暮色降临,洒在圪针院低矮的柴门上。

陡地,院子里爆起一阵争吵和声响,李铁锁带着民兵闯出院子,手里提着半袋粮食,民兵抬着缸、拎着铁锅、饭勺、铁铲……

一个瞎眼女人跌跌撞撞地出来,死死地揪紧粮袋不放:"支书,支书……"

李铁锁:"再说一遍,马上就共产主义啦!不能再有私有财产。"

瞎女人:"求求你,求求你!就剩这几颗'眼珠子'了。"

李铁锁:"吃饭食堂化,要粮干什么?"

瞎女人:"食堂吃不饱……"

"嗯,你说甚?吃不饱?"李铁锁语气低沉凶狠:"胆不小呀,富农婆,敢说吃不饱?你再说一遍,说!"

瞎女人手一松颓然坐在地上。

李铁锁带人一拥而去。

院子里,张富贵呆如木桩,袖着手漠然注视这一切。

赵树理骇然睁大了眼睛。

十六

小院静悄悄。

堂屋窗纸上蒙着昏暗灯光。

赵树理轻轻掀起布门帘。

窗台上点着一盏老式麻油灯。王金莲拥被而卧,睡在靠窗台的土炕上。

"妈。"赵树理轻唤一声。

"得意。"母亲惊喜地睁开眼,意欲挣扎坐起,赵树理急忙扶住。

"妈,病可轻些?"

"这病能治好?就等死吧!"

"哎呀，可不敢死！再过三个月就进共产主义了，你好歹得到共产主义转转嘛！"

母亲也笑了："过晌就回来了，怎么现在才进门？"

"我进了村又跑到村外，从北坡上后盔，又从后盔跑到大凡，拾掇拾掇地，看了看广建他们炼钢，就弄到这会儿……"

母亲又笑起来："你呀，总是不顾家。二湖呢，三湖呢，还好？"

"好，好，正上学。"

"北京的家又搬了？"

"搬了，搬到了马家庙。"

"这次回来住几天？"

"本来计划住一段，现在打算不走了。"

"那就好。你看妈这病一天不如一天，趁早给我把老房子做做……"

"还早哩还早哩。"

说着话，赵树理上炕在母亲的腰部垫两个枕头，扶她坐稳，便跳下地——捅旺炕边炉火，又去寻找什么。

母亲："寻甚？"

"茶壶呢？"

"甚壶？连锅也没有了。"

"那怎么坐水？"

"是铁的都叫弄去炼钢了——用砂锅吧。"

十七

"妈，我哥还没回来？"院子里一声喊。

"回来了回来了！"赵树理急忙去掀帘。

一位高挑身材的妇女闪进屋里，手里端着一个大砂锅，屁股后面跟着一个四五岁的小女孩。

小翠："哥，你真省心呀，把这病妈交给我，一年四季跑得不见面。"

赵树理愧疚地说道："谢谢你，小翠。伺候妈该是哥的事。"

小翠："谢甚，妈也不是你一个人的。"遂放下锅招呼女孩道，"快唤舅舅。"

赵树理："这是小毓？"

小毓伸出手："舅舅——糖。"

"糖？对对对。"赵树理急忙去翻口袋。

小翠："快不要摸了，你哪次回来买过吃的？"

赵树理就笑："是呀是呀，小孩子不能惯。这是甚？"

小翠："饭，食堂领的饭呗。"

小翠拿碗欲舀，被赵树理拦住："等等，我看看。"他端过油灯，用勺子搅了几下，只见一锅稀汤里漂着几块南瓜。

赵树理："米在哪里？"

小翠："谁知道，一天三顿就是这。"

赵树理脸色大变："这能泼（沏）茶！"

小翠："看你，不吃拉倒，发什么火？食堂里正在给你烙烙饼。"

赵树理："给我烙饼？"

小翠："可不是，你是县委书记，谁敢叫你喝这？"

赵树理生气："我不吃，我不吃。"

十八

铁锁端着一盆烙饼，带着几个村干部走进来："赵、赵书记，吃饭吧。"

赵树理蓦地看着他。

铁锁抱歉地笑："……没油，这饼烙得没吃头。"

赵树理："你吃吧。"

铁锁："……"

赵树理："你这个支书怎么当的，就让群众一天三顿喝这稀汤？"

铁锁："……"

赵树理："你本事不小嘛！一亩麦子打三千六，这辈子你见过没有？"

挨了一顿训斥，铁锁抱头蹲到地上不吭声。

赵树理："你有本事'放卫星'，就要有本事让群众吃饱肚子。就喝这'洗澡水'，叫人们怎么干活？村里没粮了？"

铁锁:"没几颗了。"

赵树理:"秋粮呢?刚收没几天嘛!"

铁锁:"粮站全收走了!"

赵树理:"我说呢,大支书亲自带人抢粮。"

李铁锁:"没办法呀,快要断顿了。"

忽然,铁锁呜呜地哭了。

十九

得知赵树理回来,村人三三两两都来看,不一会儿挤了一屋。河顺也来了,他拄着棍,脖子上吊着一支唢呐。

赵树理扶河顺坐在椅上,朝大家敬了一圈烟。

河顺从脖子上摘下唢呐:"得意,听说你回来,我就把家伙带上了!"

人们"哄"地笑起来。

铁锁哭声不减,显得很别扭。

河顺:"铁锁你算了哭吧,当初牛皮吹下那么大,害得一村人现在吊起嘴。你哭一哭也算有良心,大伙不怨你。"

母亲:"就是,那一阵谁不吹。"

铁锁一听这些哭得更加伤心。

赵树理扶起铁锁:"行了,没了粮咱再想办法。"

二十

人们散去。

一灯如豆,摇曳不安。

赵树理坐在炉火边,忧心忡忡地看着那盆烙饼,默然不语。

母亲:"不早了,歇着吧。"

赵树理:"妈你先睡,我出去转转。"

母亲:"快半夜了还转甚呀。"

赵树理:"去看看狗剩。"

二十一

夜已深沉，一切都没入黑暗。

赵树理披衣刚出胡同，冷不防几乎撞在一个人影身上，黑暗里听见一声女人的尖叫。

"谁？"赵树理"啪"地拧着手电筒。

一片黄光登时将那人罩住：这是个三十多岁的妇女，她显然被吓坏了，仰着苍白的瘦脸，眼睛闭着，一双手颤抖着搂着一只扁扁的粮袋。

赵树理："哦，是小旦媳妇。"

女人也缓过神来，认出赵树理："是你？你回来了。"

赵树理点头："这么晚了还没休息？"

"休息？"小旦媳妇嘴皮压扁挤出两个字，忽然泼辣地说，"告诉你吧，我去偷粮来。"

赵树理："……"

小旦媳妇举起粮袋："看，在库里偷的，玉荞。"

赵树理："你不该啊。"

小旦媳妇："还记得吧，几年前我说农业社口粮发得少，吃不饱。想不到你老人家会胡编，把我写进你的小说《锻炼锻炼》。从此，一村大人小孩都唤我'吃不饱'，害得我难做人。"

赵树理："真对不起你啦。"

小旦媳妇："少说没用的，我……"

这时远处忽然传来一阵奔跑声，接着响起铁锁愤怒的喊叫："快点快点，贼没跑远！"

小旦媳妇听到这些害怕极了。

赵树理一把把她拉到一个墙角，随即回到街上冲着跑过来的铁锁等人问道："是铁锁吧。"

铁锁提着马灯带人跑来："赵书记还没睡？"

赵树理："这是怎么了？"

铁锁："有人偷粮，把库房门撬了，这个天杀的！拢共就剩一点点粮了，他还想捞一把，逮住了瞧我怎么治这个贼。你没看见吧？"

赵树理："没看见，我也刚出来。"

铁锁等匆匆跑去。

二十二

赵树理："出来吧，没事了。"

小旦媳妇："你今天救我一次，咱们算是把账扯平了，谁也不欠谁。"

赵树理："不是这个意思……"

小旦媳妇："不过我还是要问一句，你凭良心说，农业社吃饱吃不饱？"

赵树理："……"

"哼，"小旦媳妇，"吃不饱吃不饱吃不饱，就是吃不饱。你敢不敢写？"

忽然黑暗里有人一声低喝："把你能的，偷粮食有了理啦？"

小旦媳妇浑身一哆嗦，粮袋掉下，玉米粒子"刷"地散落一地——突然她跪在地上，双手疯狂地把玉米粒连土掬起放回袋里，赵树理赶紧地帮忙往袋里撮。

这时，又有一双手参加进来。赵树理惊呼："狗剩。"

二十三

群山沉寂，河水滔滔。

夜色笼罩下的沁河，泛着青白色神秘的光亮，映一天星斗在波光里。

河边，燃起一堆篝火。

赵树理、陈狗剩抽着烟促膝长谈。

二十四

陈狗剩拄着木棍踉跄着走进村子。

一长溜胶轮大马车满载粮食风一样驶出村来，将他逼到路边。

"一辆、两辆……十三辆……"他喃喃地数着，忽然朝最后一辆马车扑去，一把将铁锁揪下来："拉走多少？"

李铁锁："九万三。"

陈狗剩："打下多少？"

李铁锁："……"

陈狗剩大喝一声："多少？"

李铁锁："十一万四千斤。"

陈狗剩："还剩两万一？"

李铁锁垂头不语。

陈狗剩："全拉走了，全拉走了。"

李铁锁："拦不住呀！"

"叫你吹，叫你'放卫星'。"陈狗剩猛然揪住铁锁，"全村三百多号人，吃什么，吃什么啊？你把一村老小坑了。"

二十五

天下雪起来，细碎的雪花飘落在他俩的头上、肩上。

赵树理："你没错，受委屈了。"

陈狗剩："委屈算甚！我不在乎。问题是就要断粮啦，前天我去库房看了看，满打满算剩两千来斤玉茭、七八百斤谷。"

赵树理："啊，就这一点？"

陈狗剩："可离明年麦收还有半年，离过年也没剩几天了。叫群众咋办？"

赵树理一阵沉默，而后深叹一口气，说道："我压根没想到情况会是这样。上个月在朝鲜访问，看见《人民日报》报道咱县钢铁卫星上了天，高兴得我一夜没睡。我是一疙瘩劲跑下来，想写一写大好形势，可是……"

陈狗剩："现在是胡折腾，全来虚的、假的，真他妈跟上鬼了。"

赵树理："狗剩，我看这村支书还得你干。"

陈狗剩："我叫他们开除党籍了。"

赵树理："这个我去说。为了群众，你得出来挑担！"

陈狗剩："干可以，不过我有几个条件。"

赵树理："你说。"

陈狗剩："第一，食堂得解散；第二，大炼钢铁得暂停，把劳力抽回来赶紧整地；第三，去年秋天把群众自留地收了，这不行，得重放下去；第四，放假半个月，让社员们搞些副业，扑闹点零花钱过年。"

赵树理："你这几条，可都和上头拧着呢。"

陈狗剩："拧是拧，可是管用。不这么干，尉迟村今冬明春就过不去，闹不好会饿死人。"

赵树理："除了第三条暂时放一放，我看别的可以。"

第二十七章

一

雪住天晴，阳光灿烂。

"锵——瓮——锵！"院子里，赵树理挥着笤帚，学着戏扫雪。

"锵——瓮——锵！"小毓的脸红扑扑，拿着小笤帚模仿舅舅的动作居然很像。

院子里扫出一块，赵树理索性扔掉笤帚，捏起兰花指转圈子"走台"："嘚、嘚……锵！"小毓跟在后面模仿，忽然滑倒。

赵树理笑着扶她起来，冲站在门口的妹妹嚷："这小鬼可以唱戏。"

二

一辆吉普车驶来，停在胡同口。

车门打开，地委书记张新，吕书记和公社书记王满堂下来，笑着走进胡同。

赵树理仍在教小外甥女学戏："小姐，请上楼来。"说罢他便学着丫鬟的样子扭捏着上西楼。张新等人进来见状不禁大笑。

王满堂："赵作家，张书记来看你了。"

赵树理："哎呀，不敢当，不敢当。"

三

一群人进公共食堂时，社员们正吃饭，大伙捧着碗听河顺说快板，不时发出哄堂大笑。见领导们进来，顿时又变得鸦雀无声。

不知什么时候，那小毓也悄悄跟了来。

张新察看河顺的饭碗——依然一碗清汤，浮着几块南瓜，便不由得皱紧眉头，问道："就这饭？"

河顺："这是饭？"

张新："哦，是汤，是汤。"

小毓（突然模仿赵树理）："喝这'洗澡水'叫人们怎么干活！"

人们听了都哈哈大笑。张新沉下脸来。吕书记神情狼狈。王满堂瞪住小毓。

四

张新等人围着库房里的一堆玉茭，或蹲或站，神色变得极为难看。

李铁锁拎着一串钥匙，满额滚着汗珠。

王满堂："就剩这么点了？"

李铁锁："是。"

王满堂："你是怎么弄的？别的村存粮还多呢嘛！"

李铁锁手足无措："……"

王满堂："你这个支书干不了，趁早下台。"

张新不满地看了王满堂一眼，背着手同赵树理一起走出库房。吕书记捅王满堂一下："吵什么吵。"也紧跟着走出来。

王满堂压低声音："李铁锁你给'大跃进'抹黑，回头跟你算账！"

铁锁一呆，钥匙掉在地上。

五

一群人走向汽车。

"情况比我们想象得严重啊！"张新长吸一口气，转向吕书记道，"老吕，你看怎么办？"

吕书记："先解决群众吃饭问题。"

张新："粮呢？"

吕书记："县里调一些。"

"我这里也给一点！"张新拍拍赵树理的肩膀说道："老赵，放心了吧！"

赵树理送张新、吕书记上车，忽把王满堂拦住："王书记你等一下。"

王满堂："什么事？"

赵树理："陈狗剩同志的处分，是不是可以撤销啦？"

王满堂"……那是公社党委的决定。"

赵树理："他充其量不过说了一句老实话。"

张新坐在车内对王满堂说："马上撤销。"

王满堂马上连声道："行，行吧。"

赵树理："快过年了，群众们反映想放几天假，搞点副业抓闹些零花钱过年。"

王满堂："不行，这可是搞资本主义……"

赵树理："那你给贷款。"

王满堂："钱没有……"

赵树理发火："搞副业不准，贷款不行。那好，我卖几间房给社员解决困难。"

王满堂："这……"

吉普车喇叭不耐烦地响了两声。

王满堂："行，行，你看着办吧。"

六

车厢里，张新沉默不语，吕书记板着面孔，王满堂惴惴不安地瞅瞅张新，又看看吕书记，气咻咻地说："这个老赵……"

张新面色沉沉地说："你们不要惹他。"

七

尉迟村十一名党员或蹲或坐，挤在几条板凳上，抽着赵树理的一包"大前门"，屋里渐渐腾起一团团烟雾。

李铁锁："人到齐了，咱们今天开个支部会，现在就请赵书记做指示。"

赵树理:"指示甚呀,按说,我的临时组织关系在县委,参加这个会没有表决权。可是,事关群众利益,有些话就不能不说。"铁锁:"没事,咱们全听你的。"

赵树理:"首先我要说,尉迟村形势现在比较吃紧。李铁锁同志夏秋两季'放卫星',产量报得过大,形成征购任务过重,粮食打得不少,可差不多全上缴了。结果,办起公共食堂,群众胡吃海喝没几天,就只好喝稀的了。人们死受一年,丰产不丰收,吃不饱肚皮自然有气!加上别的乱指挥、瞎折腾,现在是人心涣散,管理失调。好比过人家,日月过乱了。因此,加强领导势在必行,咱们党支部要担起这个责任。"在场的人纷纷点头。

赵树理:"怎么加强领导?我看头一件,就是改选支部。铁锁弄虚作假,群众威信已经没有了,就不要干支书了。选谁呢?我的意见是狗剩。"

党员们一致同意:"对,狗剩干!"

李铁锁:"我也没意见。其实我这个支书是王满堂硬派的,我压根就不想干,也没这本事。"

赵树理:"行了,没争议就投票表决吧。"

八

"好消息!好消息!"铁蛋欢喜得手舞足蹈地沿街飞跑,边跑边喊道:"支部改选了,狗剩上台了!"

街上的人拉住铁蛋,铁蛋神气十足跟大伙说着:"现在,我宣布尉迟村管理区党支部的三条决定:第一,马上解散食堂……"人们却好像不信。

"第二,暂停炼钢,强劳力抽回整地;第三,哎呀,我去尿一泡。"

"不准尿!快说。"

"不行不行,要尿裤啦!"铁蛋夹着腿钻进街边的厕所。

人们心急地包围了厕所。

"快些,铁蛋。"有人喊。

"急甚，要屙哩！"

"哈！"人们笑起来。

街上的人越来越多，将雪后村里的街道踩得一片泥泞。铁蛋终于提着裤子出来。

"快说，快说。"

"谁有烟呀？"铁蛋趁机"勒索"，把手心向上摊开询问人群，登时有了几支香烟递来。铁蛋统统收下，又让人点燃一支抽上，才又说："第三条：放假半月，让大家搞副业抓闹点钱过年。"人们听了这些突然变得出奇安静。

"真的？"有人不相信地问。

"那能有假？这是咱赵书记亲口定的！"铁蛋斜了那人一眼。

街那边，赵树理、陈狗剩和一些党员们说笑着走出社房院。

激动的群众朝他们拥去。

有人"唰"地抢了铁蛋耳朵上别着的烟。

九

阳城县委的会议室里，肥肥胖胖的刘光五听完汇报，就把个大巴掌拍在桌上："尉迟管理区三条决定都是错误的，甚至是反动的！这个赵树理，真敢胡来！"

十

尉迟村的群众可不这么看。被"浮夸风"刮得晕头转向的他们，对赵树理的感激一下子抓住这个难以相信的机会，他们突然精神焕发，去重新打理一个庄稼人实实在在的生活。而这么多年过下来的日子，从不需要虚头巴脑的东西。

李铁锁带人在食堂门上贴封条；

铁蛋、小柿赶着马车，将铁锅、犁铧等拉回村子；

广建、小秀等一帮女孩，在地里拾棉花；

库房门打开，陈狗剩带人分粮，把三千斤玉米按人头分在户下。

家家屋顶上重又冒出充满生活气息的炊烟。

赵树理叼着小烟袋，笑眯眯地看着河顺编簸箕。

土根嫂等几位妇女飞针走线地纳鞋底。

张富贵眯着眼睛捻毛线。

小旦带着孩子翻着一堆堆玉米秆儿，搜出一个又一个玉米棒子。

河滩地里的人们光脚踩在泥里，摸出一个个红薯。

十一

雪消了。

五辆胶轮大马车驶出饲养院。

蹄声"嘚嘚"惊动了村庄，人们欢送赵树理去外出借粮。

河顺过来，将羊皮大袄递给赵树理："穿上！"

赵树理推辞不过，套在身上，被人扶上马车。

车把式铁蛋一声口哨，长鞭一挥，几匹骡马登时发力，拽着车风一般卷向村外。

十二

土根嫂打扮光鲜，领着一位穿戴齐整的青年走来。那青年推着一辆崭新的自行车，自行车上捆着大包小包。后面跟着一位瘸腿老汉。

"亲家！"土根嫂喊那瘸腿老汉："走快点嘛！"

瘸腿老汉答应一声，步子加快，身子也斜得更快。

鞭声噼啪，马车迎面驶来，土根嫂急忙躲闪，仍被车轮溅了一腿泥水。

铁蛋哈哈大笑。

"短寿鬼。"土根嫂跳着脚骂，"急着去抢屎哇，丧门星……"

铁蛋对赵树理笑道："大伯，自你把她写成'三仙姑'，这老婆跟你记上仇啦。"

赵树理微笑不语。

铁蛋："不过你也写得真够绝，这老婆怎么看都有些不正常。"

赵树理:"那个小伙是谁?"

铁蛋:"你不知道?小秀的对象呀!她妈为她寻的,秦庄人,叫小善,瘸腿老汉是他大。"

赵树理:"哦,可是小秀和小柿……"

铁蛋:"吹灯啦,小柿今天也订婚。"

十三

小柿的订婚仪式正在举行。

河顺虽老,嗓音依然洪亮:

> 太阳出来红彤彤,
> 革命青年喜相逢,
> 手拉手儿闹生产,
> 社会主义大光明。
> 交换订亲礼——

富农分子张富贵家,其实这时已一贫如洗。一张绑着短木棍的断腿方桌旁,河顺坐在椅子上,任张富贵替他点烟。炕上,瞎眼女人小柿妈满脸笑容地坐着。

炕角,一个长辫姑娘,红着脸,腼腆地捏着辫梢。一个黄脸瘦汉子坐在地上的小板凳上。

"情况呢就是这么的,"河顺喷出一口烟,"小柿家是富农,你们家也是富农。谁也不用嫌谁,要是没甚,我看这门亲事就成了。闺女,你表个态吧!"

张富贵不安地盯着那姑娘。

姑娘把头埋下:"……我,没啥。"

河顺:"她哥,你呢?"

瘦汉子:"没啥,我妹没啥我也没啥。"

河顺:"行了,都没甚那咱就把婚订了!"

张富贵:"订吧,订吧。"

小柿漠然地拿起桌上的一双毛袜,垂眼递给那姑娘。

突然,小秀披头散发地闯进来,看到刚才的一幕忽然怔住,"哇"一声哭着掉头就跑。

小柿手一抖,毛袜落在地上,他大叫着追出。

十四

小土领着陈狗剩慌张地跑出社房院。

十五

"秀啊,秀啊——"

一弯斜月,照着旷野里失魂落魄的胡土根和他老婆,他们连哭带喊着,摔倒又爬起。陈狗剩发动了全村人,也在满世界寻找小秀。

十六

后半夜,小秀拉着小柿钻出一座砖窑,缓缓朝沁河走去。

十七

马车停在地委大楼东侧,铁蛋等几个人一边喂马,一边朝高大的楼门张望。

楼道里,赵树理圪蹴在一间办公室门口,默默地抽烟。

干部们来来往往,不时地议论几句。

"这人是哪的?"

"坐了一后晌了。"

"听说沁水的。"

"找张书记干什么?"

"说是借粮。"

"胆子可不小……"

这时一个看模样像是个秘书的干部劈头盖脸地训斥赵树理:"怎么还

不走？给你说过几遍了，张书记不在！"赵树理并不理会他，只是默默抽烟。

秘书又骂道："真是死皮赖脸。"

十八

马车满载粮食吃力地驶进村子。

陈狗剩急步赶来："老赵呢？"

铁蛋："去蒲峪水库了。"

十九

蒲峪水库大坝行将合龙。

这是一片荒凉的山沟，两堵高大石坝矗立而起——中间留着一条窄缝。黑压压的一片民工，人头攒动，口号连声，人抬车拉，抢运石头，堆在坝顶。

工地四周，散落着一些简易窝棚。

靠近大坝的一个木棚门口，疲累得不成人形的刘黑孩斜靠在一块石头上，一边袒着一条臂膀输液，一边嘶哑着嗓子喊叫。

阳光照着挂在木杆上的输液瓶，射出斑斓色彩。

刘黑孩："老赵，上次你说的那种'三合土'，咱们弄成了，试了试比水泥不差。走走走，去看看。"

赵树理急忙拦住他道："不行，你不能动。"

"不要紧，"刘黑孩一挣未起，终于颓然坐下，额上激出冷汗。

赵树理夺过他手中的小旗子："你坐着，我来替你传达。"

刘黑孩："吕书记也来了。"

远处，吕书记、刘光五抬着石头，吃力地走向坝顶。

这时，一个民工跑来："刘部长，石头够了，开始吧。"

刘黑孩："仔细检查过了？"

民工头："检查过了。"

刘黑孩："那就开始——合龙！"

赵树理扬起小红旗高喊："合龙——"

工地上一声呐喊。

这呐喊声震撼山野。

石头纷纷落水，溅起片片水柱。

赵树理朝大坝跑去。

二十

村口，赵广建领着小毓，焦急地张望。

远处，终于出现了一个人影。

"爸！"广建喊着跑去，忽然听到小毓的叫喊声，返身抱起小毓。

赵树理："小鬼，跑成这干甚？"

广建："小秀小柿死了！"

赵树理震惊："怎么会！"

二十一

纸幡飘扬哭声凄哀。

并排搭起的两座席棚下，停着两口白茬棺材。

陈狗剩指挥人搭棚。

土根嫂、瞎眼女人趴在地上，哭得死去活来。

胡土根像一根木头杵在棺材跟前。

人群中，赵树理怔怔地看着。

也许这一刻，他想起了小二黑和小芹……

第二十八章

一

拂晓,小李骑马驰进村子,直奔赵家老院,刚一进院他便跳下马"砰砰"地拍响院门。

赵树理披衣开门:"小鬼冻坏了吧,快进来,进来。"

小李:"今天县委开会,吕书记派我来送马,要你快去。"

赵树理:"现在?"

小李:"吃罢清早饭就开。"

赵树理:"好,我穿件衣裳就出发。"

二

会议室,阳城县委一班人准备开会。

刘黑孩也来了,他坐在室内一角,一脸病容。

这里的条件显然比沁水县委好些。房间粉刷得雪白。墙上挂满锦旗、奖状,长方形桌上蒙着床单,喝水也用上了搪瓷缸。

吕书记:"不等老赵了,咱们开吧。"

这时,外面忽然传来一阵激烈的争吵声。

有人从窗口往外张望,说道:"哎呀,赵书记和站岗的吵起来了。"

吕书记笑起来:"快去请他上来。"

三

赵树理牵着枣红马,穿件羊皮大袄,上下不扣一颗扣子,头上包着毛巾，脚上穿一双旧鞋，一脸气恼地与警卫员叫嚷："我再说一遍，我是赵书记。耽误了开会你负责。"

警卫员听了，面无表情地告诉赵树理不能进。

赵树理急得只好再次告诉警卫员："是吕书记叫我来的。"

警卫员上上下下打量了赵树理的打扮不禁哈哈大笑。

赵树理一把推开警卫员欲闯，却被他伸手拦住："不行。"

赵树理："要迟到了，同志。"

警卫员："谁知道你是谁呀，上头有命令，闲杂人等一概不准入内。"

这时，一个干部跑来告诉警卫员："这是赵书记。"

赵树理冲那警卫："看看，我没哄你吧。"

四

赵树理走进来："站岗的认不得我。"

会议室的人们听了这话都忍不住笑了。

"同志们，开会吧，这是新的一年第一次县委全委会。"吕书记主持开会，朝旁边小桌上两位秘书招呼："做好记录。"干部们纷纷掏出笔记本。赵树理端起茶缸抿了口水。

吕书记："同志们，'大跃进'的1958年胜利地结束了。在这不平凡的一年里，我们阳城县三十六万人民，在党和毛主席指引下，高举'三面红旗'，深入发动群众，掀起了轰轰烈烈的全民'大跃进'高潮，取得了前所未有的胜利、前所未有的进步！我们的成绩是巨大的，成果也是巨大的。"

吕书记喝了一口水，继续讲话："按照地委指示，阴历腊月三十，各县都要召开全县三级干部会议，部署明年工作，迎接1959年的更大跃进！为了开好这次会，就要深刻检讨去年的工作，总结经验，以利再战。所以，县委把大家请来，就是要听听，你所分管的哪个方面、哪个部门，取得了哪些成绩，有些什么成功经验，存在哪些问题。在此基础上。做一个全面总结，准备拿到'三干会'上。行啦，我长话短说，下面你们来讲。讲的时候要注意两点：一是成绩要讲够；二是问题要摆透。"开场白结束。

会议陷入短暂停顿。不少人或者紧张地翻阅带来的材料，或者左顾右盼，或者只是朝着吕书记笑。

赵树理："你们不说我先说吧。"人们就渐渐安静地听他讲。

赵树理说道："我回到咱县两个多月了，跑了不少地方，看了不少场面，接触了不少群众。直观感受是有喜又有忧。喜的是，群众热火朝天干劲很大；忧的是人民公社刚刚成立，高级社的章程不能用了，新的章程还没有摸索出来。问题成堆，整个儿看上去有点乱套。"

一些人听了这些不由瞪起了眼睛。

赵树理又继续讲道："再说炼钢铁。不知道你们见过的钢是怎么炼？反正我碰上的，都是把好铁器砸了扔进土炉，化成水水流出来，最后成了'四不像'——说铁不像铁，说石头不是石头，一块块龇牙咧嘴的，倒和磁猴差不多……"

听到这里一些人害怕地低下脑袋。

只有刘黑孩两眼炯炯地盯着发言的赵树理。

刘光五终于忍不住阻止赵树理的发言，只听他说道："你不要说了。"

赵树理听了刘光五的话一怔。

刘光五："按你说的，'大跃进'搞错了？"

参会的一些人也纷纷指责赵树理：

"简直是泼冷水。"

赵树理却依旧心平气和地说："我只是实事求是嘛，刚才吕书记不是说，问题要摆透……"

"呐——"刘副书记扔过一张《山西日报》："你看看，这可是省委党报，侯马市红星大队红薯亩产二十万斤。"

赵树理笑着推开报纸："不用看，假的。"

刘光五："什么？你、你敢说……"

赵树理："一亩地有多大面积？"

刘光五："还用问？六十平方丈。"

赵树理："二十万斤红薯有多少？"

刘黑孩："起码装两列火车皮。"

赵树理："是嘛，把这两火车红薯一个挨一个摆满一亩地，少说也摆它三尺厚。都是红薯了，土在哪里？上肥不上？浇水不浇？"

刘副书记哑口无言。

有人"扑哧"笑出声，忙又捂嘴。

吕书记火透了，嘴角抽动，眼睛眯细，就要发作，忽地想起地委书记张新的话"你们不要惹他。"便只好挤出一丝笑道："哈哈哈，吃饭，先吃饭。"

五

大灶房里，赵树理捧着大海碗排队等候打饭，有人提醒他道："赵书记，领导都在小灶吃。"赵树理却说："哪里不是个吃。"

说着他到窗口领了一碗菜两个窝头，端着出去和大家一样蹲到墙脚去吃。片刻工夫，他已与人们说笑得很热火。

团县委书记张平和一个青年干部走来，问道："哪位是赵书记？"

"就是我。"赵树理边吃着菜边答应。

"呵，赵书记，我叫张平，团县委书记。明天上午，团县委准备召开全县文艺'放卫星'大会，想请你去讲一讲。"

赵树理："讲甚呀？"

张平："有关文艺'大跃进'……"

赵树理："跃进我可讲不来，讲跃退还差不多。"

张平听了这话一时不知该说什么。

赵树理一看张平尴尬的神态——，便笑着应道："好好好，我去讲我去讲。明天几时？"

张平："上午八点。"

六

办公室门打开了。赵树理夹着碗同上午领他进院的那位干部走进来。

这是窗户朝南的一个房间，屋里宽敞开阔，墙壁雪白。漂亮的写字台上摆着日历、文件夹和一盆花。靠墙角有一只沙发床，上面的被褥全是新的。

那位干部对赵树理说:"这是专门为您安排的。"

"不住,"赵树理扭身就走,"我去另外寻个地方。"

"赵书记,"那个干部跟着他后面说道,"咱们条件有限,你看哪里还不合适……"

"哈哈,你误会了。"赵树理笑起来:"房子挺高级,可躺在那种床上我睡不惯。"

七

他又站在这片坚实的土地上。

站在当年牺盟会阳城总部旧址门口。

仿佛回到二十年前枪林弹雨的岁月。

日本鬼子挺起的刺刀刺进人们的肚腹。

龙王庙,桂承志带领战士开枪抵抗,要崇德倒下。黑暗里庙墙被推倒,战士们一拥而出,赵树理狼狈地夹在队伍中……

也许赵树理一辈子不说假话的习惯,是在"血染龙王庙"那场差点要了他命的战斗中,用血浇铸而成。

大街上,赵树理兴致勃勃地这里看看,那里转转,信步走来。

他的穿戴有点不伦不类。

但气质又显得那般高贵独特。

人们见他过来,先是惊奇,接着就笑了。

赵树理拐进供销社,两个女售货员一见他进来立刻"提高警惕",盯着他的一举一动。

售货员:"要甚呀?"

赵树理:"把烟给我来上几盒。"

"啪,啪"售货员扔两盒"绿叶"在柜台上,大声道:"掏钱。"

"也把那种要些,"赵树理指着"大前门","五盒吧。"说着他掏出一把票子。

售货员惊讶地睁大了眼。

赵树理把烟统统塞进衣服口袋，说声："谢谢。"

看着他出门的背影，其中一个售货员撇了撇嘴："这个家伙怪有钱呀。"

另一个售货员说："八成是在哪里偷的。"

八

西关街口，一群人围成一堆正听说书。

说书人是盲艺人长河，他年纪已经不小了，仰着脸拉着胡琴，说到动情处，两只瞎眼便眨巴几下。他的身前，还是那个特制的木架，上面锣、钹、梆、鼓俱全，两脚踩动，登时奏出一阵和谐的交响乐。

赵树理挤进来听：

  丝弦鼓板响叮咚，
  叫众位听我表英雄。
  一不表征东的薛仁贵，
  二不表征西的小秦英，
  三不表隋唐的瓦岗寨，
  四不表宋朝的水浒兵，
  古来的英雄咱不表，
  不谈古来只论今……
  "好！"人们齐声喝彩。

长河抱住胡琴，掏出手帕擦汗，赵树理急递一支香烟："长河老哥，嗓子还是当年那么好呀。"

长河："哦呀，赵得意？"

赵树理笑着握住他的手："现在是老赵了。"

长河："老赵，老赵你回来了？"

赵树理："回来了，可是晚上没处去睡。"

长河："有我睡的还怕没有你的，哈哈，快操家伙吧。"

赵树理："好，和你过过瘾。"

音乐再起时，赵树理弹响三弦，长河来了精神，顿将锣鼓踩得铿铿锵锵。赵树理头一仰唱起来：

  太行山有个刘家峧，
  刘家峧上有两个庄，
  前庄有个"二诸葛"，
  后庄有个"三仙姑"……

九

一阵热烈的掌声响起。"阳城县文艺跃进大会"正在莲花池县文化馆召开。

露天一排桌子，搭成主席台。

赵树理抽着烟，含笑看着院子里席地而坐的青年们。

张平激动地介绍："同志们，今天我们阳城县文艺跃进大会，请来了中共阳城县委书记处书记、我们的著名作家赵树理同志。"

热烈掌声淹没了张平的声音。

赵树理掐灭烟头，欠身行礼。

张平："现在就请赵书记讲话。"又是一阵掌声。

赵树理："大家这么欢迎我，让我好不感动。不过，我可是给你们泼冷水来啦。我是一个专业作家，一年还写不好一本书。诗是语言的精华，你们一晚上怎么能写几十首呢？不要说放'卫星'，我看连个'起火'也放不成。你们年纪轻轻，可不能养成吹牛夸口的毛病啊……"

主席台上闻言人人色变。

张平听后也顿时慌得狼狈不堪，急忙为赵树理斟茶却不小心碰翻茶杯，杯子掉在地上摔得粉碎……

又一阵掌声响起，赵树理结束了讲话。

张平长长吐出一口气："同志们，刚才赵作家给我们做了一个精彩的报告。让我们以热烈的掌声,再次对他表示衷心感谢。"掌声经久不息。

张平:"现在,进行下面的议程,布置各单位任务。首先是文艺单位,阳城县光明剧团——全年写诗八万首,大型剧本六十个,中型剧本一百个,小型剧本五百个。"

赵树理听了嘿嘿笑道:"要是真能这样,作家们就失业了。"

张平:"润城人民公社——全年写诗二十万首,小说二十万部……"

赵树理此刻已是面露不悦。

张平:"全县共青团员,在更大跃进的1959年,每人要拿出三百篇文章……"

听到这里,赵树理悻然拂袖而去。

十

一支红烛把赵家西楼照得通亮。

烛光下,赵树理一脸忧愤,抽着烟伏案疾书。

十一

春节到了,过年的气氛已浓。

广建和姑姑糊窗纸、贴窗花。

小毓在院里点炮,和一群小孩子捂着耳朵欢笑蹦跳地玩。

人们拿着红纸进进出出。

堂屋里,赵树理俯身方桌上,为村人写对联。只是,乡亲们拿来的红纸宽窄不等,每到写那些窄的,他便眉头皱起。土根已站了很久,等到别人写完,他才局促地过来——展开两条二寸多宽的红纸。

赵树理惊讶地抬头问道:"这么窄?"

土根:"没钱,将就着写吧。"

赵树理:"放下吧,写好我送去。"

这时陈狗剩匆匆进来:"老赵,县里通知,年三十开'三干会',小队以上干部都去。"

赵树理:"好。"

陈狗剩："县里说，你要是忙于写作顾不上，可以不去。"
赵树理："噢，我不忙，能去。"

十二

小秀去世带来的凄凉仍弥漫在院里、屋里，可怕的贫穷，又使这凄凉倍加浓重。

这一天，胡土根骑在老婆身上，抡着大巴掌一下一下朝她脸上扇着，嘴里大声地吼叫："揍死你，揍死个你！老子跟上你窝囊了一辈子。你这老妖婆，还我闺女。"

土根嫂脸色惨白，直挺挺地病倒在炕上，任由丈夫的打骂。

赵树理提着二斤肉和写好的宽对联进来，见状急忙拉开土根。

"呵，是得意，得意。"土根嫂突然坐起拉住赵树理的胳膊痛哭："我真是'三仙姑'呀，我不如'三仙姑'呀……"

赵树理："想开点。"

土根也垂下泪来。

土根嫂："我后悔死了呀，我的小秀，小秀啦……"

十三

天边刚有一丝亮色，尉迟管理区的干部们走出村子。

赵树理："咱们走快点，赶饭时到阳城，不误开会。"

前面，隐约可见一头驴驮着炭筐子，赶驴人正把路上的驴粪蛋踢进路边的地里。

赵树理："快看，那个人正踢驴粪蛋哩，好像是黑旦？"

陈狗剩："就是黑旦，路边那块地是他原来的自留地。"

一群人就笑。

十四

三千多人挤满了大礼堂，"阳城县春耕生产誓师大会"正在这里举行。

晋东南地区所有的县都一样，"三干会"是政治生活中最重大的一件事,会议的特点是隆重、热烈。而且,正式开会之前,一般都要来点文艺节目,以增强会场气氛。

此刻,瞎眼长河正在台上表演,精彩的说唱不时激起台下一片喝彩声和口哨声。

吕书记、赵树理、刘光五等县委领导在主席台上就坐。

大喇叭里吕书记一声咳嗽。会场顿时安静下来。

"同志们,'大跃进'的1958年过去了,更大跃进的1959年开始了。"吕书记声音洪亮,充满威严,"在新的一年里,我们的奋斗目标是,棉花亩产超千斤,粮食亩产超一万,工农总产翻十倍,争取夺得全国状元。"

赵树理听了这些不禁皱起眉头。

吕书记:"为了夺取更大跃进的更大胜利,县委决定召开这个会,布置落实春耕生产的跃进计划。第一项,是春耕生产准备。县委要求,正月初一,也就是明天,全县农村立即投入生产,过一个'大跃进'的春节,每个劳力至少每天要刨六亩玉茭茬子。"

"轰"一声,台下的人们被这个指标吓得乱嚷起来。

"老吕你等等,让我插句话。"坐在吕书记旁边的赵树理再也忍不住了,他苦笑着说:"老吕,你算算看,一亩玉茭少说四千株,就是四千个茬,六亩就是两万四。刨一个桩少说两镢头,一镢头至少三秒钟,刨一个茬就得六秒钟。两万四千个茬要十四万四千秒,可一天二十四小时,满打满算才八万六千四百秒。就是说,一个人不吃饭,不睡觉,不拉不尿,马不停蹄整干一天,他也刨不下六亩,况且眼下地还冻着。"

"哈哈哈。"台下听了这话爆发一片哄笑。

吕书记顿时一阵尴尬:"好吧,六亩不实际,这个会后再作研究。下面说第二项:积肥投肥。县委要求,每个生产队每亩地最少投肥三百担。"

"慢慢慢,老吕。"赵树理再次拦住,"我看这个指标也太高,你想想看。一个生产队有多少人?有多少厕所?多少牲畜?能积多少肥?有多少劳力?多少块地?把这么多肥运到地里得多少时间?到那时还误不误种?"

吕书记脸色一沉:"依你说呢?"

赵树理:"依我说一般投肥每亩地二三十担,咱们'跃进'一下,三十五担，怎么样？"

台下忽然响起热烈鼓掌。

怒气升上吕书记的脸："下面说第三项。为了保证完成全县粮食总产五亿三千万斤的任务，县委决定，今年全县一律播种'金皇后'玉茭，一律不准再种谷子，谷子产量太低……"

赵树理："不种谷牲口吃甚呀？"

吕书记："同时决定，今年一律推广密植，要求一亩玉茭最少下籽一百五十斤。"

"等等，"赵树理急了，"老吕呀，这一百五十斤籽种在地里，庄稼还咋长呀？自古以来哪有这么种地的？"

"'大跃进'嘛！"吕书记终于发火了，"什么人间奇迹都可以创造出来，人有多大胆，地有多大产。要敢想敢干……"

赵树理："敢想敢干我不反对，可也不能脱离实际。如果离开实事求是的精神，那就成了瞎想瞎干。照刚才这么计划，肥料铺到地里半尺厚，庄稼苗挤到一起成了栽绒毯子，我看连一颗粮食也收不上。"

台下哗声四起，口哨不断。

吕书记怒极，猛把文件一摔，大喝一声：

"休会。"

十五

大礼堂后台休息室，赵树理成了众矢之的。

县委领导纷纷向他开炮："这开的叫什么会？"

"赵树理同志，你太不像话了。"

"就是普通群众也比你觉悟高。"

刘光五拍桌大喊："我们阳城县什么时候落后过？可是今天，到现在还定不下各项指标，眼看别的县都哗哗地搞出规划，可你老赵一口咬住这也不实际，那也不实际！指标定低了，怎么向上边交代？"

赵树理："我们做工作，不单是为了向上边交账，更要对人民负责。指标好定，想定多高都可以，可是，咱们不能这么做啊！大家想想，如果指标定得高高的，打不下那么多粮食，还不是苦了群众？再说，指标定得太高，兑现不了，群众会说咱们净吹牛皮，这样有损党的威信，群众也不会跟咱们走……"

刘光五听了赵树理的这些话后，几乎是狂叫着冲他道："依你说，'大跃进'就是吹牛皮？"

赵树理毫不退缩地反驳道："这种时候，谁要不顾群众死活瞎说胡话，就是对党不忠，对民不义！"这话分量太重。

双方一时隐入僵局，都沉默下来。

过了一阵，吕书记苦笑一下："不要争了，不要争。这样吧，老赵，你是个文化人、作家，是不是多搞些创作……"

赵树理："我连好些事情都弄不清楚，这一阵没法写东西。"

吕书记："那……"

赵树理："这么吧，我在县上惹你们嫌，碍手碍脚的……"

吕书记笑起来："倒也不是这个意思。"

赵树理："能不能让我负责一个公社？让我弄块'试验田'，试试我的办法，搞一搞。"

吕书记："这好啊！不过，一个公社人多事也多，怕累坏了你。还是选一个管理区吧。"

赵树理："要选我就选尉迟。"

吕书记："好！尉迟管区交给你。"

赵树理："不过，我怎么搞，你们可不能干涉。"

吕书记："好，你就一门心思搞你的试验。"

赵树理："那就一言为定？"

吕书记："行，一言为定。开会吧！继续开会。"

十六

领导们重新就位后，台上台下都有些情绪低落。

吕书记说："谁给咱们唱段戏吧！"

台下，瞎眼长河大喊："老赵！"便就有人附和："对，老赵！"

"老赵——来一个!"

"老赵——来一个!"

吕书记笑起来。

赵树理也笑起来。

有人把那个特制鼓架抬到台中间,又拿来三弦。

一阵雷鸣般的掌声中,赵树理朝台下拱拱手,坐在凳上,抱琴两脚一踩。登时锣鼓齐鸣。赵树理头一仰,开始引吭高歌。

  谷子好,谷子好,
  应对谷子多关照,
  谁对谷子看不起,
  快把偏心早去掉。

吕书记听到这摇头苦笑。

  谷子好,谷子好。
  又有糠,又有草。
  喂猪喂驴喂骡马,
  好多社里离不了。

第二十九章

一

赵树理一夜未睡,终于搞出了一个尉迟村生产建设的规划。

早饭时分,可能太困了,他闭眼歪头斜坐在椅子上,两手在大腿上轻轻地敲着。桌上,长短烟头堆满一只笨碗,旁边丢着个吃剩的窝头。墙上,钉起一幅红红绿绿的图画,上面苍劲有力地写着一行大字:尉迟村——社会主义新农村建设规划。

小毓吃力地爬上楼梯,轻轻掀起门帘一角朝里张望——赵树理正枯坐着思索,仿佛入睡了。小毓忽然看见了桌上的窝头,就馋得小舌头舔着嘴唇,伸手去探……

赵树理忽然睁开眼,吓得小毓惊叫一声,急忙从楼梯退下,却突然一脚没踩稳栽下楼梯——幸好陈狗剩这时上楼来,伸出一双大手猛地把她接住。

半天,小毓才惊吓得哭出声。

小翠跑出堂屋,看到刚才的一幕吓得脸色发白。

赵树理闻声也跑出来急切地问道:"跌坏了?"见狗剩抱着小毓这才抹去头上的冷汗。

"哥。"小翠悻悻地埋怨道,"你不光跟吕书记他们过不去,还跟小孩家过不去?"

"没事没事,锻炼锻炼嘛!"赵树理冲小翠笑笑,"狗剩上来,狗剩上来。"

二

"我正想去找你哩。"赵树理递他一根烟,"这次我和吕书记闹翻,虽说不能再管县里的事,但吕书记答应把尉迟交给我做'试验田',我还是很高兴的。这几天我思谋着,这块'试验田'该怎么种?做些甚?咱弄虚作假的事不能干,但把群众积极性调动起来,实实在在地办上几件事情,还是可以的。咱们不妨就在尉迟村试试社会主义新农村的建设。跟他们比一比,谁是真跃进,谁是假跃进,我就不服这口气,你来看。"

陈狗剩盯住墙上的图画。

赵树理:"这是几点初步打算,你先听听。在这里——村北河边,咱们安装抽水站,把河水提上山,保证坡上的地也能浇,不怕它天旱。"

陈狗剩:"这不错。"

赵树理"在磨缰沟口,取土垫滩,打坝拦水修水库——我算了算,水库建成可蓄水五万立方,同时拉三万多方土,把这些土垫到南河滩,可新造三百亩水浇地。"

陈狗剩听了这个规划特别高兴:"这是一箭双雕,水也有了地也扩了。"

赵树理:"有了水,一切都好办。在西坡,咱们搞它几十亩果园,栽苹果种梨植桃。另外,水库可养鱼,花多了可养蜂,草多了可养羊,咱们买些细毛羊,搞一搞品种改良。细毛羊我在新疆见过,产毛率大着哩!"

赵树理又点上一支烟:"再想得远一点,在大凡坡底下,将来开煤矿;村南河边,搞个小水电站;村北庙跟前,将来盖学校;街上这块地方,要扩展改造,盖办公楼、戏台、小电影院;村西这一大片,将来修成新式住宅。电有了,煤有了,就可以搞工业,粮食加工、木材加工、烧砖瓦、炼焦炭、开铁厂……"赵树理的这些话让陈狗剩搓手直叫:"好,好,太好了。"

赵树理:"先不要说好,看看还有什么考虑得不周全的?"

陈狗剩:"我保证全村老少没有一个不说好的。"

赵树理:"倒也不忙和群众说,咱们再调查调查,测算测算,把这规划搞得牢靠点，重要的是实际不实际？我看先开支部会，党内先通通气，研究研究。"

陈狗剩："行，我这就去布置。"

"等等，你先坐下，"赵树理从书纸堆里抽出一沓稿子："我最近写了个东西，准备寄给中央，想先听听你的意见。"

陈狗剩感到有点意外："行吧，你念我听。"

"公社应该如何领导农业生产之我见——这是题目。"

不知为何，陈狗剩看着赵树理的一脸凝重，看着他那么急切地念着，陈狗剩的思绪努力追着他的每句话，觉着越听越舒服，却又突然心里冒出一阵刺人的酸痛，他忍不住唤出一声："赵书记——"

赵树理猛然抬起头："怎么，你觉得有问题？"

陈狗剩："是有问题。"

赵树理："是不是不实在？"

陈狗剩："实在倒是太实在，但我劝你不要寄。"

赵树理："……"

陈狗剩："我是粗人，文化跟你没法比，但上头决定的，下面必须无条件执行，而且不能走样。"

赵树理："不对。你我是共产党员，怎能不对党知无不言，言无不尽。"

陈狗剩："可是'三干会'上，你倒是净说实话，下面一千多人也为你鼓掌，但最后呢？还是吕书记说了算，县委说了算。"

赵树理："事关天下苍生，我不能不说。"

陈狗剩："唉！"

三

社房院一间大仓库。

赵树理绘制的那张如景似画的巨大规划图，终于高高挂在大仓库烟熏火燎的土墙上。

这是个八间大的仓库，空荡荡的，墙角堆着一堆烂棉花、席片。地上滚着十多根粗大杨木。尉迟村的男女老少就挤坐在这上面,聆听赵树理讲话。规划图下,一只破旧的单桌后,坐着赵树理,左边陈狗剩,右边河顺。

赵树理:"乡亲们,咱们这村老早以前叫吕窑上。相传是在唐朝,有员大将叫尉迟恭,字敬德,就是以往常说的一个门神,还有另一个门神是秦琼。这个尉迟恭不知因甚得罪了唐太宗,就叫罢了官,恓惶得要吃没吃,要喝没喝,跑来咱们村钻进地窖里编簸箕。从此,咱们村就叫成了尉迟,他还给咱们留下一门传统手艺,编簸箕。"乡亲们听了赵树理有趣的讲解都被逗得笑起来。

"尉迟恭姓尉(yù)迟,咱们村叫尉(wèi)迟——字典上可没有这个音。到底应该叫'尉(yù)迟'呢?还是叫'尉(wèi)迟'呢?我看还是叫尉(wèi)迟。因为几百年这么叫下来了,改了反倒不上口,马马虎虎吧。"广建、小土、铁蛋一伙青年一边听他说,一边悄悄地议论着。

赵树理:"由此看来,咱们村存在至少也有八百年啦。这八百年日月,尉迟人是怎么熬过来的?远的不好说,新中国成立前我可是过来人。旧社会,尉迟村五十多户,一多半是靠押地借债过日子的。另外一些户,穷得连债也借不出来,因为举债要有土地房屋抵押。每逢收了秋也就是低价粜粮还债抵息的时候……"河顺听了这些话长叹一声。

赵树理:"现在办食堂那个地方,原来叫'南院门口',南院的前院里住着我的一户本家,弟兄三个,老三叫各轮,被财主打个半死活埋了。食堂南边,原来住着一家姓冯的,叫福归——我写的小说《福贵》写的就是他。还有我大,老汉一辈子辛辛苦苦,就是胆小怕事好迷信。我写的'二诸葛'就有我大的影子。1943年秋天,日本鬼子在咱这一带大扫荡。本来应该往西山里逃,可我大算了一卦,结果就往北逃——不料正好撞到敌人刺刀底下,叫日本人逮住摁到茅坑杀了。"人群中几个老女人听了这段凄惨的故事不禁啜泣起来。

赵树理:"我说这一大摊,就是要大家进行一下比较。新中国成立后,共产党来了,闹土改,分田地,穷人翻了身,日月确实好多了,大家不能忘记。当然,眼下还有些不尽如人意的地方。有不如意的就得改一改,变一变。怎么改？怎么变？俗话说'自己的日月自己过，天上掉不下白馍馍。'一切还得靠大家，靠实干。"赵树理喋喋不休地描绘着愿景：

抽水机轰隆鸣响，清清的河水抽上山坡，流进麦田……

水库碧波荡漾，鲤鱼跳跃……

苹果挂满枝头，柿子红得鲜艳，黄梨黄得可爱，鲜桃硕大如拳……

煤矿，井架高高矗立……

水电站，轮机飞速运转……

一排排新式农居拔地而起……

新学校，一座漂亮的二层楼，传出琅琅书声……

锯木厂，电锯锯开粗大圆木……

砖窑，汽车满载机砖驶出……

铁厂，高炉出铁，火星四溅，铁水染红了夜空……

小剧院，正放映外国电影……

大队多功能办公楼，灯光闪烁，青年们翩翩起舞……

街道铺了钢砖，平坦宽畅，一辆小汽车驶来停下，土根嫂跳下车……

自来水直接流进铝锅，女人们笑靥如花……

河顺舒服地躺进自家浴缸……

赵树理满头是汗地讲着。

乡亲们沉浸在美妙的遐想中，突然大家开始鼓掌欢呼，有如春雷。

铁蛋等一帮后生吹响口哨。

姑娘们的快乐无从表示，便伸手胳肢广建，银铃般的欢笑声爆发出来。

……

赵树理："大家拍手，说明认可了我这个规划，我很高兴。不过，计划再好，还仅仅是在纸上。只有动手干起来，才能变成现实。现在，我提议以村党支部为核心，成立一个工程指挥部，总指挥我看就叫狗剩当。"

陈狗剩："我不当，你当。"

赵树理："我是设计师。"

陈狗剩："你也是总指挥。"

河顺："对对，得意干吧。"

"对！"人们齐声呐喊。

赵树理笑起来："看来我不当是不行了。好，今天起我就是赵总指挥。不过，咱把丑话说在头，你们得服从我调度。不听话挨批评，那也是活该，为了工作，我可不管你谁是亲戚，谁是本家。"

乡亲们听了他耿直的话都不禁哈哈笑起来。

赵树理："今天是正月初五，离开春解冻还有一个半月。过了十五，广建、铁蛋你们俩出去采购树苗、锅驼机。其他人全部上水库，一个也不准请假。"

"好。"人们拥着赵树理有说有笑地散去。

陈狗剩忽然大声喊道："党员留下。"

四

尉迟村十一名党员碰头开会。

陈狗剩："刚才大家都听了，不知道你们有何感想？反正我是真想大哭一场！人家老赵，大作家！八级高干！一个月工资二三百块，顶咱三年收入。这么多钱，在大地方什么好生活不能过？回来跟咱们一道受苦，图个啥？咱们都是党员！从今天往后，谁再只顾自家不顾公家，谁再不管群众只管个人，谁他妈就是驴日的。"

这汉子忽然蹲下开始哭泣。

五

磨缰沟口，水库工地上。

太阳刚刚出山，把一缕阳光洒在赵树理和乡亲们淳朴的脸上。

二百多男女老少齐集沟口，紧张地注视着沟里点炮的铁蛋——只见他点燃导火索，就地打一个滚，翻身跑开。

一声震天炮响，大片土石轰然倒下。

乡亲们欢呼着扑进沟里——尉迟水库工程，就这样揭开了序幕。

一辆辆平车拉着土飞奔坡底。

赵树理挑着一担箩头，夹在队伍里走向村南河滩。

六

这天,刘光五看到《文艺报》批判赵树理小说的文章:《一篇歪曲现实的小说——〈锻炼锻炼〉读后感》,脸上掩饰不住的得意。过了半天,他冲门口一声喊道:"小李。"

小李应声进来。

刘光五:"去找马秘书,把今年第一次县委全委会的记录,还有赵树理的那个发言给我拿来。"

七

赵树理出席第二届全国人民代表大会第一次会议。

赵树理出席周总理在中南海紫光阁主持的文艺界人士座谈会。

赵树理赴苏联乌兹别克首都塔什干参加亚非作家会议。

八

正是农作物扬花时节。

铁蛋赶着马车,拉着赵树理和十多只细毛羊驶进村子。

村北抽水站,机器轰鸣,水声哗啦啦。

河顺如今当上管水员,他眯着眼叼根小烟袋,蹲在锅驼机跟前,笑着倾听如歌的水声。忽然听见羊"咩咩"地叫,就蹦跳到路上冲着赵树理打招呼:"得意,哈哈,你这次走的日子可是不短。"

赵树理:"是啊,开了几个会,耽搁了不少时间。哦,锅驼机安好了?"

河顺:"早好了,苹果树都栽下了,梨树也栽下了,还栽了两亩猕猴桃树。喏,看这水,旺着哩!山上的麦子快浇完了。"

赵树理交代铁蛋:"把羊赶回去交给铁锁,我去四处转转。"

九

西山坡,河水汩汩流进麦田。

赵树理蹲在地边,深情地掬起一捧水,喃喃自语:"引水上山,千古之梦,终于实现。"

十

果园里,一大片苹果树苗吐出几片嫩叶,在风中摇曳。

赵树理弯腰拔掉地里的杂草。

十一

水库已初具规模。

人们围着赵树理,笑着、说着。

十二

院子里,小毓正学跳绳。

赵树理从堂屋出来,冲小毓一招手:"来,小姐。"说着模仿戏曲人物的样子摇摇摆摆走上楼梯。小毓也专门做出忸怩作态的模样,跟着赵树理走上楼。

不料上到楼门口,却被赵树理拦住:"小鬼,你不能进,我要工作。"

"不嘛,不嘛。"小毓欲哭。

"好好好,"赵树理无奈,拉她进来递给她一盒火柴,然后故意沉下脸来对小毓说:"你的任务是给我点烟,站好了,不准动。"

赵树理坐下掏出烟,小毓急忙划火柴为他点上。

赵树理喷出一口烟,略做思考便伏案疾书,写满一页即扯下交给小毓:"拿着,不准动。"

小毓吃力地认字,居然结结巴巴读出:"公、社、农、业、我……"

赵树理又惊又喜:"不简单呀,谁教你认的字?"

小毓:"赵——广——建。"

赵树理大笑。

十三

办公室,刘光五也在伏案疾书,他在整赵树理的材料:赵树理同志的右倾言行。边写边不时查看一下记录。

十四

麦子熟了，这一天开镰收割。

赵树理只穿一件背心，戴一顶草帽，挥镰走进麦垄……

树下，赵树理接过一瓢水，仰头喝个痛快。

粮场，碌碡飞滚。

轮到老赵扬场，只见他木锹一抖，麦粒成伞形飞向空中，落下时糠壳吹净，"唰"地溜下麦堆——整套动作干净利索，姿态潇洒，博得人们一片喝彩。

十五

入夜，粮场上人声鼎沸，驴马嘶鸣。夏粮分配开始了。

几盏汽灯挂在木竿上。灯下，赵树理拨拉着算盘记账，陈狗剩在旁边唱名——每喊一户，就有人拿着口袋过来，称粮、装袋，待人们领了粮都笑着离去时，月已偏西。终于分完了最后一户，赵树理合上账本，揉着有些酸困的腰倒在松软的麦秸堆上，冲狗剩叫喊一声："还剩多少？"

粮场上还有四五大堆麦。

河顺拢着未分完的那一堆。

陈狗剩估着麦堆的分量，笑着说："我看最少还有四万斤。"

赵树理："了不得！"

陈狗剩："没想到哇，交了公粮分了私粮，还剩这么多。咱们估产是不是低了？"

赵树理："低了，照这样子，恐怕亩产不是四百六，差不多有五百斤了。"

河顺："全亏了锅驼机抽水……"

陈狗剩："手里有粮，心中不慌。有这些余粮，我这个支书也好当了。"

河顺："老天恩典！"

赵树理哈哈大笑。

"出事啦！"这时，铁蛋一头大汗地跑来，冲他俩叫道，"天黑我送我妈去我舅舅家……"

十六

郭庄村粮场。

王满堂挥手大叫："快装快装。"

一群大汉把麦装进麻袋，扔上汽车……

场上，群众冷漠地瞪着。

郭庄村支书："王书记，你不能全拉走。"

王满堂："嗯，你们公粮交了吗？"

郭庄村支书："交了。"

王满堂："口粮、劳动粮呢？"

郭庄村支书："也分了。"

王满堂："你公粮交了，口粮、劳动粮分了，还留这么多麦子干甚？"

郭庄村支书："牲口不吃了？"

王满堂："你有多少牲口？"

郭庄村支书："大小六十八头。"

王满堂："好，按标准，一头牲口留下三百斤，其余全部拉走。"

郭庄人愤怒地包围了王满堂。

"想干什么？"王满堂一脸凶相瞪住那支书吼道，"想进班房？嗯？"

十七

陈狗剩："怎么办？"

赵树理："你说呢。"

陈狗剩："藏起来，不能给他。"

赵树理："……藏吧。"

陈狗剩忽然焦躁起来，"铁蛋，快去喊上十来个壮小伙，马上来。注意保密！"

铁蛋答应一声飞奔而去。

十八

尉迟庙正殿,河顺举着马灯。

昏暗的灯光投在尉迟恭塑像的脸上,显得有些凶恶。

这里寄放着几口空棺材。

赵树理、狗剩掀过棺盖,小伙子们立刻把小麦倒进去。

十九

民房后墙开了一个洞。

陈狗剩提着马灯照着亮,小伙子们扛着麻袋钻进房子,又拎着空袋跑出来。

旁边,河顺刨开一堆土,赵树理泼进几桶水,扔进一些麦秸,两人脱掉鞋袜,跳进去一顿乱踩。

陈狗剩:"快点快点,还有吗?"

铁蛋扛着麻袋过来:"马上完了,最后一袋。"

陈狗剩:"完了赶快垒。"

顿时一阵乒乒乓乓的声响,一块块糊积很快将洞封严。

赵树理操着泥抹子,将一铲麦秸泥甩在砖上,推开抹平。

黑暗里,赵树理和狗剩相视一笑。

陈狗剩:"散了吧,今夜的事谁也不准说。"

二十

又是一个晴朗的早晨。

赵树理扛着铁锹,腋下夹着一只牛皮纸大信封走出院子,碰上匆匆走来的陈狗剩。

陈狗剩:"刚才接到电话通知,王满堂已带人从公社出发。"

赵树理一笑:"你一个人应付吧,我去水库。麦事了了,除留一半劳力下地拔谷,其他人今天就上水库干吧。争取雨季到来之前,咱把水库搞个差不多。"

陈狗剩:"行,我这就去通知。"

赵树理把信封交给狗剩:"还有一件事,你派个人跑阳城一趟,把这个送到县委收发室,叫他们挂号寄出。另外看看刘黑孩在不在,要在,就说我请他来一趟,指导一下咱们的水库工程。"

二十一

一辆"嘎斯"牌卡车冲进粮场,"嘎"一声刹住,一捆捆麻袋"通通"扔在地上,随即从车上跳下一群棒小伙子。

王满堂踢开车门跳下:"人呢?"

陈狗剩钻出草棚:"来了,我正等着呢。"

王满堂:"接到电话了吧?"

陈狗剩:"接到了接到了。"

王满堂:"接到了就不多用说了,这次来主要是检查一下小麦的情况。"

陈狗剩:"检查吧检查吧。"

王满堂:"嗯?你们的麦子呢?"

陈狗剩用手一指粮场上的一小堆麦粒:"那不是?"

王满堂:"就这么一点?"

陈狗剩:"打得就不多,交了公粮,分了口粮劳动粮,留出牲口饲料,就剩这么一点。"

王满堂:"不可能吧?你们村……"

陈狗剩:"我这里有账。"

王满堂接过账本,匆匆一翻,扔还给陈狗剩,愤愤地一挥手:"走吧,来迟了。"麻袋又重新被扔上汽车。

陈狗剩呆呆地看着远去的汽车,一脸茫然。

二十二

工地上仍是一片繁忙景象。

沟口已被石砌大坝堵住,两边坡上的土被挖去,形成一个阔大的圆形——尉迟水库接近建成。

村民仍在挖土。来来往往的平车，来来往往的担子。

工地一隅，赵树理和刘黑孩、陈狗剩正指着图纸研究工程。

这时，一男一女两位记者大汗淋漓地爬上坡来，拦住小旦媳妇问道："请问大嫂，赵树理同志在哪里？"

小旦媳妇笑着一指："那就是。"

男记者："谢谢，谢谢。"

来到赵树理他们三个人跟前，那男记者疑疑惑惑地向刘黑孩伸出手："您好，赵树理同志。"

刘黑孩笑着握着男记者的手，指着赵树理说："他才是赵树理。"

"噢，搞错了。"旋即又向赵树理伸出手，"您好，赵树理同志。"

赵树理："好，好。"

男记者："我们是新华社记者……"

赵树理："欢迎，欢迎！"

女记者："赵树理同志，我们今天来专门采访您。"

赵树理："咱们坐下说。"

远处一声长长的哨声响起。

村民们四下散开休息，铁蛋一手拎着铁条，一手拎着雷管炸药跑到土坡底，掏洞准备装药。

女记者："赵树理同志，您是世界闻名的大作家，在全国人民响应党中央的号召，掀起轰轰烈烈的'大跃进'高潮中，您深入生产第一线，亲自参加伟大的群众运动实践。请问，您现在有什么想法？"

赵树理哈哈大笑："我现在的想法是，只要能使尉迟村每亩地增产三十斤粮食，我就不干作家……"

女记者听了这话下意地转过头去，顿时她嘴巴大张，两眼圆睁瞪住坡顶——

土坡顶，一大块土石渐渐松动。坡底的铁蛋却全然不知，仍在埋头掏洞。

"小心啊！"赵树理突然站起身来大喊。

工地上顿时响起一片紧张的呼叫声。

一个人影箭一般射向坡底——是陈狗剩。

女记者吓傻了，猛地捂住眼睛。

男记者反应敏捷，抓起照相机摄下这一惊心动魄的瞬间。

铁蛋猛地跳起……

陈狗剩扑上来，一把推开铁蛋。

大片土石塌下，尘烟腾起。

二十三

一片的紧张喊叫声四起："狗剩，""支书——"

无数只手疯狂刨土。

男记者操起铁锹挖土，却被铁蛋一把夺过扔出去老远，喝道："扯淡！"

男记者一怔。

河顺："那会铲破脸。"

土石扒开，露出狗剩苍白如纸的脸，上面一片鲜血模糊。

"闪开！"赵树理一声大喝。

人们七手八脚地抬着陈狗剩，轻轻地放到一辆平车上。

"陈叔！"铁蛋狂呼着抱住陈狗剩。

二十四

社房院，追悼会在这里举行。

花圈满院，哭声震天。

"八音会"显得少气无力。

河顺含泪吹着唢呐，那声音凄婉、哀怨、苍凉而悲壮。

村民们臂挽黑纱，向他们的好支书陈狗剩告别，人们的脸上流淌着泪水。陈狗剩的妻子哭得死去活来。

白驴披麻戴孝，跪在父亲棺前烧纸，大颗泪珠簌簌地落下。

赵树理胸戴白花，一脸肃穆。

他开始致悼词："乡亲们，同志们！陈狗剩同志，是咱们的好支书，为了全村群众的利益，他光荣地牺牲了……"

悲怆的哭声中，赵树理、刘黑孩、记者、铁锁、黑蛋、赵广建、铁蛋、胡土根、土根嫂、小旦媳妇和村民们，排队绕棺吊祭。

陈狗剩安详地躺在棺材里，身上覆盖着鲜红的党旗。

赵树理："准备吧。"

棺材合上，五寸长的木钉乓乓乓乓地楔进棺盖。

陈狗剩的妻子突然哭昏过去。

赵树理："起灵！"

鼓乐前导，旗幡随后，送葬队伍缓缓移动。

赵树理一脸悲痛，跟着扛灵的小伙子们一起走出村庄。

路边，小李牵着枣红马，惊讶地看着送葬队伍，顺手把一封电报交给赵树理："赵书记，北京的电报。"

二十五

夏日寂寞，虫鸣如诉。魁星楼檐下的风铃，"叮叮"作响有如哭泣。

他终于要走了。

村口，乡亲们脸色愁惨，为赵树理送行。

赵树理："再见了，乡亲们——一定要把水库建成啊！"

土根嫂鼻子一酸："放心走吧，得意，今天黄道，宜出行。"

"哈哈哈！"赵树理慨然大笑。

他走了，牵着马，依然一身朴素，昂着一颗高傲的头颅。

第三十章

一

北京沙滩，中国作家协会。

高音喇叭里广播着中共中央八届八中全会决议：《为保卫党的总路线，反对右倾机会主义而斗争的决议》。

赵树理走进院子，明显地感到气氛不对了。一些同事、熟人见了面也只是礼貌地点点头，说声"回来了"就匆匆走掉。

这时他发现大院一角，居然也矗立着一座炼铁炉，就饶有兴趣地过去，围着炉子看。

上班铃响了。赵树理随着人群走进大楼，却被看门房周老头喊住："老赵，有你的信和汇款。"

赵树理答应一声折进门房。

周老头拉开桌柜，右手提出一大捆信："都是你的。"又翻出一叠汇款单，要赵树理签字。说着又变戏法一样掏出一小瓶"北京二锅头"："给你留着哩！"赵树理也不客气，接过来一口喝掉半瓶，忽然看见周老头的左臂一直垂着，就问："老周，那条胳膊怎么了？"

周老头："好好的不能动了，痛哩，头也有点晕。"说着捋起袖子，皮肤上赫然一条殷红的血线。

赵树理："这是血毒，老百姓叫'肉蛇'，治得迟了了不得！"

周老头一听就急了："那我得赶紧去医院。"

赵树理："不能耽搁了，有小刀刀没有？"

周老头立刻拉抽屉开柜子地寻找……

赵树理抓过桌上一只白碗,扣过来一拳捣烂,捡起一小块刃口锋利的碗片,拿酒浇了,在周老头的胳膊上割下去,血就汩汩流出,那条血线眼看着一寸一寸地缩短。

周老头充满感激地说道:"老赵呀,你懂得真多!"

二

书房内,电灯彻夜未熄。

赵树理枯坐书桌边,如一尊塑像,桌上扔着纸笔。台灯的光亮照在他焦虑、苦闷的脸上,似镀了一层薄薄的铜色。

三

大雪纷纷。

北风刺骨。

司机小王把车停在门口,轻按两声喇叭,赵树理就夹着一个纸包走出来了。坐进车里,赵树理从镜子里看到小王眉宇间神色不宁,就问:"有事?"

小王徐徐启动汽车:"孩子感冒了,挺严重。"

赵树理:"那赶快送医院呀。"

小王:"不忙,我先送你到机关,再……"

赵树理:"停下,停!你快送孩子去医院!我坐公共汽车去机关。"说着不等汽车停稳,他就已开门下去,顶着风雪大步走去。

四

春天来了。

燕子归来,忙碌地在屋檐下面筑窝。

关连中收拾了几件衣裳和药放进那只帆布袋子:"还去山西?"

赵树理:"嗯,回老家。"

关连中:"人家批你哩,敢走?"

赵树理:"不批了,停啦。前天我去找老邵,他说中央也没有文件,就这么突然停了。"

关连中:"白白整了你三个月。"

赵树理:"也没白整,咱起码也受到些教育。"

关连中:"你血压高,下去操些心。"

赵树理答应一声,背起袋子欲走,忽然回头问:"这个月,给王春老家寄钱了吗?"

关连中:"寄啦,月月都寄啦。"

五

1960年的春天,大地了无生机。

连续三年大旱,将太行山区摧残得面目全非。土地龟裂,寸苗不长。原该是绿意盎然的季节,却到处一片凋敝景象。山坡上立起一座座新坟。

赵树理忧心忡忡地走来。在那片熟悉的村外坡顶上,他打量着山沟里的土岭村,心情微微有点激动。

太阳暖洋洋的,灰乎乎的村街,靠墙根的一些衣衫褴褛脸色青黄的老人在晒太阳。他们的脸浮肿着,仿佛一夜之间全部吃胖了。见赵树理走来,也都一动不动,冷漠地看着他。路边趴着的两只瘦狗,也只是抬了一下眼。在一盘石碾处,赵树理看见李存才,就快步走过去:"存才。"李存才也认出了他,却冷冷地说道:"是你呀。"

李存才鞋上挂着孝,推着碾子正碾一摊玉米芯子,一个蓬头垢面的女人围着碾子扫着磨碎的玉茭芯。

赵树理:"这是玉茭芯呀,能吃?"

李存才:"不吃吃甚?支书说这是淀粉,营养丰富。"

赵树理放了袋子欲帮他推碾,却被李存才一把推开:"劳驾不起,你走远点吧。"

赵树理一怔,神色甚是愁苦。

六

列车呼啸南去。

赵树理、诗人汪静之、音乐家马可等一行十多人,组成文艺作家代表团赴广西壮族自治区参观访问。

在桂林,赵树理登临叠彩山,攀上明月峰,俯瞰美丽的江城桂林,不禁心旷神怡。

在阳朔,赵树理泛舟漓江,夜泊兴坪,欣赏漓江夜渔之胜景。

在凭祥,赵树理会见文艺界人士,神采奕奕地讲演。

七

不久,山西潞安县璩寨乡。

赵树理又活跃在太行山区农村,他背着那只帆布袋,风尘仆仆,兴致勃勃,游走在田头、农家、饲养院……

这天夜里璩寨乡正在演戏。戏台上亮着汽灯,戏场里群众拥挤。

老朋友武金锁、赵大锤、葛巧云和一群干部簇拥着赵树理进戏场来,见戏台下靠前一片地方,用绳子拦着隔出一个"专席",那里摆着桌、椅、茶水、水果。赵树理厌恶地皱紧眉头:"这是干啥,快撤了。"

葛巧云:"……撤了吧。"

赵树理兀自生气:"不就是看个戏吗,老百姓都站着,咱们为什么要坐?搞特殊化。共产党不兴这一套!"

八

川底村,刘七成家。

赵树理边吃着饭边和郭采芹聊得热热火火。

郭采芹:"老赵,你写的《三里湾》,是不是就是说的咱川底?"

赵树理:"说是也是,说不是也不是。"

郭采芹:"你写的'翻得高',是不是'范宝成'?"

赵树理就笑起来,笑着掏出粮票、钱,放在条几上。

郭采芹抓起来塞回他的口袋:"看你,又不是什么好饭,丢这干甚?"

赵树理:"这是规定,吃派饭一天一斤二两粮票、三毛钱。"

郭采芹:"不要不要,你老赵又不是外人。"

赵树理:"这不行,自古以来,哪有吃饭不掏钱的道理,天下没这等好事。"

郭采芹:"你让我该说你甚,从五三年到现在快十五六年了,你老赵吃了我多少饭不记得了,可你顿顿不是留米就是留钱,一回也不空。老赵呀!"

九

北京,中国作协办公室。

1965年,春节刚过不久,喜庆的气氛还浓浓地笼罩着北京。

邵荃麟:"树理同志,组织上决定调你回山西文联工作。"

赵树理根本没想到,顿如当头一棒。

邵荃麟眼里溢出关爱之情:"疾风知劲草,路遥知马力。树理,通过几年相处,我对你越来越了解了。周扬同志说你'文好人也好',真是这样啊!这次调你回山西,我也是爱莫能助。"

赵树理点头:"我服从组织决定。在我走之前,有几件事情要办办。其中一件是房子,我在香炉营买的那个院子,又不能背回山西,捐给公家吧。"

十

又是一个夜晚。

又是灯火通明的月台。

赵树理全家人提着些衣物食品,上了开往山西的火车。

月台上,赵树理踯躅不安,频频朝进站口处张望。

关连中:"不要看了,你是叫人家撵回山西的,谁还会来送你。"

赵树理突然扬起手。

远处,老舍、司机小王、门房老周提着橘子匆匆走来。

第三十一章

一

太原，南华门东四条。

这座精致的小楼，是阎锡山当年的一个公馆，新中国成立后划拨山西省文联使用，从此成为山西文艺界的大本营。

这时候，曾经战斗在吕梁、太行革命老区的一批山西籍文坛骁将，如马烽、西戎、李束为、孙谦、胡正、王玉堂等，已由全国各地陆续调回山西，他们领军山西文坛，为以"山药蛋派"为标志的全省文艺复兴和繁荣壮大，做出了杰出的贡献。

在一间会议室，老朋友们终于相聚。

他们热切地欢迎赵树理回归山西，这无疑给山西文艺界带来莫大希望。

二

山西省政府招待所一间贵宾房里，赵树理、王中青、史纪言三位挚友重又聚首。

在这里，赵树理意外地见到了周云林——他当年在长治"四师"走向进步和革命的领路人，两双手紧紧地握在一起。

王中青豪爽依旧："五五年我去北京开会看老赵，当时他的《三里湾》刚刚出版，得了一大笔稿费，好家伙，三万多块呐！我说，老赵你请客吧！老赵说行，就把我领上出去吃饭。你们想想，请我吃的甚？"

史纪言笑："肯定是烤鸭吧。"

王中青:"烤鸭?烤鸭他姥姥——豆腐脑,还是在路边站着吃。"

听到这些,大伙就大笑开了。

王中青:"老赵,你真不够意思,越有钱越小气。"

朋友们无拘无束地说笑了一阵子。

赵树理:"老周,好多年没见你了。还好吧?"

王中青:"他和你差不多。原来要提拔他当劳动厅厅长,现在他到晋城去啦,当县委书记。"

赵树理:"县委书记好呀,晋城条件不错。"

周云林:"晋城条件确实不错。最近县委统一了认识,决心狠抓粮食生产,争取一年达纲,两年'跨黄河'。"

赵树理:"亩产达到四百斤,这可不容易。"

周云林:"关键是群众的积极性。"

赵树理:"你说得对,真把群众发动起来,没有办不成的事。老周,我跟你去晋城吧?"

周云林:"好呀,欢迎。"

赵树理:"这几年人家批评我写小说净写些落后分子,什么'小腿疼''吃不饱',我很苦恼。所以,我下决心到基层去,一定要找到社会主义的新英雄。"

史纪言:"你早应该这样了。"

周云林:"咱们晋城就有很多先进典型……"

赵树理:"中青、纪言,你俩现在是封疆大吏,大权在握,给我还挂个职吧,下去方便些,县委副书记。咋样?"

王中青:"老赵学精了,会伸手要官啦,哈哈哈。"

三

1966年春,晋城县委临时为赵树理在招待所安排了一间客房。

县委干事小豆抱着烟叶和报纸进来:"赵书记,咱们今天去哪?"

赵树理:"去南村公社,城南村,周书记说那里是个典型。"

小豆："好，我去牵马。"

赵树理："牵什么马，我骑牲口你走着，成什么样子，走上去。"

小豆："可你是县委书记呀。"

赵树理："是副书记，还是挂职的，以后可不敢弄乱了。"

小豆就笑起来。

四

山路弯弯。

赵树理一边走着，一边挥着烟袋唱着戏：

阳春三月好风光，

桃红柳绿向阳家。

他唱得那么投入，把小豆逗得直笑。

走着，走着，远远看见城南村。村外的一块地里插了一圈铁锹，一群人坐在一起，人手一本书，正大声朗读着。赵树理问道："那是干啥？"小豆答道："学文件呗！"

赵树理掉头就走："不去，不去了。劳动就是劳动，学什么文件？净摆花架子，一看就是假的，这个村工作肯定不实在。"

五

灯光下，赵树理正全神贯注地读报。

这是1966年2月7日的《人民日报》，新华社记者穆青等发表长篇通讯：《县委书记的榜样——焦裕禄》，这位兰考县委书记的事迹把赵树理深深打动。

他读得那样专心，微笑浮上他的嘴边。

他的内心发出一阵狂喜："找到了，找到了，我找到英雄了。真正的英雄！"

赵树理放下报纸，兴奋地喊："小豆，小豆。"

小豆应声跑来。

赵树理："快去火车站买票，去河南。"

小豆："去河南？"

赵树理："对，兰考县，焦裕禄工作过的地方。"

六

豫东平原，墨绿的麦田毯一般展开。铺天盖地的泡桐树，将这贫瘠小县装点得如此壮美。

田间地头，赵树理逮着一个人，不论男女老少，就上前攀谈。

兰考县委，赵树理和干部们促膝交流。

抽水站里，赵树理与一老农脸对脸地蹲着抽烟。

焦裕禄墓前，赵树理虔诚地三鞠躬。

七

返程的火车上，赵树理依然兴奋不减，他嘴里吃着几颗花生米，对小豆说："小豆，回到晋城，我要写八场大戏《焦裕禄》。你给我留点心，找我没啥大事的人你给我挡住，尽量不要打扰我。"

小豆笑着答道："行，我就说你不在。"

赵树理："不好，说假话不好。"

小豆："就说你有事……"

赵树理："这还差不多。不过，有农村人来找我，你可不要拦。"

八

午夜，到焦作市火车站中转。

出站口一旁，赵村理蹲着吸烟。

小豆跑来："赵书记，没车啦，今晚回不去了。"

赵树理："回不去住下吧，明早再走。"

小豆："咱去宾馆。"

赵树理："去啥宾馆，随便找个地方睡一觉算啦。"说着用手指着对面一家旅店："那不是一个旅馆嘛。"

小豆纠正道:"那是车马店。"

赵树理:"车马店就车马店,到哪儿不是一个睡?"

说着抬腿朝旅馆走去。

小豆有些不高兴地在后面跟着。

九

赵树理办公室的门上挂着一个纸牌,上写:赵树理有事请过几天来。

小豆领着周云林匆匆走来,掏钥匙开门进来一看,见赵树理手舞鸡毛掸子,在地上走走停停,嘴里哼哼着戏文,桌子上摊着一堆稿纸。

周云林就笑道:"老赵,地委通知,叫你明天赶到长治开会。"

赵树理:"这两天走不开,不去行不行?"

周云林:"不行,一定要你去。"

赵树理:"唉,我才写了三场戏……"

长期以来,赵树理顶着巨大压力,受到严厉且不停的责难,那就是只会写落后人物,不会写英雄。这给他创作造成的打击和创伤几乎是致命的。所以,1966年赵树理发现焦裕禄的事迹并决定写一部戏来歌颂他的精神,在他是发自心底深处的一种虔诚的冲动,他终于发现了英雄,要写英雄了!可是,这次的上党之行,前面是血淋淋的路,他一脚踏上去,就已注定是不归路。于是,对焦裕禄的描写只是他创作上的一次回光返照,无疾而终成为宿命。

十

次日吃过早饭,赵树理出发了。

上党盆地,通向长治的简易公路上,吉普车绝尘而去。

这是1966年5月的一天。

说起来这年春天来得比较早,却没有带来如往年这个季节一样的暖和,已过了立夏,依旧凉意飕飕,尤其清晨,更让人感到寒意扑身。

这个年头是有点怪。

车厢里有点沉闷,有些异常。

副驾驶座上，平日爱逗爱说的小豆歪着脸，变得心事重重，他不时地从后视镜中瞧一下后座上的赵树理，欲说什么又忍住。

赵树理浑然不觉。

他依旧沉浸在剧本《焦裕禄》的创作中，哼着戏词，手在腿上一下一下地拍打：

省委调我来当书记，
与兰考人民共呼吸。
灾难重重我不怕你，
要领导人民斗天地。

哼到会心处，他竟摇头晃脑，吃吃发笑，一副天真烂漫的样子。

现代戏曲剧本《焦裕禄》是赵树理人生中唯一创作的歌颂型作品，这对于他很重要，有点像齐白石"衰年变法"，赵树理也在花甲之年尝试了一次"革命"。其意义在于向世人证明，他老赵不止会写"问题小说"，不止会写"小腿疼""吃不饱""三仙姑""二诸葛"，也会写群众拥护的好县委书记、人民的英雄！现在，一剧功成，他几乎是使出吃奶劲儿，如痴如醉地投入剧本创作，以至外面的世界千变万化根本不去关注⋯⋯

十一

1970年9月23日凌晨2时45分，赵树理逝于山西省高级人民法院。

1986年9月，正是一年中最好的季节，秋高气爽，万木葱茏，千山万岭，一派娇艳。

庄稼陆续成熟了。玉米脱掉绿衣，只把淡黄硕大的"棒子"袒露在阳光里；谷子也变成褐色，垂着密实的穗子；柿子还没全熟，但也显出一片橙黄。

这时节，那沁河是亦发地成熟而清丽了。抖去春天的急迫，放逐了伏天的暴躁，还带些暑热的河水变得格外从容、格外矜持，就连浪花也不再那么翻搅，只潺潺地向南流淌。路过尉迟村，她依旧是环着村东画出一道亮亮的弧线，甚至用那丰满的身体淘气地挤一挤河边的谷地，才"咯咯"地笑着离开。可这天，她还是耽搁了一会儿，朝那西山坡上的赵树理陵园多看了一阵，那园高高地趴在一个老大山窝里。

一条六十五级的石梯由村里伸上去。

几年前修石梯时，村人劈下窝壁，铲出一块平地，足足有七八亩。四周用大石砌墙，接水通电，移来松柏，栽下绿竹，养了花草，种了很多万年青，又把整个园地用石板铺平，砌出甬道，才在中央靠后筑墓：那墓高五尺，阔三丈，圆顶用土覆盖了。更在大墓东侧修起一座亭，雕梁画栋，亭中竖起一通厚重朴拙的汉白玉高碑。再往下些，靠近园门，一座高大挺拔的汉白玉坐像安放稳当——赵树理双手扶椅，神态安详，大眼深沉，慈祥地望着故乡，望向辽远的湘峪河谷，望着那晴朗的天空。一切就绪，厚金请来阴阳先生，小心择了吉日，才在那一天，村人奏响"八音会"，将他们"得意"的骨灰隆重安葬。

再过几天，就是9月24日，赵树理八十五周年诞辰。每年的这天，或者清明，四乡百姓，亲属遗族，机关干部，各色人等，就会络绎而来，云集陵园，扫墓凭吊。

这天，已是九十岁的河顺和八十五岁的土根嫂担任陵园管理员兼讲解员，他们忙碌了一整天。黄昏的时候，送走最后一批人，打扫清理干净园子，才在亭间木廊坐下，一边歇气，一边有一搭没一搭地说话。

秋高气爽，凉风习习。

河顺老汉胡子头发全白了，但身子骨还很硬朗，他门牙掉光，却不影响抽烟。

土根嫂头发也不剩多少，但黑油油的，被她抿得光亮。她还是精神不减当年，眼神依旧神采奕奕。在特制的园服上面口袋里别着一朵小小的黄花。

河顺："不知不觉，得意也走了快二十年吧。"

土根嫂："可不是，人活一世一晃就没了。"

河顺："每年一到这时候，我就日不能安，夜不能睡，眼跟前净是咱得意。还记得五八年不？他为咱村订了个建设规划，在社房足足讲了半天，可惜当年来不及搞。如今土地下户才刚几年，就有煤矿了，有铁厂了，学校修了，街道铺了，新房多了，吃的好了，穿的新了，票票够了，还成了全县头一个电视村。连你这个老妖婆，也用上了洗面奶。一辈子臭美！临进棺材了还忘不了耍俏。"

土根嫂："咦，你一辈子老光棍，这个你不懂。猪不肥，不挨刀；女不俏，男不抱。女人家不爱打扮，男人不待见，自家也觉着恶心。"

河顺："……甚是改革？"

土根嫂："过好了就是，过不好就不是呗。"

河顺："也对……"

土根嫂："哎，给你说个正经事。你今儿个讲解了几场？"

河顺："八九场吧，一百来块。你呢？"

土根嫂："我多，二十六场，三百四。"

河顺："你枷司！"

土根嫂："主要是人家听说我是'三仙姑'，就出手大方，给得多些。"

河顺："哈哈，想不到得意把你写进书里，倒为你开了一条财路。当年你可没少骂人家。"

土根嫂："后来不是不骂了嘛，这钱，咱们不能交村里，留着自己花……"

河顺："甚，这是得意的钱，咱能要？"

河顺瞪她一眼，直起身就走。

土根嫂拖了笤帚追上来："急着去抢屎呀，给你说，得意死就死在不爱钱。"

写于2015年8月，2016年8月修改